飛髮

葛亮 著

金屬，陶器，鳥的羽毛
無聲地慶祝自己戰勝了時間。

—— 辛波斯卡《博物館》

目錄

香港版序　故事嶺南

這本書，寫了發生在香港的故事。在嶺南生活二十餘年，寫這方水土。我相信，這其中必然包含情感的積蓄。自我求學的時代，便知這水土為許多前輩步履所在。錢穆、魯迅、茅盾、許地山、戴望舒、蕭紅。他們有些匆匆而過，雁過留聲；有的在此筆耕經年，鞠躬盡瘁。一九二七年，魯迅先生曾三次來到香港，接連發表了重要的演講。如今經過香港青年會，只覺餘音猶在。這兩次演講，振聾發聵，直接促動了香港新文學的發展進程。也由此，有了「島上社」、《伴侶》雜誌，其間文脈接過新文化運動的薪火，於是帶來這城市的嶄新氣象。

近一個世紀之後，這城市有了許多的步進。它的回歸、歷史社會的變遷、經濟上的長足發展，皆在文化的圖版上留下深深轍印。我有幸以二十餘年的生命身處其中，與之同奏共登，體會與見證。這些步進，伴隨著許多人的努力，並以之為建築時代的磚瓦。磚瓦的溫度，見乎日常砥礪，煉就了獅子山精神。這精神不止於香港，也遍及嶺南。粵人的勤奮與務實、不分朝夕的胼手胝足，有著對傳統的繼承與傳揚，也都是樸素而砥實的。

這其中，有許多的手藝人。近年在粵港的走訪與考察，便是為了他們。也漸漸進入了他們的天地。這天地在外人看

來並不大，但走進去，便是朗朗乾坤。裏面是一個人對傳承熾熱的忠誠，也是求索與常變之心。這心的寬容，是讓人敬畏的，銜接古今中西、世相萬物。這時，才會發現筆下的綿薄，難盡其一。

說到底，《飛髮》是寫一群人對自己行業的信仰與堅守，也在關注傳統與現代、歷史與代際等問題。任何一種文化形態的成長，勢必伴隨著文化基因的興變與融合。這是每個寫作者都要面對的命題。

廣東人說故事，叫「講段古」。這一聽，便連著許多的前後、源頭。可這「古」，又豈止是往日鏗鏗鏘鏘、宏大敘事，往往關聯著凡常的萬家煙火。歷史大哉，歸根結底，都連著個人。「一均之中，間有七聲。」零落聲響，可凝聚為闋音。好故事說不盡，其中必有嶺南的「一段古」。要講好這一段「古」，「古」裏必涵藏著今人的目光。如同小說中叫做「孔雀」的理髮公司，某種程度上，也成為過去向現在的饋贈，進而遠及未來。

自序　物是

　　打算寫關於手藝人的小說，是久前的事了。

　　與這個人群相關的，民間常說，藝不壓身。學會了，便是長在了身上，是後天附著，卻也就此與生命一體渾然。

　　談及手藝，最初印象，大約是外公家裏一只錫製的茶葉盒，上面雕刻游龍戲鳳，久了，泛了暗沉的顏色。外公說是以前經商時，一個南洋商人的贈予。我記事還在用，春天攔進去明前的龍井茶，到中秋泡出來還是一杯新綠。少年時，大約不會關注其中技術的意義，但仍記得那鐫刻的細緻。龍鬚躍然，鳳尾亦搖曳如生。後來，這只茶葉盒不知去向。外公每每喝茶，會嘆息，說時下所謂真空包裝，其實是將茶「養死了」。在他看來，茶葉與人一般，也需要呼吸。這茶葉罐便如皮膚，看似容器，實則接寒暑於無間。一鱗一焰，皆有溫度。而今機器所製，如何比得上手工的意義。

　　數年前寫《北鳶》，書名源自曹雪芹的《廢藝齋集稿》中一章——《南鷂北鳶考工志》。這一番遇見，也是機緣。不類《紅樓夢》的洋洋大觀，《廢藝》是曹氏散逸的作品，得見天日十分偶然。據馬祥澤先生回憶，這既是中日文化間的一段流轉，但也終於有殘卷難全的遺憾。我感興趣，曹雪芹何以致力於此書。其在《考工志》序言末尾云：「以集前人之成。實欲舉一反三，而啟後學之思。乃詳查起放之理，

細究扎糊之法，臚列分類之旨，縷陳彩繪之要。彙集成篇，以為今之有廢疾而無告者，謀其有以自養之道也。」說得透徹，教的是製風箏之法，目的是對弱者的給養。由是觀，這首先是一本「入世」之書。由扎、糊、繪、放「四藝」而起，縱橫金石、編織、印染、烹調、園林等數項技能。其身體力行，每卷各釋一種謀生之藝，並附有詳細圖解及深入淺出、便於記誦的歌訣。其二，這亦是「濟世」之書，《蔽苄館鑑金石印章集》一章，「蔽苄」諧為弼廢。此書創作之初，有一段佳話，緣由於景廉戎馬致殘而潦倒，求助其友曹霑，曹氏並未直接接濟，而「授人以魚，不如授人以漁」。故作此書，教殘疾者「自養」之道，寓藝於義。

由此，寫了《北鳶》中的龍師傅，便是紮風箏的匠人。失意之時，盧家睦給他「四聲坊」一方天地，他便還了他一生承諾。「這風箏一歲一隻，話都在裏頭了。」其三世薪傳，將這承諾也傳遞了下去。

「匠」字的根本，多半關乎傳承、抑或持守。「百工之人，君子不齒，今其智乃反不能及。」韓愈在《師說》中批評所謂「君子」輕薄相師之道，猶不及「百工」。匠人「師承」之責，普遍看來，無非生計使然。但就其底裏，卻是民間的真精神。當下，這堅守或出於無意識，幾近本能。時代日新月異，他們的手藝及傳統，看似走向式微。曹氏以「廢藝」論之，幾近成讖。淡出了我們的生活，若不溯源，甚至不為人所知。教學相長的脈絡，自不可浩浩湯湯，但仍有一

脈涓流，源源而不絕。

　　寫《書匠》篇，是因為先祖父遺作《據几曾看》手稿的救護，得以了解「古籍修復師」這一行業。「整舊如舊」是他們工作的原則。這是一群活在舊時光裏的人，也便讓他們經手的書作，回到該去的斷代中去。書的「尊嚴」，亦是他們的尊嚴。所寫的兩個修復師，有不同的學養、承傳與淵源，代表著中西兩種不同的文化脈絡，而殊途同歸。「不遇良工，寧存故物」，是藏書者與修書人之間最大的默契。一切的留存與等待，都是歲月中幾經輪迴的刻痕。連同他們生命裏的那一點倔強，亦休戚相關。

　　《飛髮》與《瓦貓》，發生於嶺南和西南的背景。因為在地，則多了與空間長久的休戚與共。這其中有器物的參與，是人存在過的憑證。或者說，經歷了磨礪與淘洗，更見匠與時代之間膠著的堅固。他們的命運，交織與成全於歷史，也受制於那一點盼望與落寞。他們是這時代的理想主義者，行到水窮處，坐看雲起時。

　　走訪匠人，於不同的行業，去了解他們手藝和背後的故事。他們多半樸訥，不善言辭。或許也便是這一點「拙」，建造了和塵世喧囂間的一線壁壘。只有談及自己的手藝，他們會煥發光彩，因來自熱愛。他們亦不甚關心，如何被這世界看待。時代淘洗後，他們感懷仍有一方天地得以留存。自己經手而成的物件，是曾過往於這世界最好的宣示。事關薩米文化的人類學著作《知識與手工藝品：人與物》，作者史

文森（Tom G. Svensson）有云：「傳承譜系中，對於『敘述』意義的彰顯，將使『物』成為整個文化傳統的代言者。」換言之，「故物」與「良工」，作為相互成全的一體兩面，因經年的講述終抵達彼此。辛波斯卡的詩歌中，是物對時間的戰勝；而匠人所以造物，則是對時間的信任。如今屋脊上踞守的瓦貓，經歷了火煉、風化，是以靜制動的根本。時移勢易後，蒼青覆苔的顏色之下，尚餘當年來自手的溫度。因其內裏魂魄，屬上古神獸，便又有了庇佑的意義。匠人們眼中，其如界碑，看得見莽莽過去，亦聯結著無盡未來。這一點信念，為強大之根本，便甘心晨鐘暮鼓，兀兀窮年。

庚子年於蘇舍

江南篇

書匠

不遇良工，寧存故物。

—— ［明］周嘉胄《裝潢志》

一‧簡

> 借人典籍，皆需愛護，
> 先有缺壞，就為補治，此亦士大夫百行之一也。
> ——［北齊］顏之推《顏氏家訓‧治家》

我遇到簡，十分偶然，是因為我的朋友歐陽教授。

歐陽教授是個很有趣的人。這有趣在於，他經常興之所至，出現突如其來的舉動。作為一個七十多歲的人，他經常會自嘲說，這就是老夫聊發少年狂。

這一年大年初三，我照例去他家給他拜年。歐陽教授，其實是我祖父的學生，在中央大學學藝術史，後來又在祖父的母校杭州國立藝術院執教。祖父早逝，他作為門下得力的弟子，對我的父親盡過兄長之責。我父親對他便格外尊敬。後來他移民香港，而我成人後又赴港讀書。每到年節，我父親便囑咐我去看望他。

歐陽太太是紹興人，到了香港三十多年，早就烹得一手好粵菜。間中，仍然拿出加飯酒，溫上。歐陽教授便與我對飲。我不是個好酒的人，但歐陽喝起酒來，有太白之風。剛剛微醺，行止已有些豪放。忽然站起身來，引吭高歌。自然還是他的招牌曲目——《費加羅的婚禮》中的詠嘆調「再不

要去做情郎」。歐陽太太放下筷子，和我對視了一下，搖搖頭。目光中帶著縱容和無奈。歐陽教授卻俯下身，將一塊椒鹽石斑夾起來，放到我的盤子裏。同時並沒有停下喉間震顫的小舌音。我自然沒有吃那塊魚，因為照例很快到了高潮，是需要鼓掌的。

然而，這酒勁來得快，去得也快。到了家宴的尾聲，我們都知道，餘興節目是展示歐陽教授近來的收藏。教授很謙虛地說，毛毛，我這一年來的成果，很一般。市面上今不如昔，能見到的不是新，就是假。

說罷，便在太太的攙扶下，搖搖晃晃地引我去他的書房。

歐陽有一個很令人羨慕的書房。尤其在香港這樣寸土寸金的城市，居然有三面靠牆的通天大書架。書桌則對著落地玻璃窗，可觀得遠山點翠。歐陽常為此顧盼自雄，稱自己有遠見，早早搬離了中心區，在新界置業，才不用受逼仄之苦。他的藏書雖不至汗牛充棟，但在我一個青年人看來，確有洋洋大觀之象。據說這只是數分之一，有些善本書，因為要防香港的潮濕和久存的書蠹，送去了專業的倉儲。

我抬頭看見，歐陽親書的大篆「棗莊」二字，懸在書桌上方。這是教授書房的名字，也是他的得意之作。教授是山東人，棗莊確是他的故里。然而還有一層深意，確是凡俗學淺之人未必能領會的。舊時刻書多用梨樹與棗樹，作為書版，取其緻密堅固。刊印書籍也稱「付之梨棗」。教授將其書房命名為「棗莊」，便有以一室納萬卷之意，可見過

人氣象。

　　歐陽教授拿出一只匣子，打開來，撲鼻的塵味。説，去年七月在東京開研討會，結束了就去鐮倉逛了一遭。在臨街瓷器店裏，看到有人寄售。這套《水經注圖》，全八冊，可惜少了第三冊。不過打開來，有楊守敬的批注，算是撿了個漏。

　　我討喜道，老輩兒人都説呢，收藏這事像盲婚盲嫁，大半靠運氣。

　　教授説，可不！有心栽花花不開。春天時候，西泠放出一箱壁園會社石印《吳友如畫寶》，我可上了心，竟然沒有拍到。

　　還有這個，也是造化。在上環飲茶，説是中大一個老夥計要移民，把家裏的東西盡數出讓。我是趕了個大晚集。但這個收穫，算是藏家小品，卻很有意思。我看到他拿出殘舊的一些紙頁，打開來，是豎版印刷。教授説，這是六十年代香港「友聯」出版的「古文活頁」。

　　我問，友聯，是出過張愛玲的書嗎？

　　他説，正是。這個活頁是仿照歐洲傳統出版方式推出的。當時在香港很風行，特別在年輕學生裏。數十頁成章為一份，讀者逐份購入，輯錄成冊，再自己找釘書公司釘裝。歐洲出版社，經常只印不釘，叫 temporary cover。老時候的香港也有。你瞧這個，釘書公司潦草得很，完全西洋的釘

法。外頭是假書布，裏頭這個還是以往線裝書的版式。我打算重新整一下。

對了，毛毛。上次聽你母親說，找到老師的手稿，可帶來香港了？

我說，是。包裹在一大袋子生宣裏。杭州那邊的檔案室要清理，這才發現。

歐陽說，謝天謝地。當年從江津寄過來時，還是我接收的。做夾板，先師《據几曾看》的書名，也是我拓的。後來竟然遺失了。保存得可還好？

我說，那些宣紙都發了霉，書稿也受了潮氣，還好外面有一層油紙，又用木夾板包著。只是書頁有些粘連起來。

我打開手機，給他看書稿的圖片，說，一個台灣的出版人朋友，想拿去掃描。但又怕毀了書。

歐陽看一看，先皺起眉頭，但很快又舒展開，笑道，不打緊，這才是睡覺有人遞枕頭。我帶你去見一個人。

說完，他收拾起那些活頁，又在書架上上下下地找，找出一本書，一起小心翼翼地放進背包裏去。

然後對太太說，晚飯不吃了，我帶毛毛去一趟上環。

歐陽太太正端了一缽楊枝甘露，嘆口氣說，你呀你，說風就是雨。可有半點長輩的樣子。今天可是大年初三，你也不問問人家在不在。

教授說，怎麼問？她手機都不用，電話不愛聽。現在發

電郵恐怕也來不及。

歐陽太太追上一句，好歹我辛苦做的甜品，吃了再去。

教授拉著我，頭也不回地往外走。

歐陽教授喝了酒，不能開車。雖然到了樓下，風有些凜冽。酒已經醒了一大半。等了許久，也沒有一輛出租車。我們只好走到更遠的地方，去坐小巴。

大年初三，車上並沒有什麼人，倒好像我們包了一輛車。

教授依然很健談，說起以前在央大的往事。說我祖父的不苟言笑，令人生畏。祖父開的「宋元藝術史」，最初報名的有二十多個學生。因為他太嚴苛，到學期末，只剩下了七個。「不過，我大概學到最多東西的，還是你爺爺的課程。用現在的話來說，一點都沒有放過水。筆記簡直可以直接出版。但時下，恐怕這樣上課是吃不開了。如今上課得像說書，不講點八卦，哪裏會有學生來聽。」

歐陽忽然定定地看，幾乎讓我不自在起來。他說，毛毛，你長得可真像你爺爺。不過看上去可隨和多了。對了，你聽說過他老人家年輕時的羅曼史嗎？哈哈，想起來了，你知道的，在你的小說裏看到過。

他促狹地眨一眨眼睛。

我這才問，我們要去見什麼人？

教授想了想，說，書匠。

我有些不得要領，重複說，書匠？

嗯，經她手，讓你的書煥然一新。不，煥然一舊。教授笑著說。

小巴在半山停下，不遠處是煙火繚繞的天后廟。還在年裏，自然是香火鼎盛。我們沿著扶手電梯，穿過整個 Soho 區，又爬上好一段階梯。景物漸漸變得有些冷寂，不復過年時候應有的熱鬧。我博士在港大唸的，這一帶算是熟悉。但居然四望也有些茫然。歐陽畢竟年紀大了，終於氣喘。我替他揹了包，一邊攙扶了他。教授這時候有些服老，說，這路走得，像是去西藏朝聖。自己開車停在羅便臣道，下來倒方便些。

我們兩個，都沒了說笑的興致。人是越來越少，兩側的房屋依山路而建，尚算整飭，也很乾淨。但紅磚灰磚，都看得出凋落。畢竟是在山上，看得見經年濕霉和苔蘚灰黃乾枯的痕跡。教授終於說，哎呀，歇一下。

我們便在台階上坐著，回望山下。竟可以看見中環的景貌。中銀和 IFC 都似樂高玩具的一樣形容。陽光也淺了，這些建築間，便見繚繞的遊雲。教授笑道，只在此山中，雲深不知處啊。

我一聽，心倏然一涼，趁不上教授的浪漫。此情此境吟賈島，想起上兩句，實有些不祥。

再接再厲，我們終於走到了一幢小樓前。這樓比較鄰居們的，模樣有些奇怪，顯得狹長。有個很小的陽台，幾乎只

能稱之為騎樓。鑲著巴洛克式樣的鐵藝欄杆。上面有一叢火紅的簕杜鵑，倒開得十分茂盛，垂掛下來，將陽台遮住了一大半。

教授按一按底下的門鈴。我看到門鈴旁邊的郵箱上，鐫著黃銅的「JL」的字樣。應該是主人名字的縮寫。

門開了，是個矮胖的南亞姑娘。看見教授，眼睛一亮，開始用歡快的聲音向他打招呼，並且擁抱。教授居然也熱烈地響應。兩個人用我不懂的語言交談。是那種高頻率的鏗鏘的音節。姑娘引我們進去。教授輕聲對我說，這是他們家印傭吉吉。吉吉聽到自己的名字，嬌俏地向我眨一眨眼睛。我說，教授，我不知道你還會印尼語。教授略得意地說，兩年前學的，所謂藝不壓身。

我們順著狹窄的樓梯走上去，腳下是吱呀的聲響。彷彿往上走一級，光線就黯淡了一點。

走到二樓，吉吉敲了敲門，用英語說，歐陽教授到訪。

裏面也用英語說，請進。

房間裏，很暗。四圍的窗簾都拉著，只開了昏黃的一盞頂燈。有濃重的經年的紙張與油墨的味道。這味道我不陌生，每次打開箱子，檢點爺爺的遺物，都是這種味道。但在這主調之外，還有一些淡淡的樟腦與腐敗植物的氣息。

我的眼睛適應了光線，看見房間裏碩大的寫字台後，坐著一個女人。

Surprise! 哈哈，我就知道你在。教授的情緒延續了在樓

下時的熱烈：看我還記掛著。給你帶了朗姆酒和年糕。等會讓吉吉煎了吃。過年嘛，年糕就酒，越喝越有。

不知為什麼，我有一些尷尬。並不在於教授即興地修改了中國的民諺。而是，他這番長篇大論，好像是在對著空氣說。對方始終靜默著。

恭喜發財。終於，我們聽到了一句廣東話的祝福。聲音冰冷而乾澀，聽來是有多麼的言不由衷。

我這才看見，這女人的面容已經蒼老了。乾瘦，有很深的法令紋。這樣的面相，往往顯得嚴厲。但她的眼睛很大，而且目光倦怠。因此柔和了一些。她穿著有些發舊的藍花棉袍，披著厚披肩，是深冬的打扮。但這裏畢竟是香港，雖說是過年，氣溫其實很高。她手裏執著一柄刀，正在裁切一些發黃的紙。她將那些紙靜靜地收下去了。

桌子上有一些我沒有見過的器具。有一只像個迷你的縫紉機；另一個似乎是那種切割軸承的機床。還有一個像是小型的絞架，上面墜著繩索。

簡，我給你帶來了一個年輕的朋友，毛博士。

我的目光正在那些機器上盤桓，一愣神，聽見教授提到我，這才有些倉促地一低頭，說，您好。

這個叫簡的女人抬起臉看我一眼，沒有說話，只是點點頭。

這時候，吉吉推門，端著茶盤進來。女人揚手，請我們在沙發上坐下。

我坐下來，端起茶。茶具是歐洲的琺瑯瓷，描著金。有些鳶尾花枝葉漫溢到了茶杯口。

但是沙發有些不舒服，我隱隱覺得裏面的彈簧，在硌著我的屁股。沙發想必用了很多年了。

教授婉拒了吉吉讓他加塊糖的好意，説「畢竟自己已經年紀大了」。

他説，簡，我要好好地謝謝你。上次修復的《水經注圖》，惹得很多人眼饞。特別是那只布面的函套，都以為是原裝的。哈哈。

簡説，第五冊，有一根紙捻我忘記去掉了。

教授説，不打緊。我這次帶來一些友聯出的「古文活頁」，你幫我看看。

簡接過來，湊著燈光看看，説，裏頭線裝，外頭是西歐「temporary cover」。不倫不類。再説，不過幾十年前的東西，也不值得費周章了。

教授笑笑説，算是我收藏的一個小品，取其有趣。

簡點點頭。

教授又説，另外呢，毛博士的祖父，是我讀大學時候的教授。最近新發現了一份手稿。有些散頁粘連了，也想要勞你的大駕。

簡看看我，説，我不幫人補手稿。修壞了，賠不起。

教授説，這份手稿，對我們挺重要的。是我的恩師呢……

簡倦怠的眼睛閃了一下，繼而黯沉下去。她說，是你的恩師，不是我的。

這句話，說得很突兀沉重，並不是舉重若輕的口氣。這時候，連達觀隨和的歐陽教授，臉上都掛不住了。

此時，不知哪裏，有一隻灰色的貓，跳到了教授的身旁，蹭了蹭他的腿。是隻英國短毛，牠抬起眼睛，眼神十分陰鬱。

教授趁勢起身，對簡說，天不早，那我們不打擾了。

我連忙也跟著起身。但胳膊一抬，不小心碰到了身後的書架。一冊精裝書掉到了地上。我急忙撿起來，將書頁撣一撣，闔上。嘴裏說著「對不起」，又放回書架上去。

好在簡並未說什麼，她讓吉吉送客。

吉吉將我們送到樓下。關上門之前，忽然用蹩腳的廣東話跟我們說「新年快樂」。聲音還是歡天喜地的。

我們沿著山道往下走，歐陽教授回過身，又看了看那幢房子，嘆口氣。

天色已經徹底暗下來了。萬家燈火，唯獨那個房子黑黢黢的，因為拉上了厚厚的窗簾。

還在年關，半山上的許多餐廳，都沒有開門。走進一家很小的壽司店。一個梳著油頭、面容和善的大叔，招待了我們。

我們坐定下來。歐陽教授喝了一口茶，說，她或許是因

為痛風……

　　我急忙說，沒關係。

　　我知道教授是因為他的引見，有些不過意。

　　教授說，不過呢，話說回來。有手藝的人，總是脾氣特別些。在這一行，簡有資本。

　　我認識她很早，那時她還在開書店。幫我找到過幾本孤本書。後來因為不賺錢，也倒閉了。

　　教授接過大叔遞來的味噌湯，沒再說什麼。

　　一個星期後，我接到了歐陽教授的電話。

　　教授說，毛毛，簡讓你帶著老師的書稿，去她那裏。

　　我一時沒晃過神，問，讓我去？

　　教授說，對，我也納悶，是什麼讓她改變了主意。

　　依然是熱情的吉吉引著我，走上咯吱作響的樓梯，進入昏暗的房間。

　　我聽到了簡的聲音。乾澀，但比前次柔和，招呼我坐下。

　　她站起身，走到了窗戶跟前，將窗簾拉開了。光進入了室內，也照到了她的臉上，她微闔了一下眼睛。我這才看清楚了簡的面目。青白的臉色，是因終年不見陽光。其實她並不如印象中蒼老。光線平復了她的一部分皺紋，這其實是個清秀的人。

　　簡轉過身來，對我說，歐陽上次拿來的那套「古文活

頁」，我整好了。麻煩你幫忙帶給他。

我接過來，看到「temporary cover」已經釘成了傳統線裝，融合宋款和唐朝包背。我由衷地説，漂亮得多了。

簡搖搖頭，説，裏頭我就沒辦法了。內頁是木質紙，纖維短，太容易氧化，脆得很。所以用了修復紙夾住，做成了三明治。這種西式蝴蝶頁，開卷加上「waste paper」總算牢固些。説到底還是中西合璧，只比原先調了個個。

我將爺爺的書稿拿出來。她戴上眼鏡，小心翻開來，慢慢地看了一會兒，説，書法真是好。歐陽説，令祖父是在杭州國立藝術院讀書的？

我點點頭。她説，我舅舅以往在西泠印社。他們可能會認識。

你放心的話，這份書稿，我先洗一下，除除酸。她説，民國的書，紙張教人頭痛，稍翻翻就脆斷、發黃。你爺爺用的是竹紙，上好成色，他是個行家。

她隨手將桌上一本還在修的書，翻給我看，説，紙壽千年，絹壽八百。你看，這是光緒年的書，還蛀成這樣。有些宋版書用純手工紙，品相卻好很多。這就是所謂新不如舊。

我發現她的話，比預想中的多，我不知如何應對。

我説，那就拜託您了。這書稿受了潮，粘連在一起。我有個朋友還記掛著要掃描，時間可能會趕些。

她説，不妨事。一個星期來拿。

我謝謝她道，那太好了。爺爺留下的，獨一份。交給

您就放心了。歐陽教授也説，您到底是看重和他的交情，我是沾了光了。

簡微笑，搖搖頭。

她往前走了幾步，從靠門邊的書架抽下了一本書，對我説，還認得嗎？讓我回心轉意的是這本書。

這是一本精裝的英文書，我看一眼書名，是一本心理學的論文選集，感覺不到有什麼特別之處。

她説，那天你把這本書碰掉在地上。還記得你撿起來的時候，做了什麼？

我仍舊茫然。

簡慢慢説，當時雖然倉促，但是你還是把這本書的「dog ear」捋捋平，才闔上書。看得出是順手，下意識的。

我這時才恍然，她説的「狗耳仔」，是指翻看書頁無意折起的邊角。我對那一剎那毫無印象，或許只是出於本能。

簡説，我想，這是個從小就惜書的人。年輕人，你要謝謝自己。

我知道此時，自己走了神。因為簡的話，讓我忽然想起了一個人。

二 · 老董

葉以補織，微相入，殆無際會，自非向明舉之，略不覺補。

—— [北魏] 賈思勰《齊民要術》

我想起了一個人，在十分久遠前了。

那時候，我還在南京上小學。

回頭想想，那時的小學，總是有一些奇怪的要求。這些要求，會建立起一個孩子奇怪的自尊心。

在我看來，小學好像一架運轉精密的機器。這架機器的內核，或者是以競爭、紀律與榮譽感作為骨架。我是那種孩子，有幾分小聰明，但是天生缺乏紀律感。我後來想，很可能是來自父親信馬由韁的遺傳。或者是某種天然的個人主義傾向在作怪。這是很微妙的事情。在一個集體中，我常常難以集中注意力。比如，在上課時，我會開小差。在別人朗讀課文時做白日夢，諸如此類。後來，我學到了一個詞，叫做「遐想」。顯而易見，我在少年時期，就是很善於遐想的人。但在以紀律為先導的集體中，我並不以此為傲，甚而覺得羞愧。

所以，在新學期裏，我居然獲得一張「紀律標兵」的獎

狀。我幾乎是以雀躍的步伐回家去的。然而，快到家時，同行的同學說，毛果，你的書包怎麼黑掉了？

我這才發現，是上書法課的那瓶墨汁，不知為什麼在書包裏打翻了。

那張獎狀，和一本書，都被墨汁污了大半。這真是讓人太沮喪了。因為這張獎狀，和我來之不易的榮譽相關。

我因此悶悶不樂，在相當長的時間裏。

母親安慰說，不就是一張獎狀，我兒子這麼聰明，往後還多著呢。

父親嘿嘿一笑說，可是關於紀律的獎狀，怕是空前絕後了。

母親瞪他一眼，說，你總是這麼煞風景。

父親說，這是粗心的代價。能不能請老師重新發一張？

我終於憤怒了，說，你們懂不懂，這叫榮譽。榮譽怎麼能再做一張呢？

我的父母，似乎被一個孩子離奇的榮譽感震懾住了，久久沒有聲音。

忽然，父親說，也不是沒有辦法。

母親說，什麼？

他說，你記不記得，西橋那邊，有個老董？

母親猶豫了一下，很久後，說，想起來了，你是說那個修鞋師傅嗎？

父親說，正是。

母親說，他修鞋的技術是不錯。上次你給我在上海買的那雙皮鞋，他給換了個跟，居然一點都看不出。可這跟他有啥關係？

我也想起來了。我們搬家前，在那一帶住過。在我放學路上，有個修鞋攤子。總是有個佝僂的老人，風雨無阻地坐在那。除了修鞋的動作外，不見他有其他多餘的表情。像是一尊塑像，也不和人打招呼。

父親說，老董有辦法。

母親嘆口氣說，你就故弄玄虛吧。這孩子可不好搞，弄不好又是一通鬧。

父親說，毛毛，咱們走一趟。

我們來到西橋，看到了那個叫老董的師傅。

以前，我從未這樣認真地看過他。他埋著頭，正在給一隻鞋打掌。旁邊是個肥胖的中年女人，坐在近旁的小竹凳子上，嗑著瓜子。嗑一下，就把瓜子皮噗地吐出去，一邊說，師傅，給我打牢靠點。

老董把頭埋得很低，正全神貫注地用一個小鎚子敲鞋掌，一點點地，工夫極其細緻。可能是因為視力不好，他戴著厚底的眼鏡，眼鏡腿用白色的膠布纏起來。膠布有些髒污了。但你又會覺得，他是個極愛潔淨的人。他穿著中山裝式樣的外套，舊得發白，是勤洗的痕跡。圍裙上除了作業沾上的鞋油，並沒有別的髒污。套袖也乾乾淨淨的。

我們在旁邊站著，等那女人修完了鞋，試了試走了。女人離開前，對我們一豎大拇指，說，董師傅的手藝，來斯。[1]

老董沒有抬頭，口中說，補鞋一塊，打掌三角。

聲音機械而麻木。

父親稍彎下腰，說，董哥，我是毛羽。

老董慢慢抬起頭，我見他眼睛瞇著，看一看。額上很深的皺紋，跳動了一下。他說，哦，毛羽。

爸把我拉過來，說，這是我兒子，還記得哦，毛果。

老董看看我，說，哦，長這麼大了。

這時我才意識到，父親和老董，是認識的。而且，應該是很久前就認識。

父親捧出那張獎狀，對他說明了來意。

老董站起身來，把手在圍裙上擦一擦，接過來，說，獎狀，好。

他又坐下來。認真地看，沉吟了一下，對父親說，毛羽，給我買個西瓜來。

父親說，什麼？

老董說，半熟半生的西瓜，不要大，三斤上下。

我聽著，覺得很蹊蹺。半熟的瓜，誰會好這一口呢？

父親倒很乾脆地回答，好！

這時候早過了立秋了。南京人好「啃秋」。這也是市面

1　南京話，形容人有本領。

上，西瓜最後一波的銷售大潮。此後，路邊到處都是的賣瓜人，陸陸續續回鄉下老家去了。

我和父親，在西橋附近的菜市場，兜兜轉轉，好不容易才找到一個賣瓜的。

是個小伙子。他說，師傅，哈密一號，包甜。

他竟然徒手把一個大瓜給掰開了，鮮紅的瓤兒。他看一眼我說，嘗嘗甜不甜，不甜不要錢。

父親問，有生的沒有？

小伙子一拍胸脯說，我這哪有生的，個個包甜。你要給你便宜點。賣完這一撥，我就回老家去了。

父親說，嗨，就是要半生的，三斤上下。

小伙子愣一愣，一刀狠狠劈在一隻瓜上，說，師傅，幹哪行也不容易。可不興這麼消遣人的。

父親看他疾言厲色，知道他是誤會了，說，不開玩笑，我真是要個生瓜。你給找找，價錢好說。

小伙子見父親是認真的模樣，也平靜下來，說，看你是當真派用場的，我給你找找。

小伙子就在瓜堆裏，左翻翻，右敲敲。許久，才翻出一個。不放心，又在耳朵邊上屈著中指，敲一敲，聽聽，這才說，師傅，這個瓜生。將將好。

父親讓我把瓜捧好了，掏出錢來。

小伙子一頓推辭，師傅，你可別罵我了。一個生瓜蛋子，收你錢。旁人知道不是說我黑心腸，就要笑你二五郎

當。這瓜送你了。

　　父親堅決留了錢給他，說，小伙子，你是幫了個大忙給我呢。

　　我們把瓜留在老董的攤子上。

　　老董問，生的？

　　父親點點頭。老董將瓜捧起來，放在耳邊敲敲，瞇起眼睛笑了，說，下禮拜五下午，來找我。

　　父親說，毛毛，謝謝董老伯。

　　我對老董鞠了一躬。

　　回到家，我和母親說了。母親對父親說，你還真認識這個董師傅。

　　父親笑笑，老相識囉。

　　就回書房看書去了。

　　可我只想著，這麼大個生瓜可怎麼吃，得拌多少白糖進去啊。

　　一個星期後，傍晚，父親對我說，毛毛，走，瞧瞧你董老伯去。

　　我一聽，就彈了起來。我記掛著獎狀的事兒。

　　我們爺兒倆往西橋那邊走，走著走著，下起了雨。

莫名地，雨越下越大。父親把外套脫下來，蒙到我頭上，找了個近旁的小賣部避雨。

外頭的雨像簾幕一樣，街上的人和景，都看不清楚了。

我說，爸，董老伯收攤兒回家了吧。

父親搖搖頭，說，不會。

待雨小些了，我們才又走出去。遠遠地就看見，老董站在路沿兒上，仍舊佝僂著，看見他花白的頭髮，濕漉漉地搭在前額上。身上的中山裝都濕了。他修鞋的家當，用塑料布蓋著，嚴嚴實實的。他擺攤兒的地方，是天文所後院的圍牆，也沒有遮擋的屋簷兒。他剛才，就一直站在雨裏頭。

看見我們，他這才從那塑料布底下，摸了又摸，掏出一個塑料袋。交到父親手上，說，怕你們來了找不見我。拿拿好。

說完，便從地上拎起小馬紮，擺到修鞋的小車上。慢慢地推著走了。

父親一下把住了車頭，說，董哥，我送你回去。

老董一愣，使了些力氣，撥開父親的手，說，不體面，不體面。

他擺擺手，說，回吧。別讓孩子凍著了。

我們回到家。母親火燒火燎，說，你們這對爺倆兒，都不讓我省心。今天天氣預報有雨，就不知出去帶把傘。

母親一邊給我擦頭、換衣服，一邊埋怨，說，非要今天

去。這麼大的雨，誰還杵在那裏，等你們不成。

父親從懷裏掏出那個塑料袋，用毛巾擦了擦上面的水珠。他解開封口的蔥皮繩，一圈圈地拆了。裏面是一個捲好的油紙筒。打開一層，裏面還有一層。

父親喃喃道，真講究，都和以往一樣。

最後鋪開的，是我的獎狀。

獎狀乾乾淨淨的，那塊巴掌大的墨跡，奇蹟般地消失了。

母親也驚奇極了。她拿起那面獎狀，迎著燈光，看了又看，說，怎麼搞的這是，魔術一樣。

桌上放著母親為父子倆熬的薑湯。父親說，槙兒，找個保溫桶，把薑湯給我打一桶。

母親張了張口。這時候是飯點兒。但她並沒有說什麼，利索地把薑湯打好了。又將在街口滷味店剛斬的半隻鹽水鴨，也用保鮮盒裝上，一併給父親放在馬甲袋裏。

我知道父親要去找老董，便又要跟著去。母親說，你安生一點兒。出去再感冒了，明天就不用上學了。

父親摸摸我頭，說，讓他去吧。哈哈，董老伯為他挽回了榮譽啊。人要知恩，得當面謝謝。

原來老董住的地方，和他擺攤的地點，並不近。

父親帶我從金大的後門進去，穿過了整個校園，才看到在西門的角落裏，坐落著兩排平房。輔佐路建起了幾座新樓，靠著馬路，很排場，將校園都遮擋住了。從外面是可看

不見這些平房的。看得出，都是老房子了。房頂上蓋著防漏的石棉瓦。瓦楞上生著不知過了多少季枯榮的雜草。南京城裏，這樣的平房越來越少了。以往，我的同學程洪才家住過。他們全家從六合來南京接他舅爺爺工廠裏的班，後來也都搬到樓房去了。

一頭巨大的黑狗，帶著幾隻狗崽，正歡快地在雨後積聚的水窪中踩水嬉戲。看見我們，一陣狂吠。一個胖胖的大嬸，喝止住了牠，對我們說，別見怪，我們這裏偏僻，就指望牠看家了。

我看到大嬸，將一塊內臟一樣的赤紅的肉，用草繩拴在水龍頭上，很仔細地沖刷。空氣裏瀰漫著很清冽的土腥氣。我很好奇地問她是什麼？

大嬸說，這是豬肺。以形補形呢，對肺好治咳嗽。可是裏頭髒東西多，要好好洗一洗。嗯，你們是要找誰？

父親說，董師傅。

大嬸說，哦，盡裏頭那一間。

門開著，裏面閃著昏黃的光。走進去，看一個小女孩，正靠在一張桌上，手裏握著毛筆。這桌子很大，雕著花，又很高。女孩是跪在一把椅子上。椅子很氣派，我在電視上看過，叫太師椅。可是一側的把手已經壞了，用一個布帶子裹了好幾圈。

父親問，是董師傅家嗎？

小女孩從椅子上爬下來說，是，我爸出去了。請等一等。

　　她從靠門的長凳上，小心地捧下兩摞疊好的衣服，請我們坐。然後將衣服抱著，拉開一個布簾，放到裏屋去了。

　　我們坐下來，覺得已經將這個屋子佔滿了。這屋子小，並沒有什麼東西。一張床，一個立櫃，還有這張大桌子。人已經沒有什麼可以騰挪的地方。有一只煤氣爐，上面燉著一個砂鍋，咕嘟咕嘟地響。

　　父親終於站起來，看那個女孩子寫字，忽然驚嘆說，哎呀，寫得真好啊。

　　我也湊過去看，也覺得寫得很好。說不出哪裏好，但比我們書法老師寫得還順眼。

　　父親說，毛毛你看看，小姐姐臨的是《玄祕塔碑》呢。

　　看我茫然的樣子，父親有些失望，但他顯然對面前的神童更感興趣。他問，你還臨什麼？

　　小女孩說，還臨《李晟碑》。有時也臨歐陽詢。

　　父親說，這個「歸」字寫得好。

　　女孩說，我爸說不夠好。他讓我要多臨柳公權，說還差幾分「骨氣」。

　　我對這個梳著童花頭，滿口大人話的小姑娘，也有些好奇了。

　　這時候，看著老董進來了，手裏拎著一隻菜籃子。他的中山裝換下來了，穿了一件紡綢的夾克衫，那時是中年男人的標配。可他這件過於大了，整個人顯得更瘦小。見到我

們，他好像有一些吃驚。

父親沉浸在剛才的興奮裏，說，董哥，你這閨女寫得很好啊。

老董愣一愣，淡淡地說，小孩子，瞎寫罷了。

父親將馬甲袋裏的保溫桶拿出來，說，剛才你淋了雨，不放心。家裏熬的薑湯。我愛人給你帶了一盒鴨子。

老董點點頭道，費心了。

老董從菜籃裏拿出一捆青菜，說，元子，把菜擇了，蒜蓉清炒。

小姑娘應了一聲，從椅子上下來，從桌子底下拿出一隻米籮，出去了。

老董將那桌上的筆墨紙硯，收拾了，鋪上了一張塑料布。又打開碗櫥，拿出一瓶「洋河」大麯，擱在了桌上。

父親站起來說，說，我們不打擾，回去了。

老董說，吃了再走。飯點留人，規矩。

父親說，真不客氣。家裏那口子等著吃飯，改日我再來看你。

老董閉了一下眼睛，說，毛羽，咱們上次同桌吃飯，毛教授還在吧。

父親聽到這裏，猶豫了一下，看看我，說，好，董哥，我們坐下喝兩盅。

外頭「滋啦」一聲，我望出去，原來那叫元子的小姑娘，正將拾掇好的青菜下了鍋。那隻煤油爐子，不聲不響

地，被她端到外面去了。她的動作俐落得很，一招一式，像是做慣了飯的人。這時迎著光，我才打量清她。樣子很清秀，但是臉上並沒有很多孩童的神氣和活泛，平和沉靜。

父親感嘆，閨女這麼小，真能幹啊。

老董也望向外頭，說，能幹不能幹，也長這麼大了。

這時候，看見有人走進來，是剛才的那個大嬸，手裏端了個缽，說，董師傅，家裏來客了吧。我肚肺湯做多了，給你端了一缽來。

老董謝過了她。大嬸說，留客吃飯，好事，缺什麼跟我說。

臨走又轉過頭來，說，你胃不好，少喝點酒啊。

看她走遠了，父親說，這裏的鄰居不錯，像一家子人。

老董說，風裏雨裏，也都幾十年了。

元子將菜湯都盛出來，砂鍋裏的飯也端上了桌。老董自己又開了火，炸了一碟子花生米，下酒。加上那一大盤鹽水鴨，倒也挺豐盛。元子將碗筷用開水燙了，給我們一一擱好，開口說，爸，叔叔，你們好好吃。我做功課去了。

老董點點頭。她這才給自己盛了一小碗飯菜，回裏屋了。

父親說，這是什麼規矩，讓孩子一起吃。

老董說，小門小戶，認生啊。由她自在去吧。

老董給父親倒上酒。

董哥，我敬你一杯。父親說完，一飲而盡。這些年，都還好吧？

老董也喝了，說，好不好，都那樣吧。

他又給父親滿上，說，這酒一般，將就著喝。我記得毛教授愛喝花雕。愛請學生喝，也請過我。

父親說，是啊，喝了就愛吟詩作詞。家裏如今還有兩首他作的《滿江紅》。難得喝醉，寫得也狂放。一直留著。

老董看看我，揀了塊鴨子放到我碗裏，問，叫毛毛？

父親應道，大名毛果。

老董感嘆道，眼眉真像他爺爺啊。教授要是看到這小子長得這麼好，不知該多歡喜。

父親道，有時也厭得很，主要是沒有定力。要像你們家元子，我也不操心了。我也想教他書法，一點都坐不住。得一張紀律的獎狀，自然寶貝得要死。哈哈。

老董說，要不，讓他和元子搭伴兒學吧。兩個孩子，也好教些。我來教。

父親說，那怎麼好，各人都要忙一攤子事兒。

老董袖了手，說，我這手柳體，當年也是教授指點的，如今傳給他後人，也是應當。這欠你家的，還多呢。

父親愣一愣，說，董哥，過去的事，就過去吧。

他們兩個，沉默了一會，然後說了許多我不懂的事情。我能聽出來的，是關於爺爺當年教書的事。

我東張西望。

一隻貓不知是什麼時候，從桌子底下鑽了出來。橘色的皮毛，很瘦。牠將身體張成了弓形，伸了個懶腰，然後蹭一蹭我的腿。我把盤子裏的鴨脖子夾過來，餵牠。但是牠似乎沒什麼興趣，搖搖頭，「噌」地一下跳到了窗台上。

我這才看到，窗台上懸著一隻西瓜，已經乾癟了。瓜上還有一層白毛，是長霉了吧。我心想，怎麼還不扔掉。

老董問：毛毛，還認得這隻瓜嗎？

我想一想，恍然大悟。

老董說，來，老伯給你表演個戲法。

他把桌子收拾了。然後鋪開一張紙，將毛筆蘸飽了墨，遞給我，說，寫個字，越大越濃越好。

我攥起筆，一筆一畫，使勁寫下我的名字。

又粗又黑，我自己得意得很。

父親看了，哈哈大笑，有些嫌棄地說，這筆字寫得，真是張飛拿起了繡花針啊。

老董也笑，大度地說，骨架是有的，這孩子內裏有把力氣。

老董將那隻乾癟的西瓜抱過來。我才看清楚，西瓜皮上並不是長霉了，而是鋪了一層霜。老董拿出一支雞毛撣子，摘下一根雞毛。從中間摘斷，獨留下近根兒細絨一般的羽翎子。他用翎子，輕輕地在瓜皮上掃，一邊用隻小湯勺接著。那霜慢慢落滿了半湯勺。

老董便將這白霜，一點點地均勻地倒在紙上，我的字跡被蓋住了。

我看見他手在瓜上晃了晃，竟捉住瓜蒂提起了一個小蓋。一邊嘴裏說，硼砂三錢砒三錢，硇砂四錢貴金線。

我目不轉睛地看著他的手。父親笑說，好個障眼法。

老董也笑了，笑得很鬆弛，額頭上緊巴巴的皺紋也舒展開了。他對著手上的翎毛吹一下，然後輕輕地在紙上掃。我的眼睛漸漸地睜大了。

紙上的那又黑又大的「毛果」兩個字，竟然消失了。

我趕忙舉起那張紙，雪白的一張。對著燈光仔細地看了又看，真的，什麼也沒有。

父親和老董相視而笑，說，這孩子，可給戲法唬住了。

我用很崇拜的眼神看老董，學著電視裏《射鵰英雄傳》，郭靖對洪七公的手勢，說，大俠，請受我一拜。

父親說，得得，就這麼會兒，師父就拜上了。

回到家裏，已經是十點多了。我找出那張獎狀，自然知道是施過同樣的咒語。我不顧母親虎著臉，將剛才的情形，添油加醋地說了一番。

母親冷冷地說，叫爺倆兒瘋的，都不回來吃飯。這修鞋的老董好本事。

父親嘻嘻一笑，收穫不小。我兒子還拜上了個師父。

母親更不解了，說，跟他學什麼？學補鞋打掌？

父親説，他可不只會補鞋。

母親似乎氣不打一處來，搶白説，你一身的酒氣，別故弄玄虛了。就這張獎狀，説到底，也就是一瓶「消字靈」的本事。大半夜的去拜師父？這也是我的兒子，交給個陌生人，你也不問我放不放心？我倒要聽聽他的底細。

父親這才沉默了。許久後，他説，你記不記得毛毛外公，上次拿來的那本《康熙字典》？是他修好的。

母親也沉默了一下，眼裏有驚奇的神色，説，就是那本給蟲子蛀得稀爛的字典？

父親説，嗯。

這事我知道。這本《康熙字典》，是外婆的陪嫁。據説是她爸爸的爸爸的爸爸傳下來的。壓在箱子底，到有一天找見了，才發現給蟲啃得散了架，成了一堆破爛兒。外婆捨不得扔掉，她和太外祖的感情很好，睹物思人，心裏頭那叫一個傷感。竟然經常流眼淚，好像自己辜負了先祖。叫外公想辦法，外公能有什麼辦法，還不是找母親這個長女出主意。結果父親拍了胸脯，一來二去，居然找人給修得看不出痕跡來。外婆大為罕異，説，若見了這高人，她得要好好地謝一謝。

媽媽説，老董就是那個高人？

父親點點頭。

媽媽眼睛一失神，又有些慚愧地説，真是，人不可貌相。

父親的酒也醒了，正色道，得虧毛毛外婆的這本寶貝字

典，十多年來，我才和老董說上話。你既想知道他的底細，那我就說說吧。

　　說實在的，那次父親跟母親說老董的事情。我因為小，並沒有聽懂。但看母親聽著聽著，眼神黯然，後來竟然有些唏噓。到我長大了後，有次提起了老董，父親才又講給了我聽。我才明白，老董的確是個有本事的人。

　　老董什麼時候開始修鞋，好像沒什麼人記得了。他以前不是做這個的，他年輕時，在肆雅堂做學徒。肆雅堂在哪兒，在琉璃廠的沙土園啊。毛毛，還記得你小時候，每到禮拜天，你大伯領著你去逛舊書店。以前琉璃廠的書店，數肆雅堂裝裱工夫一流，修書也最有名氣。據說幾個當家的老師傅曾為清宮修過四庫。後來一九五六年公私合營，給併到中國書店了，書肆的修書師傅也一起來到店裏工作。你爺爺那時在藝術系，還兼了金陵大學圖書館的館長。那次到北京出差，逛琉璃廠，正看見老董埋頭修一本嘉靖年間的《初學記》。你爺爺說，那本書的書口，已經磨損得不成樣子。邊角的地方一碰就掉渣。他就看那年輕人，小心翼翼地用裱紙將邊角環襯起來，行話叫「溜書口」。每片紙渣都安放得恰到好處。他修了一個多小時，你爺爺就看了一個多小時。你爺爺看上了他，要把他帶回南京。那時金大的古藏部剛剛成立，接了好多老中央大學留下的古籍。天災加上人禍，許多善本珍本書，都毀得不成樣子。好的修書師傅，多數去了台

灣。留下有經驗的，大多又老了，要帶個徒弟又談何容易。這行孤清，可也要靠祖師爺賞飯。人得靈，還得有恆心和耐心。那時候調動個人，已沒這麼容易。即使老董是孤兒，上下無牽掛，人也已經滿師，也還是費了許多的周折。你爺爺對他說，我讓古藏部的主任親自帶你。

這年輕人看著善本室裏一箱箱舊書，眼睛亮一亮。你爺爺就放心了。

老董人好學，聰明，沒一個月已經把善本室的古籍熟悉了。他靈在過目不忘，舉一反三。那時候修復古書，可沒現在這麼好的條件，有什麼掃描、電腦歸檔之類。老董就靠自己一個記性，修過的書，哪一朝什麼類、哪個作者、幾卷幾章，甚至哪一頁有缺損，都能記得個大概。他還自己做了一套卡片檢索系統。主任也說，「這個年輕人，有股子鑽勁，好用」。老董呢，也是真愛書。除了修書，就是看書，沒別的愛好。有次你爺爺去館裏，大中午的，人都吃飯去了。就剩了他一個，埋頭看一本書。問他看什麼，他回說，《病榻夢痕錄》。你爺爺說，嗯，師爺寫的書，說了不少乾隆年的腐敗事兒。老董闔上書，說，知世道污濁，才有個出淤泥而不染。你爺爺接過來，問，你修的？老董點點頭。你爺爺打開細細看了，又問，修了多久？老董答：一個月，二修了。原來用了「死襯」，可惜了書。我拆開重新修了。你爺爺說，一個月算快了，補得不錯。這書糟朽了，「肉」缺了不少。老董說，以往在琉璃廠，老師傅們都能補字。我字寫得

不好，唯有先空著。你爺爺就說，不妨事，我教你寫。

以後，老董在修書看書外，多了一個事兒，練習書法。你爺爺教他的法子，是臨帖。顏柳歐趙，二王二嚴。與常人習字不同，你爺爺要他琢磨的，是字的間架與筆畫。再補他人的字，便都有跡可循。

再後幾年，老董漸漸在館裏有了聲名，任了二修組的組長。一次，他拿著兩本《杜詩鏡銓》，找到古藏部的夏主任，說，好好的書，怎麼就做成了「金鑲玉」？主任說，跟我打過報告的。脆化得厲害，除了酸，還是救不過來。老董沉吟了一下，慢慢地說，這是毀書。

哦，你問這「金鑲玉」啊？顧名思義，是在古書頁下襯入一張手工紙，用漿糊粘好，讓襯紙長度寬於書頁，三面加寬古籍的天頭、地腳和書腦，好像加了一道玉白邊。你可記得家裏頭，有本你太舅爺留下的《如意函》，就是這麼修的。老董對主任說，我們這一行老祖宗立下的規矩，是「整舊如舊」。這書破損得是厲害，可紙張還不算失去機械強度。不到不得已，是斷不用「金鑲玉」的法子。在我們那，這可叫「絕戶活兒」。

主任愣一愣，臉色沉下來，不好看了。他說，這館裏的古籍這麼多，怎麼才叫個好法子？這在你們北方叫「金鑲玉」，在我們這兒可叫「惜古襯」。

老董站起來，說，我去重修。

因為這件事，但凡外頭的人提起老董，夏主任就說，業

務是好的，可是為人太傲慢，還不是有館長撐著腰。

又過了幾年，家裏的事你都知道了。你爺爺被人寫了黑材料，交給了革委會。爺爺自然被撤了館長的職。這他倒無所謂，都是身外物，只要還能教書。後來的苦頭，大概又是咱們全家都想不到的了。還波及到了你北京的大伯伯。但你爺爺的冷清性子，抄几回家，鋪天蓋地的大字報，竟也都扛下來了。再後來，漸漸都傳出來，這些檢舉材料，裏頭有夏主任的，居然也有老董的。老董是被人踩著手，寫下那封信。信裏説，毛教授的私藏裏，有多少封建遺毒，他清清楚楚。革委會的人，説，那你就編個目，這不是你最在行的嗎？不老實，就踩斷你的手，讓你下半輩子再修不了書。

你爺爺，這才落下了病，從此再沒好過。談起老董這名字，是家裏的忌諱。再後來，善本室被封了，改成了革委會的檔案室。老董被趕出了圖書館。事沒做絕，他檢舉有功，金大的宿舍還是給他留下了。

老董是什麼時候修上鞋的，誰也不記得了。我只記得你爺爺出殯那天，下著小雨。不知怎麼，我們三兄弟，都哭不出來，也不敢哭。回家的時候，遠遠的，我看見一個人，佝僂著身體，袖著手，朝這邊張望。好像已經跟了我們很久。是老董。他發現我看他，這才回轉身，急急忙忙地走了。我眼底一麻，這才哭了出來。哭得越來越大聲。你大伯慌了，説，老三，你哭什麼？我沒有答他，只是不管不顧地哭下去。

好多年後，我調回了南京。家裏也落實了政策。路過了西橋，老董還在那裏修鞋。有一次彼此都望見了。他張張嘴，說不出話。我也說不出。

直到那一回，你媽媽帶來了外婆的《康熙字典》，唉聲嘆氣的，要我想辦法。我心一橫，去鞋攤找到了老董。我問他，手藝都還在吧？他說，嗯。

父親的講述，在這裏停住。此時的他，也是一個老人了。對於老董這個人，除了為我喚起記憶，似乎再沒有餘力去做任何的評價。但是，我卻清晰地記得，在他帶我去見老董的那個夜晚，回來後，對母親講了一個漫長的故事。而後，兩個人都出現了漫長的沉默。後來，我記得母親站起身，深深嘆了一口氣，對父親說，你該幫幫他。

因為這句話，父親找了祖父當年的同事，這些人也都上了年紀。一些已經不太記得這麼個人。但有一個，是老董當年帶過的徒弟小龍。因為老董當年的所為，明面上也已沒有了來往。我爸就講了自己的想法，說，您如今是古藏部的主任了。館裏也是用人的時候，還是將他請回去吧。

小龍就說，哪怕現在，我們都替老館長冤屈得慌。

父親嘆口氣，事情已經過去了這麼多年。他那一手手藝，是沒有犯過錯的。

小龍便說，我也不是沒動過念頭。如今的這些小年輕，缺的是老人兒手把手地帶。可是，老董這人你知道，倔得

很。給他台階也未必下。

父親說，或許讓他家屬配合做做工作。他愛人是什麼來歷？我上次見到了他女兒，還小得很。

小龍四下望望，說，他沒成家，哪有什麼家屬？那孩子是他撿的。也不算是撿的。有天他出攤兒，去上廁所，回來就看車把上掛著個嬰兒包袱。

父親說，啊，那這麼多年，都他一個人帶？也真不容易。

小龍說，是不容易。可誰容易？他當年那封信，這些年可讓你們家容易了？

因為小龍出面，金大圖書館，給了老董一個臨時工的差事。又聘他兼職培訓館裏新來的年輕人。

老董對父親說，不願意去。

父親說，你的手藝丟了，不可惜？

老董一邊擦洗家什，一邊說，我得出攤兒，修鞋也是我的手藝。

父親搖搖頭，說，董哥，我知道你掛著以前的事兒。如今我放下了，館裏放下了，你自己還放不下？

老董沒有再吭聲。

他答應了下來，但是還是堅持要每天出攤兒。晚上開夜校，給圖書館的青年員工作培訓。還從館裏領了一些活兒，帶到家裏來做。

旁人問他。他說，我沒臉跟那些老相識一塊兒呆著。

　　這時候，我已經跟著老董學書法。老董和學校裏的書法老師不一樣。不描紅，也不用雙鈎，就是給我一本帖。這帖上，一頁一字，是從各家的法帖上，集聚來的。從「一」字練起，日日不斷。母親聽説了，就説，這是野路子啊，別把孩子的字給練雜了。父親便説，「練得百家好，方知字中字」。這就是當年他爺爺教老董的法子。母親就不再説話了。

　　老董家的那張花梨的大桌，騰出來給我和元子練字。老董對我不多言語，一招一式，倒多是元子從旁指點。他自己呢，讓圖書館搬來了一張小書桌。桌上多了許多古書。他仍然是修鞋的打扮，圍裙套袖，可手上多了一副白手套。拿起書來，小心翼翼的。桌上呢，也都像是修鞋的家什。針錐、挑針、排刷、木尺、大小起子、張小泉的剪刀。眼見著，都是老物。榔頭有三把，分別是木榔頭、鐵榔頭、橡膠榔頭。還有一把鐮刀，是真的鐮刀，亮閃閃的，用來裁紙。我説，董伯，這可夠威風的。他就笑笑，説，這比起肆雅堂老汪家八斤重的大長刀，可遠了去了。

　　這時的老董，説話也活潑了一些。他手裏總不閒著。我呢，生性好奇，練著手裏的字，便想去看看他在忙活什麼。我問，老伯，你在做什麼？他沒有抬眼睛，只是答説，伯伯在給書醫病。他埋著頭，手用一把竹起子，在書上動作著。一盞小燈，光淺淺地打在書上。他仔細地用竹起子揭開粘連在一起的書頁，用小毛刷細細刷去頁面上的浮塵。那架勢，

真像極了做手術的大夫。手邊的起子，約有七八把，大小厚薄各不同，如一排手術刀各有其用。他手裏的這把竹起子，很輕薄，顏色較其他幾把更深，末端還掛了紅色吊墜。久了，我自然看出老董對它的偏愛。這起子由扇柄改製的，剛入行就開始用，據說是當年他師傅傳下來的。如今不知經了多少年，已用得發亮，像包了層漿。我便也知道這竹起子的講究：頭部要留竹節，不容易裂開；竹起子要帶竹皮，韌性好。

這時，老董略抬一抬頭，說，元子，打漿糊。

元子便很俐落地，將麵粉倒在一大一小兩隻碗裏，一點點加水，用力攪拌。一邊攪，一邊往裏頭加上些粉末。待看漿糊黏稠了，她又用竹起子，往外挑東西。我問，這是什麼？她說，是麵筋。

攪拌到最後，兩邊的漿糊，一乾一稀。那隻叫麻團的貓，噌地一下蹦到了桌上，趁人不注意，吧唧吧唧，就著漿糊碗舔起來。元子趕緊走過去，在那貓腦袋上磕了一記，說，哪兒都饞得你。我很驚奇，問元子說，這漿糊能吃啊？元子哈哈笑，說，好吃，高營養。這挑出的麵筋，姐回頭給你拌疙瘩湯。我又問，麻團為什麼不吃旁邊那碗啊？元子說，麻團精著呢。那碗裏加了黃柏水和澄粉，防蟲。牠不愛吃。

我於是很佩服元子的見識，也讓老董教我。老董說，這都是江湖上混飯吃的手藝。毛毛好好讀書，將來要做大事

的。學這個沒用。

我一邊纏他。老董又說，你可知道學這個，先要有個什麼？

我說不上來。

他對我招招手，說，你來看看伯伯在做什麼。

我走過去，看他手裏的書，是破舊的焦黃色。紙頁上被蟲蛀得厲害，佈滿或小或大的蟲眼兒。老董說，你看著。

他用一支毛筆，蘸上元子打的漿糊，將一個蟲眼兒潤濕，然後覆上了同樣焦黃的宣紙。後來我知道，那是他存了許多年的毛太紙，用紅茶水染過。他用毛筆蘸水沿著蟲眼邊緣畫水紋，再將多餘的毛太紙捻斷。大點的蟲眼兒，漿糊潤濕後，邊修補，邊用鑷子或針錐小心地挑乾淨毛邊兒，然後用個小木槌輕輕地把蟲眼兒搥平整。他讓我迎著光看看，竟然一點兒都看不出補過的痕跡。老董的動作十分俐落，可我看了將近十分鐘，他才補了一頁蟲眼兒。這些眼兒有的豆大，有的小似針眼。我的眼睛，已經有些看花了。心裏嘆一口氣。這整一本書，每頁都有蟲眼兒，得要補到什麼時候。

老董又問我，現在你說說，這行得有個什麼？

我想想說，好眼力。

老董搖搖頭，只說對了一半兒。你可知道，修一本書，從溜口、悶水、倒頁、釘紙捻、齊欄、修剪、搥平、下捻、上皮、打眼穿線……得二十多道工序。當年我師父，教我第一步，就是學這補蟲眼兒。那是沒日沒夜地補，看著小半人

高的書，一本又一本。吃過晚飯，給我兩升綠豆，到門廊外頭，就著月光，用根筷子，一粒一粒地揀進一個窄口葫蘆。第二天天亮，師傅倒出來。晚上再接著揀進去。就這麼著整整半年。我看針鼻大的眼兒，也像個巴掌。當年梅博士養鴿子，見天兒盯著看，練那眼神的活泛勁兒。這是一行練就一行的金剛鑽。我師傅要我學的，不止是眼力，還有冬三九、夏三伏坐定了板凳不挪窩的耐力。

我不吱聲兒了。老董又問，今天伯伯讓你臨的「來」字。臨完了？

我心裏一陣兒慚愧，乖乖地伏在大桌子上，繼續寫字。

我的書法，在老董的教導下，的確是進步了很多。母親有些奇怪，說，這孩子，跟了老董脫胎換骨了。我也要跟著看看去。

便備了糕點，到老董家去。

老董見一家三口都來了，有些欣喜，也有些慌得不知說什麼。

母親一時脫口而出，老董師傅，咱們見過的。我在您那兒修過鞋，好手藝。

話接不下。父親忙說，老董哥幹什麼，都是好手藝。

母親又說，我這個兒子，多虧您教上了道。

老董說，是孩子自己靈。到底是毛教授的後人，一點就透。

老董說完就沉默了。母親因為知道了這人和爺爺的過往，也竟然不知怎麼應對。這時候，她看到門口的爐子上，坐著一口大蒸鍋，正有些水汽滲出來。於是找話，這是蒸包子？

剛才還袖著手的老董，聽到忽然笑了，說，不是。我在「蒸書」。

蒸書？母親一愣神兒。

此時老董遲鈍的眼神，也有些生動起來。

他說，今天去館裏，見著小龍。說福建省圖送來了一批出土古書，能修的都修了。還有幾本老大難，再修不好，就送去報廢了。有本《八閩通志》，已經硬成了「板轉」。小龍說這書已經洗了兩次，可是因為酸性太高，紙頁都粘連上了。無論怎麼都揭不開。我就說，我帶回去試試看。

父親說，這法子能成嗎？

老董轉向母親，問，弟妹，你說，蒸包子。這包子膨脹鬆軟，靠的是什麼？

母親想了想，是靠了水汽。

老董說，對，就是這個道理。這古籍就好比一隻包子，要靠著這股水汽給它鬆鬆骨頭。

父親說，那還得加上點兒小蘇打，至少也得加上個酵母頭。

大人們就哈哈笑了起來，小屋裏的空氣，變得輕鬆與快活起來。

聊了好一會兒，老董站起身，取出竹起子和鑷子，揭開了蒸鍋。

鍋裏的水汽漫溢出來。還有一股子酸腐的氣味，著實不好聞。父親説，是出土文物的味兒。

老董用鑷子在鍋裏揭了一下，又蓋上了鍋蓋，笑笑説，包子還生，火候未到。

説話間，父親問，和館裏的人相處得都好？

老董收斂了笑容，終於説，實在的，那些小年輕的做派，我不是很看得慣。儀器什麼的，他們是用得很溜，張口閉口「科學」。祖宗傳下來馬褙褙的老法子，哪是「科學」們比得了的。

父親想想説，你做好自己的本分。不該你管的，就隨他去吧。

老董點點頭，説，我有數的。不然白活一把年紀了。

又過了一會，老董站起身，説，成了。

他戴起手套，打開蒸鍋，從裏頭取出那本古書。黑黢黢的書，此時像塊剛出爐的蛋糕，散發著水汽。

老董輕輕將它放在一塊準備好的棉布上，又拿著一個小噴壺，在書口均勻地噴上水。這才拿起一隻小鑷子，小心地一點點地伸進書頁。

我們一家人都屏住了呼吸，看老董暗暗地使了一下氣力。那書頁終於被揭開了。我至今記得，那一刻的欣喜，在心中響起了「喀」的一聲。如同人生的某個機關，被打開了。

書頁的正反面剝離了，完好無缺的字跡。再揭開一頁，依然完好。

父親激動地說，這真是叫個，「大功告成」。

老董也很高興，搓一搓手，說，這麼著，館裏其他幾本書，也都有著落了。《齊民要術》裏寫著呢，沒有老法子辦不成的事。

這時候，我看見元子挎著籃子走進來。老董說，閨女，去買瓶洋河。毛叔叔來看咱們了。

元子脆脆地應了一聲。父親止住她，說，今天你爸攻堅成功，理應慶賀一下。走走，咱們下館子。

分手的時候，老董喝得晃晃蕩蕩的，緊緊握住父親的手不肯撒。他說，毛羽，老哥謝謝你。我是以為自己再也回不來了。

元子攙扶著他，抱歉地看父親一眼，說，叔叔對不起，爸喝多了。

父親也微醺了。他說，沒事，你爸是高興的。董哥，你有元子這件小棉襖，歸根兒還是有福氣的。

以後的日子，與老董走得便近了。家裏的一些藏書，祖父在世時被毀過一些，失散過一些。但老家陸續又寄來了，皖南的梅雨天漫長，蟲蛀水浸了，品相就不是很好。父親就都送到老董那去。我呢，喜歡的小人書，《鐵臂阿童木》、《森林大帝》、《聰明的一休》，翻看久了，也送到董老伯那

去。老董一視同仁，都給修得好好的。

　　做活的時候，他的話其實很少。少到你屏住呼吸，只能聽到房間裏翻動紙頁的沙沙聲、還有裁紙的聲音以及木槌落在書頁上的鈍響。當這聲音在你耳畔放大，減慢，即便是一個兒童，也會體會到其中的一種神聖感。

　　這房間裏的氣息，其實也是不新鮮的。因為這些古書經年的老舊，以及潮濕霉變的紙張、寒暑歷練的油墨混合在一起，形成了一種渾然而醒神的味道。長了，你會對這種味道產生依賴，甚至在呼吸間上了癮。許多年之後，我仍然還回憶得起，這是存儲在時間中的書的氣味。

　　有時，他會經過我身邊，看著我習練書法，不發一言。有時他會俯下身，握住我的手連同手中的筆，很慢地，導引我寫下剛才臨寫的筆畫，作為演示與勘誤。這一切，都在安靜中進行。

　　唯有一次，我聽見他在身後深深嘆了口氣，說，毛毛，讀書的人，要愛惜書啊。

　　我回過頭，看見他手中是我那本散了架的《森林大帝》，他正在一頁一頁地將書頁的摺角捋平，然後小心地放在那只裏面灌滿鉛的木頭書壓底下。那神色的鄭重，如同對待任何一本珍貴的古籍。

　　有一天，元子對我說，毛毛，來幫姐姐一個忙。

　　她手裏握著兩卷黃澄澄的線。她把線繞到我的雙手上，

問我，幫媽媽纏過毛線吧？

我說，嗯，你要打毛衣嗎？

她呵呵地笑了，摘出了一個線頭，密密地纏在小竹筒上，說，這是蠶絲線，是給線裝書縫線用的。

我問，這線怎麼這麼舊啊？

她手裏熟練地動作著，一邊說，舊就對啦，修古書，就是要用舊線。這線是做舊的呢。

我又問，是怎麼做舊的呢？

她說，都是我爸染的啊。這種古銅色，可不好染呢。你聞聞，是不是有股中藥味兒？這裏頭啊。有紅茶、紅藤、蘇木、關紫草、秦皮、槐花、毛冬青、熟地、洋蔥皮。要防蟲呢，還得放上黃檗樹皮、百部根和花椒種子。一起煮成水，把絲線泡上兩天，晾乾了，才能派用場。

我說，那紙呢。伯伯修書用的紙，也要染嗎？

她笑笑說，可不！紙那就更講究啦。一書一紙，百紙百色，都得能對得上才行。爸說，以前老行當修書，都是買那些殘舊的古書，裁了天頭、地腳、書腦來用。但這法子，是拆東牆補西牆啊。他修書，全靠自己染。他喜歡用的是楮皮紙。楮樹皮製成的純皮紙，韌又輕薄。這顏色要染得準，得一點點地調，還得一回回地試。要黃一點兒呢，就加黃柏；要紅一點兒加朱砂；要黑一點兒加煙墨。

我說，這個我也知道。我爸畫畫的時候，也用調色板。

元子又笑起來，毛毛真聰明，就是這個道理。不過畫

畫，是跟著自己的心。染紙啊，可得緊跟著人家的書嘍。

這說話間，一卷線也軸完了。我看著她還稚嫩的臉，很嘆服地說，元子，你怎麼知道得這麼多？

元子說，我爸天天都在修書。見來的，聽來的啊。

說完這句話，她眼裏頭有憧憬。摩挲了手中的線，輕輕對我講，毛毛，我長大了，也要和爸一樣，把全天下的書都修好。

回到家，我和父親說了元子的話。父親也感慨，好孩子，有志氣。老董這一手好活兒，算是有個傳人了。

秋天時候，父親接到了小龍的電話。

小龍說，毛羽。這個老董，差點沒把我氣死。

父親問他怎麼回事。

他說，館裏昨天開了一個古籍修復的研討會，請了許多業界有聲望的學者。我好心讓老董列席，介紹業務經驗。結果，他竟然和那些權威叫起了板。說起來，還是因為省裏來了本清雍正國子監刊本《論語》，很稀見。可是書皮燒毀了一多半。那書皮用的是清宮內府藍絹，給修復帶來很大難度。本來想染上一塊顏色相近的，用鑲拼織補的法子。也不知怎的，那藍色怎麼都調不出來，把我們急得團團轉。省外的專家，都主張整頁將書皮換掉。沒成想老董跟人家軸上了，說什麼「不遇良工，寧存故物」，還是「修舊如舊」那套陳詞濫調。弄得幾個專家都下不了台。其中一個，當時就

站起身要走，説，我倒要看看，到哪裏找這麼個「良工」。老董也站起來，説，好，給我一個月，我把這書皮補上。不然，我就從館裏走人，永遠離開修書行業。

你説説看，儀器做了電子配比都沒轍。你一個肉眼凡胎，卻要跟自己過不去，還立了軍令狀。毛羽，再想保他，我怕是有心無力了。

父親找到老董，説，董哥，你怎麼應承我的？

老董不説話，悶著頭，不吱聲。

父親説，你回頭想想，當年你和夏主任那樑子，是怎麼結下的。你能回來不容易，為了一本書，值得嗎？

老董將手中那把烏黑發亮的竹起子，用一塊絨布擦了擦，説，值得。

後來，父親託了絲綢研究所的朋友，在庫房裏搜尋，找到了一塊絹。以往江寧織造府裁撤解散時，各地都託號家紡織貢緞，所以民間還留有許多舊存。這塊絹的質地和經緯，都很接近內府絹。但可惜的是，絹是米色的。

老董摸一摸説，毛羽，你是幫了我大忙。剩下的交給我。我把這藍絹染出來。

父親説，談何容易。這染藍的工藝已經失傳了。

老董笑笑，凡藍五種，皆可為靛。《本草綱目》裏寫著呢，無非「菘、蓼、馬、木、莧」。這造靛的老法子，是師父教會的。我總能將它試出來。

　　此後很久，沒見著老董，聽說這藍染得並不順利。白天他照舊出攤兒修鞋。館裏的人都奇怪著，畢竟一個月也快到了，他就是不願意停。他獲得了小龍的允許，夜裏待在圖書館裏。傍晚時也跑染廠，聽說是在和工人請教定色的工藝。聽父親說，染出來看還行，可是一氧化，顏色就都全變了。

　　可是老董家裏，沙發套和桌布，窗簾，都變成了靛藍色。這是讓老董拿去當了實驗品。

　　中秋後，我照舊去老董家練書法。父親拎了一籠螃蟹給他家。看老董和元子正要出去。老董說，毛羽，今天放個假。我帶兩個孩子出去玩玩。

　　老董穿了一件卡其布的工作服，肩膀上挎了個軍挎。元子手上端著一只小筐。父親笑笑，也沒有多問，只是讓我聽伯伯的話。

　　老董就踩著一輛二十八號的自行車。前面大槓上坐著我，後座上是元子。穿過了整個金大的校園。老董踩得不快不慢，中間經過了夫子廟。停下來，給我和元子，一人買了一串糖葫蘆。我問老董，伯伯，我們去哪裏啊？

　　老董說，咱們看秋去。

　　這時候的南京，是很美的。沿著大街兩邊，是遮天的梧桐。陽光灑到梧桐葉子上，穿透下來，在人們身上跳動著星星點點的光斑。隔了一條街區，就是整條街的銀杏。黃蝴蝶一般的葉子風中飄落，在地上堆積。自行車輾過，發出沙

沙的聲響。也不知騎了多久，我們在東郊一處頹敗的城牆停住了。

這裏是我所不熟悉的南京。蕭瑟、空闊，人煙稀少，但是似乎充滿了野趣。因為我聽到了不知名的鳥，響亮的鳴叫，是從遠處的山那邊傳過來的。山腳一棵紅得像血一樣的楓樹，欷歔響了一陣兒。就見鳥群撲啦啦地飛了出來，在空中盤旋，將藍色的天空裁切成了不同的形狀。老董長滿皺紋的臉上，有了一絲笑意。他對我們說，真是個好天啊。

我們沿著一條彎折的小路，向山的方向走。元子折了路邊的花草，編成了一個花環，戴在了頭頂上。這讓她有了明媚的孩童樣子。

我們漸漸走近了一個水塘，清冽的腐敗的氣息，來自浮上水面經年積累的落葉。看得出這是一處死水，水是山上落雨時流下來的，就積成了水塘。沿著水塘，生著許多高大的樹。樹幹在很低處，已經開始分岔。枝葉生長蔓延，彼此相接，樹冠於是像傘一樣張開來。我問，這是什麼樹？

老董抬著頭，也靜靜地看著，說，橡樹。

老董說，這麼多年了。這是壽數長的樹啊。

老董說，我剛剛到南京的時候，老師傅們就帶我到這裏來。後來，我每年都來，有時候自己來，有時和人結伴。有一次，我和你爺爺一起來。

你爺爺那次帶了畫架，就支在那裏。老董抬起胳膊，指了指一個地方。那裏是一人高的蘆葦叢，在微風中搖蕩。

你爺爺説，這是個好地方，有難得的風景啊。

他説這個話，已經是三十年前了。

老董的目光，漸漸變得肅穆。他抬起頭，喃喃説，老館長，我帶了您的後人來了。

我順著他的目光望過去，什麼也沒有看見，只看到密匝匝的葉子。那葉子的邊緣，像是鋸齒一樣。一片片小巴掌似的，層層地堆棧在一起。我問，伯伯，我們來做什麼呢？

老董伏下身，從地上撿起一個東西，放在我手裏。那東西渾身毛刺刺的，像個海膽。老董説，收橡碗啊。

我問，橡碗是什麼呢？

老董用大拇指，在手裏揉捏一下，説，你瞧，橡樹結的橡子。熟透了，就掉到地上，殼也爆開了。這殼子就是橡碗。

我也從地上撿起了一個還沒爆開的橡碗，裏面有一粒果實。我問，橡子能不能吃？

冷不防地，元子嘻嘻笑著，將一顆東西塞到我嘴裏。我嚼了嚼，開始有些澀，但嚼開了，才有膏腴的香氣在嘴裏漫溢開來。很好吃。

元子説，要是像栗子那樣，用鐵砂和糖炒一炒，更好吃呢。

老董説，毛毛，你看這橡樹。樹幹呢，能蓋房子、打家具。橡子能吃、還能入藥。橡碗啊……

這時候，忽然從樹上跳下來個毛茸茸的東西。定睛一看，原來是一隻松鼠。牠落到了地上，竟像人一樣站起了身。前爪緊緊擒著一顆橡子。看到我們，慌慌張張地跑遠了。

老董說，牠也識得寶呢。

我問，橡碗有什麼用呢？

老董這才回過神，說，哦，這橡碗對我們這些修書的人，可派得大用場。撿回去洗洗乾淨，在鍋裏煮到咕嘟響，那湯就是好染料啊。無論是宣紙還是皮紙，用刷子染了，晾乾。哪朝哪代的舊書，可都補得贏嘍。我們這些人啊，一年也盼中秋，不求分月餅吃螃蟹，就盼橡碗熟呢。

我聽了恍然大悟，忙蹲下身來，說，原來是為了修書啊，那咱們趕快撿吧。

老董到底把那塊藍絹染出來了。據說送去做光譜檢測，色溫、光澤度與成分配比率，和古書的原書皮相似度接近百分之九十。也就是說，基本完美地將雍正年間的官刻品複製了出來。

因為本地一家媒體的報道，老董成了修書界的英雄。鄰近省市的圖書館和古籍修復中心，紛紛來取經，還有的請老董去做報告。

圖書館要給老董轉正，請他參與主持修復文瀾閣《四庫全書》的工作。

老董搖搖頭，說，不了。還是原來那樣吧，挺好。

　　他白天還是要去出攤兒修鞋，晚上去館裏教夜校。周末教我和元子寫書法。

　　他家裏呢，也沒變，還總是彌漫著一股子舊書的味道。還有些澀澀的豐熟的香，那是沒用完的橡碗。元子用鐵砂和糖炒了許多橡子，封在了一個很大的玻璃罐裏。我寫得好了，就獎勵給我吃一顆。

　　可是，有一天周末，老董不在家。家裏沒人。也沒在館裏。

　　父親帶我去鄰近的澡堂洗了個澡。

　　傍晚時，再來老董家。門開著，老董坐在黑黢黢的屋子裏，也不開燈。

　　父親說，董哥，沒做飯啊？

　　老董沒應他，面對著那張花梨大桌案，一動不動。桌上有一本字帖，幾張報紙。報紙上是清秀的字跡，柳體書法。有風吹進來，報紙被吹得捲起來，蕩一蕩又落了下來。

　　父親又喊了他一聲。

　　老董這才抬起了臉，定定地看著我們，眼裏有些混濁的光。

　　父親四顧，問，元子呢？

　　老董很勉強地笑了一下，說，送走了。給她媽帶走了。

　　我吃驚地說不出話來。元子何時有了一個媽呢？

　　老董摸摸我的頭，輕輕說，是她親媽。當年把她用個嬰

娃包裹捲了，放在我的車把上。我尋思著，她有一天總會找回來的。她要是找來了，我恰巧那天沒出攤兒，可怎麼辦？十二年了，她總算找回來了。

父親愣一愣，終於也忍不住，說，你養她這麼多年，說送就送走了？

老董沉默了一會兒，說，我去那人家裏看了，是個好人家。比我這兒好，那是孩子的親媽。人啊，誰都有後悔的時候。知道後悔，要回頭，還能找見我在這兒，就算幫了她一把。

老董起身，從碗櫥裏拿出一瓶洋河。倒上一杯，放在了眼前。停一停，一口抿個乾淨。又倒了一杯，遞給父親。他說，我該歇歇了。

老董沒有再出攤兒修鞋。圖書館裏的工作，也辭去了。

後來，他搬家了。沒有人知道他去了哪裏，跟我父親也沒說。

來年春節前，我們家收到了一隻包裹，北京寄來的。

打開來，裏頭是我的一本小人書，《森林大帝》。開裂的書脊補得妥妥當當。書頁的摺角，也平整了。

包裹裏，還有一把竹起子，上面吊著個扇墜子。竹起子黑得發亮，像包了一層漿。

三·徒弟

補天之手，貫蝨之睛，靈慧虛和，心細如髮。
　　　　　　　　—— [明] 周嘉冑《裝潢志》

一周後，我如約來到了簡的住處。

家裏有個很年輕的聲音。我看到一個大學生模樣的人，垂首站在簡的身旁。簡輕聲對她說著什麼，桌上攤開著一些書葉，手中動作，好像在演示。

看到我，女孩大方地打招呼，對簡說，老師，您的客人來了。

簡笑笑說，這是毛博士。說起來，也是你的學長，港大畢業的。

女孩對我伸出手，說，樂靜宜。鹿老師的徒弟。

我握手回禮，這才會意，鹿是簡的姓。

女孩返身在桌上收拾書葉，同時將裁切下來的邊角，很麻利地清理好。頷首道：老師，毛博士，我先告辭了。

簡送她到門口，叮囑說，齊欄重在手勢，熟能生巧。每本書的魚尾欄位置不同。記住教你的口訣，不貪快。

女孩笑一笑，一抱拳，說，遵命。

這個笑容很有感染力，讓她清淡的面目生動而明亮起

來。簡笑了，我也跟著笑了。

我們回到樓上。我對簡抱歉，説，不知道您在上課，打擾了。

簡説，沒事，今天不是上課的日子。但靜宜要去參加一個比賽，找我補補課。

我説，是修書的比賽嗎？

簡點頭，是，亞洲修書協會兩年一次，今年在東京。增設了青年組。

正説著話，簡留意到英國短毛跳到了桌子上，趴在一個玻璃碗裏舔食。

簡輕輕拍了一下牠的腦袋，説，為食！

這隻叫 Ted 的貓並不很慌張。牠用前爪梳理了一下嘴巴上的鬍鬚，這才施施然地落地，沿著樓梯緩緩走下去。

玻璃碗裏是打好的漿糊。

簡嘆一口氣，説，正經的貓糧不吃，就愛吃這個。

我想起了很多年前的那個下午，有一隻叫麻團的貓，也很愛吃漿糊。

簡喚吉吉上來，把書桌收拾了，又叫她從一個五斗櫥櫃上，取下一個樟木盒子，拿出一只函套來。

雖然室內的光線並不很好，但我還是看出，這函套的華貴。靛青錦綾的底，上面是遊雲與舞鶴。三角壓片則做成了雲頭的樣式，很精緻。

簡説，我好久不做了。書頂、書根、書口哪一處都馬虎不得。還好，幾年前在嘉定收了一副象牙籤，也派上了用場。

我屏住呼吸。看到她將函套打開，裏面是爺爺的書稿。她小心地捧出來，放在我手裏，説，完璧歸趙。

我看到木夾板上了一層蜂蠟，陰刻的「據几曾看」四個字，愈見清晰。翻開來，書頁平整而柔軟。經年水漬的痕跡，已看不見了。

簡説，洗書除酸、薰蒸、溜了書口，再一頁頁燙平。你爺爺是個有心人，在內頁標注了阿拉伯數字的頁碼。他是一早預見了有人會拆裝。

簡説，我師父說，他得到過一冊中世紀的書。拆開了，每一手都標注了 signature。以往製書的人，是把自己的名聲都放進去的。

我撫摸書頁，心下感動，説，祖父有幸，身後遇到了您。

簡説，這份書稿，我邊修邊讀。令祖上世紀四十年代成書，已提出《快雪時晴帖》是摹本。乾隆爺足五十年，都當是真跡，寶貝得很。隔陣子就寫一個跋，蓋上一個章。台灣也是後來用了科技，以唐雙鉤為據，才確定是摹本，比這份書稿裏的結論，又晚了數十年。很了不起。只可惜，當時沒有出版。

我搖搖頭，説，也不可惜。有些話，説得太早了，是沒有人信的。

她說，那也還是要說出來。不說出來，壓在心裏頭，不是辦法。

她的眼神黯然了一下。這話裏有別的話。但是她說，我的一個故舊，給我講宋畫，講《林泉高致》，我一直不懂。你祖父評郭熙《早春圖》，引《華嚴經》裏頭一句，點醒了我。

動靜一源，往復無際。我說。

她說，嗯，是這句。動靜一源，往復無際。

她闔上書，裝進函套裏，交給我手上，說，好好藏著。

吉吉出去買菜了，或在樓下遇到了自己的同鄉。歡快的聲音響起，由近至遠。我和簡閒談了一會兒，準備告辭。

簡忽然說，你能幫我一個忙嗎？

雖然不知是什麼忙，我立即說好。

她指著牆角的一只紙箱，說，最近手時時震，開不了車，請你陪我去一個地方。

我在導航的指引下，過了海底隧道，把簡的二手福特開到了觀塘區。

對這裏我並不陌生。曾經因和某個著名導演短暫合作，我頻繁地出沒此地，達兩個月之久。這裏是九龍東的工業區，工廠大廈林立。有些年久的廠房，不敷使用，被政府出政策以低廉的租金租給藝術家，美其名曰「活化」。導演的

工作室正在這裏。於是出於因利就便的考慮，他的不少作品在這裏取外景拍攝，又多是動作片為主。這些街巷與樓宇，年久失修，而又有種莫名昂藏悲壯的煙火氣息，非常適合槍戰及飛車。所以，在一些新上畫的港片裏，我多半還可以辨認出這個區域。

導航結束，我們停在了一幢很偏僻的大廈前。

我搬著那隻箱子，跟著簡進入一個電梯。那電梯外面竟還有需要人手開關的鐵閘。這著實讓我開了眼界，此前我只在歐洲那種老式的住宅公寓裏見過這種電梯。電梯在二樓停住。撲面的酒氣，一個大漢，赤著上身，手裏拎著個油漆桶，搖搖晃晃地進來。他轉過身，我看見他背後紋著一條龍，龍爪的位置，寫著「兼愛非攻」。我們在五樓出去。我抱著箱子有些吃力。大漢咧嘴一樂，露出一口被煙燻得焦黃的牙齒，問「使唔使幫手」。

我看見了簡走在前面，嫻熟地在一個鐵門前按動了密碼。鐵門打開。然而面前又是若干的一式一樣的鐵門，上面各安裝著一式一樣的密碼鎖。同時，我聽見耳邊猶如鼓風機一樣強勁的中央空調的聲響。我忽然意識到，這就是「迷你倉」。

有關「迷你倉」，我並不感到陌生。舊年香港出了一椿事故，九龍區一個叫「時昌」的迷你倉發生四級大火。燒足三十四小時，未熄。火勢並不大，但因為現場樓層的儲物倉如同迷宮，物件紛紜。一星之火，處處燎原。其間兩名消防

隊員不治殉職。

「迷你倉」著眼於「迷你」，是港人的在地發明。地少人稠，空間逼狹。諸多雞肋之物，留之無用，棄之可惜。如何，便租借工業區或海傍的小型倉儲，擺放這些物件，租期一年至數年。我識迷你倉，是當年在港大讀書時。畢業的師兄姐，有如默契，將辦公室的各類書籍打包，紛紛存放於斯。回歸家庭本位後，對書籍封鎖致哀，如天人兩隔，永不相見。

我忽然想，或許我手中的紙箱，裝滿的是書。

果然，簡用裁紙刀將箱子劃開，從裏面取出一摞顏色陳舊的書。她再次按動密碼打開了一扇冰冷的鐵門。裏面擺著三只同樣冰冷的鐵質書架，是那種圖書館才有的書架。這書架是訂製的，很高，上接這個廠房改建的迷你倉獨特的天花板。天花盤旋著看得見經年鏽跡的管道。書架下面，還有一只可以自由伸縮的梯子。

簡將梯子打開，挪動，指著書架高處還空著的位置，對我說，請把這些書幫我放上去。我按照她的指引，將這些書在書架上排好。我可以聞到，這些老舊的精裝書，卻散發著新鮮的漿糊和皮革味道。

簡說，幫我把旁邊的那些書拿下來。我拎起其中一本。倉促間，這本書的書脊竟然整個掉了下來，落在了地上，激起了一陣煙塵。我慌張地對簡說對不起。簡笑起來，擺擺手說不要緊。我這才發現，這些書，已經殘破不堪。我很小

心地一本本取下來。簡按照次序，將他們放進了剛才的紙箱裏。

簡將其中一本拿起來，揮一揮灰，滿意地説，帶回去慢慢修。

我這時才認真打量這個迷你倉，發現比我想像中要大，只不過空間被幾個書架遮蔽了。原來書架後還有許多紙箱，上面標誌著號碼，似乎寫的是年份。

簡在我身後，安靜地説，這是我的書店。

沒待我細問，她説，從中學開始，我所有的藏書都在這裏。四千多冊吧。

她四望一下，在書架上取下一本。説起來，都過去了許多年了，總也捨不得丟。小時候，家裏經濟不好。我又愛讀，就在舊書攤和文具店「打書釘」，不肯走，一站就是一個下午。老闆娘趕了幾次，我就省下零用錢來買。新的買不起，就買舊的。一來而去，也攢下許多書。可這些書呢，缺少照顧，多半無「完身」。我那時愛讀小説，因為封面脱落，連帶了前後的章節。對不少故事，我現在記憶都是有頭無尾，也多了一些念想。後來讀了大學，還經常幫襯那家書店。老闆娘對我説，有個客人，把一套書放在店裏寄售，少了一冊，賣得便宜。我一看，是一九七四年內地出版的《脂硯齋重評石頭記》。宣紙朱墨套色，原尺寸影印。我恰巧在《明報月刊》上讀到了這套書的廣告。説來也是個緣由。那時是毛澤東時代，中國大陸未開放，缺乏外匯。北京出版了

這套「庚辰本」《石頭記》，全世界限量兩千套。價定得很高，是用來賺外匯的。香港分得五百套售賣，當時作價港幣兩千五。我翻開來，就看到這套線裝書，跟足原書釘裝，就連眉批原本紅色都保留了。拿在手裏就不忍放下。老闆娘說，那客人開價一千二。我說，我是學生，沒有這麼多錢，可我想要這套書。老闆娘說，這個客人要移民英國了，我替你問問吧。後來，客人回話了，說可以一千元給我。在七十年代，這仍然是個不小的數字。我嘆口氣，搖搖頭說，還是算了。老闆娘說，鄭先生說了，不急著你還。他留下了一個賬戶，你儲夠了再還他。

我用了兩年時間，補習、做兼職賺錢，把這筆錢分期還掉了。簡說。

我說，這套《石頭記》，少了哪一冊？

少了最後一冊。我去年才補齊，也不知誰捨得放了出來。簡將鐵門關上，上了密碼鎖，問我說，餓了嗎？我們去吃飯。

我推辭了一下。簡說，餐廳不遠，當是謝謝你。

我們開著車，只經過一個街口停下，是另一幢工業大廈。

簡掏出眼鏡，在通訊簿查找，先打了一個電話。然後，我們經過一個昏昏欲睡的保安，搭乘電梯上了樓。

電梯門打開，沒想到別有洞天，竟如同一個熱鬧的市鎮。迎面是懸掛著紅色燈籠的居酒屋，牆上浮雕了能劇面

具。一個打扮成早乙女亂馬的女孩，手裏捧著試吃的甜品，一面在派發傳單。而隔壁的玩具店，招牌閃爍霓虹，裏面發出嘈噪的電子遊戲的聲響。

簡並沒有理會我的瞠目，只是一徑走到了走廊的盡頭。一個門臉很小的店舖。沒有店名，門口只鑲嵌一個門牌號，630。

走進去，黑咕隆咚的。這時候燈開了，走出一個模樣很精幹的白種男人，衣著形容精緻。他用英語説，簡，好久不見。

他們擁抱，動作簡潔。簡潔一如店面的陳設。工業風的鐵藝桌椅，牆一律漆成了凝重冷淡的青灰色。男人將我們引入其中一張桌子。

男人問簡，吃點什麼？

簡説，馬克，我很想念你的烤羊羔肉，半熟，多放點迷迭香。

男人説，這位先生呢？

我説，一樣。謝謝。

男人説，還是廚師色拉？今天的龍脷很不錯，給你做個海鮮飯，配黑椒汁。附贈一個新研製的甜品。

簡説，好。我都快忘了你做的雲石蛋糕的味道了。生意會比以往好些嗎？

男人説，還過得去。現在主要靠在「臉書」上打廣告，只接受預訂。不要浪費了好食材。你呢，去年跟我説重開書

店的事，怎麼樣了？

簡說，恐怕是遙遙無期。等我把這些書都修好了再說吧。

簡給我倒了杯氣泡水。自己要了杯熱檸檬。她說，上了年紀，喝不了冰凍的了。

我說，這家店的名字別致，叫「630」。我猜對店主很重要。

簡說，是，對我也很重要。十一年前的六月三十日。同一天，他在中環的西餐廳，和隔壁我開的書店都結了業。房東加舖租，實在承擔不起。這個工廈的租金，便宜很多。幾年後，他打電話給我，我也很吃驚。真想不到，他會在這裏東山再起。我一直以為，他早回去了意大利。西西里人，真是有股不屈不撓的勁頭。

我說，你開的書店？

簡笑一笑，說，先填飽肚子。我再和你說說這些傷心事兒。

這個叫馬克的廚師，同時也擔任著店裏的侍應。我本來擔心如果客多了，他的人手如何應付，但其實是多慮。我們在吃飯的過程中，並沒有什麼人進來。以至於他在服務我們的同時，還可以和我們聊上幾句，說些俏皮話什麼的。但不可否認，簡的介紹很不錯。他的羊羔肉，烤得好極了。尤其是配的醬料，有一種奇異的鮮香。

馬克說，這是用的香港本地的蝦醬調製的。取材是靠近

大嶼山的大澳漁村。他總是親自去購買食材，要看清楚蝦醬由那些年邁的婆婆光著腳踩出來，然後用那種闊大竹匾晾乾在海灘上，才會買。

簡看馬克走遠了，說，真是個妖精啊。十幾年過去了，竟然一點都沒變。連他那粒黑晶石的耳釘，都沒變過。那時BBC採訪我的書店，他還客串出了鏡，結果播出後，竟然還有人寫信給我，要他的聯繫方式。

這一定是個很棒的書店。我說。我知道自己說這個話，是出於很大的好奇。

簡說，說來話長。我並沒想過要開書店。我大學畢業後，曾經去加拿大學戲劇。第二年，我父親過了世，家裏經濟出了困難。我回到香港，經人介紹，在服裝公司做事。那時年輕，被公司派到內地去做開荒牛。大陸剛開放，有許多機會，拼命工作了幾年。後來，香港的製造業不行了，公司業務撤退。我就在一家外貿公司擔任銷售主管，還是滿世界跑。錢賺得少了，人倒是悠遊了些。到了一個地方，就逛逛當地的二手書店，舊書攤。逛多了，發現以前喜歡的小說，在英國可以買到古董版。只是破爛些，有的十五便士就能買到一本。你看看，英國一年、新西蘭兩年、澳洲五年、日本五年。這樣十幾年，積攢了許多的二手書。我在西環租了一個唐樓單位，擺這些書。我母親去給我收拾，說，人家講「破家值萬貫」。可這些破書，看來看去都是一堆垃圾。

這時金融風暴來了。公司裁員，裁到中層，我在名單裏

頭。我沒家累，薄有積蓄。我看著家裏堆滿的書，想想說，那就做點自己想做的事吧。我開了個書店，叫「樓上」。先開在灣仔的廈門街。我還記得把那些二手書排上貨架的情形。朋友的物業，原來是間香料舖。上一手留下的香料味，混著書的塵味與紙張味道。朋友有鼻炎，聞得直打噴嚏。我卻覺得沁人心脾。還記得夜裏頭，我坐在燈底下，設計店面海報，把這些年來買的書排成目錄，簡直感覺進入了「神聖時刻」。我收舊書之後，會逐本打理、清潔，修補書角，才放上書架。那時基本的書籍護理，我駕輕就熟。可這些收藏裏，有許多甩皮甩骨的古董書，實在力有不逮。可我又不甘心。你還記得，我學生時經常光顧的那間舊書店。後來老闆娘電話我，說，她的書店要關張。那個賣給我《石頭記》的先生，把在店裏寄售的書都送給了我。裏面有一本古董書，是一八三〇年出版的《摩爾·福蘭德斯》。羊皮的硬皮書封，燙金斑駁，整個掉了下來。通脊已經全部散了。這麼多年，我就想著將這本書修復好。

我送去了許多地方，都說修不了。遇到一兩個所謂專家，也是徒有其名。其中一個，竟然用手術膠帶敷衍。之後，我用了半年上港大古籍修復的培訓班。上完了，我拿著書問導師，能不能修。導師搖搖頭，給我一句話：不遇良工，寧存故物。

我就把這本書放在書店當中的書架上，給自己看。

這期間，我的書店開出了名堂。開業兩年，被評為「香

港最具態度書店」。有電視台找上來，問我有什麼願望。我說，希望有生之年，能把書店裏的書都修好。

後來，灣仔的店被朋友收走。我搬到中環，是樓上舖。這讓我知道了什麼叫流年不利。我在這裏一開始就不受歡迎。這是老式唐樓，樓上的住客多半是老人家，住了四五十年。書店在樓下，老人迷信風水，說書（輸）字不吉利，到後來竟然聯名寫信給業主。業主便不願意與我續約，話說得客氣。說樓市勁升，書店收益微薄，怕頂不起舖租。這是實情，我開了六年書店，只有三個月賺錢。前頭十幾年的積蓄，蝕去了大半了。

我結業前最後一個月，書店生意，已經清淡得拍烏蠅。有一天，來了一個客人，是個頭髮花白的先生。他走進來，四圍看看，從書架上抽下一本書，問我，這本書賣嗎？

是那本《摩爾·福蘭德斯》。我說，不賣。

他問，為什麼不賣？

我說，因為沒有修好。

他問，沒修好。就一直放著？

我想起了那句話，於是脫口而出：不遇良工，寧存故物。

他聽了笑一笑，說，既然是故物，能物歸原主嗎？

我愣住了。他翻開了書封，指給我看扉頁上的簡簽。書頁舊得發黃，鋼筆的筆跡還十分清晰。

S. C.。他說，這是我的名字，Stephen Cheng。

我忽然意識到，這是二十多年前，賣書給我的鄭先生。

他微笑，問我，那套《石頭記》，最後一本補齊了嗎？

我想像過很多次這個人的樣子。但他對我說話的時候，我頭腦裏一片空白，甚至沒有興奮的感覺。

他說，我在網絡節目上看到了你的書店。一個特寫掃到這本《摩爾·福蘭德斯》，一眼認出是我的。這書脊上的牙印，是我兒子換牙時咬的。我前年從倫敦回到香港，找到了灣仔的廈門街，才知道你的書店關了門。工夫不負有心人，終於給我找到了。

我苦笑，說，你來得正是時候，我月底就又關門了。

他說，書店關門不怕。你在節目裏說，平生的願望，是修好這些書，這話可還算數？

我說，書店都沒有了，我還能做什麼？

他從包裏掏出一張支票，說，我買下你店裏的書，這是三分之一的訂金。但我只接收你修好的書。

我看了一眼，對當時的我來說，這是個天文數字。

他留下了兩個電話號碼。一個是他在倫敦的電話，還有一個，是 Mary Pearson 的。我後來才知道，那是英國最出名的古籍修復師。

簡說，後來在倫敦的那些年，是我此生最快樂的時光。

終於可以面對真實的自己。這話說大了。其實很簡單，你與三百年甚至六百年前的書坦然相對，沒有顧慮，沒有生計的壓力。整日觸到那些微微發黃的紙、聞到有些發霉的墨

味。那種喜悦，是很難形容的。

　　Pearson 是個很嚴厲的老師。雖然我從來沒有預計拜在她門下，會有任何浪漫的細節。但她反覆地強調，我是她收的第一個亞洲學生。以求學論，我的年紀不佔優勢，還要克服在文化背景上的障礙。

　　修復古書，是一門技藝。工欲善其事，必先利其器。這一點英國人和我們一樣。Pearson 並不提倡用任何現代科技的方式，介入古書修復的工作。她認為所謂事半功倍的代價，是細節的冰冷和粗糙。工作室如同一座作坊，所有的工具看似凌亂，卻各司其職，都是經歷了歲月考驗的。用久了才知道多麼稱手。我現在用的那只書壓，也是一百多年前的古董。你必須逼迫自己成為一個熟練的工匠。因為你終日打交道的是不同質地、顏色的布、線甚至木料。Pearson 曾經教我自己做一張襯紙，用去了整整三天的時間，才算合乎了她的要求。

　　我真正遇到的難題，是修書當中的學問。這真是一世也學不完，不止是修復技術要純熟，Pearson 要求我在半年內研習歐洲古書的釘裝歷史。説起來，在西方，十三世紀才開始出現釘裝技術，之前人們一直用「莎草紙」來記錄文字。兩百年後，人們開始用木板做書的封面，後來再發展至用皮革。現在我們常見布封面的古書，是十八世紀才出現的。因為工業革命後，書籍大量生產。要用更廉宜的方法造書，於是開始用紙板做封面，再在上面裏一層布包裝。

簡打開紙箱，翻找了一下，從裏面拿出一本書，整個書脊開裂。她對我說，你看看這本。基本可以估出，是十九世紀下半葉出版的。歐洲圖書往時黏合用動物膠，後來英國殖民東南亞，他們才改用當地產的橡膠。怎知橡膠效果差，太易變乾變脆。而且為了節省人手，不用線釘裝。那時候，低成本生產出來的書，揭幾揭就會爛。就好像這本，修起來要費不少力氣。學習了這些歷史，每次修書，動手前先研究書籍來自什麼年份、用什麼方法釘裝。有時候，書不會注明什麼時候出版，也可以從蛛絲馬跡推斷，例如紙質、封面工藝、或者出版社。我修過一本約有四百年歷史的書，是本法國出的版畫圖鑑。脫頁破損還是小事，最大問題是，書裏有幾頁不見了。還是老師點撥，我到大英博物館查找同一版本的書，把缺了的幾頁影印，然後重新為那些缺頁製版，用相同的印刷方式、字體、顏色，再用相近的仿古紙，補回那幾頁。我花了三個月將那本書修好。我老師對我說，你可以滿師了。

我聽簡說到這些，如數家珍。面前的甜點已經化掉了，也渾然不覺。她的眼睛裏，閃著晶瑩的光，讓整個人也明亮起來。

我問，聽歐陽教授說，你拿到了英國的修復師資格證。後來就回到香港，開始為鄭先生修書？

簡愣了一下，眼神忽然黯淡下來。她沒有接我的話，只是抬起胳膊，遠遠地對馬克做了個手勢，說，埋單。

她的手指，在微微地發抖。

送她回去的路上，簡沒有再說話。她有時只是凝神盯著前方，有時會看看車窗外。稍開得快了些，山道上的路燈連成了起伏的弧線。

大約一個月後，我接到了簡的電話。邀請我參加一個派對。

她的學生樂靜宜，在亞洲修書大賽上，獲得了青年組的冠軍。簡親自下廚，請大家吃飯。

她說，今天學生們都會來。

按照我所預想的，這是以滿門桃李為主題的青年人的聚會。然而到了才發現，並非如此。來者寥寥，到場的，竟有半數都是中年人。有一個鬚髮皆白的老人，年紀似乎在簡之上。但穿著很時髦，他叫阿超。

晚宴佈置在天台上，風景獨好，可以俯瞰整個中環的夜色。我是許久沒有在山上看過中環。當年在港大讀書時，常攀山去龍虎亭。中環的璀璨，似乎永遠是這城市的縮影。即便遠離市井喧囂，隔了幾重距離，仍如在眼前，伸手可觸。此時的流光溢彩，又密集了一些。我伸出手，比畫了一下。中銀大廈上巨大的避雷針，像是一截鉛筆頭，錯落在我的拇指和食指之間。

我們喝香檳，吃著靜宜從日本帶來的烏魚子。交談間，彼此開始熟悉。阿超是個退休的工程師，年近七旬。曾在南

丫島的風采發電廠工作。至今仍住在島上，經營著自己的有機果園。擅長海釣，所以是那種被海風終日吹拂的黧黑臉色。他是簡的第一個學生。

阿超說，我們這些人，多半都是從顧客做起。我可不是什麼古書藏家，認識簡時，只是個音響發燒友。我愛自己砌膽機。有本教人砌機的平裝書，七十年代出版，是我們這一行的《聖經》，很好用。經常翻閱內頁鬆脫了，就來向簡求救。

簡說，當時我沒想接這單 case。師門有訓，按行規這樣的書不能接。阿超捧著他的書，一臉喪氣，像捧著自己生病的孩子。我心軟了，但還是對他說，你這本書標價一百二十塊，我修好它，原材料加手工，要三千二。不如買本新的。阿超沒有猶豫，說，多少錢都修。

阿超接話說，後來，我拿回了這本書，覺得簡是它的再生父母。人說醫生救死扶傷，情同此理。我就拜在她門下。

阿超執手行禮，似模像樣，把我們都逗樂了。他說，諸位莫笑，不是我虛長了簡幾歲，真要擺一個蒲團敬上一盅拜師茶。

旁邊的思翔道，我那本書法辭典，給小孩胡鬧打翻了墨汁。不貴重，可已經絕了版。用了二十年，心裏很不捨得。交給簡，竟然也回了春。人說新不如舊，這感情在裏頭，可是錢兩能計算清的？

我在旁邊聽了，心裏一動，想起了什麼。問這「除墨」，

可是用「西瓜出霜」的法子？思翔説，這是祕笈，要老師
説，先得拜師。

　　簡笑笑説，倒沒什麼要保密，我回頭細説給你聽。中國
人有中國人的老法子，西人也有西人的辦法。道理都是整舊
如舊，不過殊途同歸。

　　這時走進了一個婦人，風塵僕僕，連聲道來遲了。説是
送孩子去補習班學鋼琴，剛才接了來。來人叫秀寧。簡親自
切了一塊雲石蛋糕給孩子，看得出是在馬克那裏訂的。婦人
便提醒孩子，説，快謝謝師奶奶。

　　簡就佯裝生氣的樣子，説，唉唉，這不是把我叫老了？

　　秀寧就不安起來。簡説，看看你，都是做媽的人了，還
像當年一樣，一説就臉紅。

　　秀寧也笑了，看看我，説，這位是？

　　阿超就説，新朋友，毛博士，在大學做教授。你家 Ken
仔好好學，將來要跟教授讀書。

　　秀寧説，好，博士要幫我教訓。這孩子，唔生性，成日
只掛住打電動。

　　這時夜風涼了，人們三三兩兩往樓下走。簡收拾碗盞，
我留下幫她。她看看外頭，遠處不知是哪裏的年輕人，説
笑著走來。其中一個打了一個響亮的呼哨，旁邊的人就喧
囂起鬨。

　　秀寧的孩子，蹲在牆角，和那隻叫 Ted 的短毛貓玩耍。

簡説，過得真快啊，這孩子見風長，幾年都這麼大了。當年秀寧自己還是個孩子呢。

我笑說，做老師的，是看著時間跑的人。我在這大學不過教了七八年，都感嘆得很。

簡説，其實我沒想過收徒。我老師說，我們這一行，是自己一個人的清苦，不可半途而廢。底細未明的人，心中有名利的人，都做不了。可是，自從收了阿超。每收一個學生，似乎都有非收不可的理由。

我問，那為什麼收秀寧呢？

簡嘆一口氣，我從英國回來，有一段時間，日子很難熬。後來是社工推薦，去看心理醫生。那天去診所，看見一個年輕女人，坐在椅子上哭得很傷心。你想，一個人哭得旁若無人，是得有多大的痛。我看到她站起來，有些艱難地撐住自己。這才看出她有身孕。她手裏捧著一本書，是本約翰福音《聖經》。後來，陪我來的社工就說，這是同他一個教會的姊妹。也是命運不濟，年初婚變。犟得很，自己一個人，非要將孩子生下來。她人生的支撐，是她的奶奶。祖孫感情很好。奶奶後來得了老年癡呆症，後母不容。她大學後，便把奶奶接出來照顧。祖孫相依為命。一年前，奶奶也去世了，她一直撐著。這本聖經，是祖母的遺物之一，上面有老人的許多筆跡。她從此不離手，寶貝得很。也是用得太久了，書終於散了。她感情就崩潰了。我想一想，就對社工說，別的不敢說。這本書，我可以幫上忙。

　　後來，社工帶著她登門道謝。她說，看到這本修好的《聖經》，一剎那，她覺得人生又有了指望。臨走她對我說，想跟我學修書。我剛想婉拒，她說，家裏還有一些奶奶留下的書籍，都很殘破。她想親手修好。我看她大著肚子，眼裏有熱切的光，就說，好。

　　你看現在，她一個將孩子湊大，又找到了工作。她對我說，她每次洗書，人就輕鬆一點。覺得將奶奶一生的辛酸，連同自己往日的不快，都洗去了。

　　後來，我也慢慢好起來。做這行，何止是醫書，醫人、也自醫吧。

　　這時樓下歡呼。就見阿超上來，說，簡，那邊有節目，你是主角。

　　我們到了樓下。看大家原來正徐徐打開兩幅卷軸，讚不絕口。書法家思翔說，這一幅給老師，「煥然一舊」。我不貪天功，這不是我的原創。有次聽歐陽教授說了這句，覺得很貼切，老師做的事，正是給古書脫胎卻未換骨。另一幅給靜宜，「惜舊布新」賀她在大賽拔得頭籌。說起來，我們這夥子人，走到了一起，因為興趣。而人有天賦，我跟老師學了兩年，也就是個三腳貓工夫。我們中真能繼承老師的衣鉢的，可能只有靜宜一個了。

　　靜宜只是淺淺地笑笑。按說她是今天的主角，話卻分外的少。沒有凱旋應有的喜悅，更不復與我那天初見時的活潑

樣子。

　　她身邊的一個年輕人，旁人介紹說是她男朋友，叫文森。文森在投行工作，據說已經和靜宜交往了兩年。兩人看上去是親密的，但文森似乎是廣交天下賢士的性情，經常走開去和別人傾談。他與我談了一會兒現代大學教育制度的得失，得出了一個結論：將來大學不會再需要教授，甚至大學也將被取替。「畢竟以後都是人工智能的天下。」

　　這時候，阿超眨眨眼睛，說，我聽說文森還有個餘興節目。文森於是迅速站到了眾人之間，從口袋裏拿出一本精裝書。這書的黑封皮上，金色燙印著「Louise」。這是靜宜的英文名字。

　　文森忽然走到靜宜面前，單膝跪地，慢慢打開了那本書。在書頁的正中央，鑲嵌著一枚戒指，熠熠生光。文森說，靜宜，這是我生平做的第一本書，連同對你的愛，一併放在裏面。嫁給我，此生讀你千遍不厭倦。

　　旁人自然起閧，夾著祝福。年輕些的開始呼喊。

　　靜宜的臉色並無興奮與意外。她緩緩站起來，看了文森一眼，目光是冷的。她闔上了那本書，然後說，修書的本事，不是這樣用的。

　　靜宜在眾人的目光中走出去，留下文森，傻愣愣的站在原地。

　　這一幕太突然，出乎所有人的意料。事實上，這次求婚並不是興之所至，而是群眾智慧共同策劃的結晶。本以為是

派對高潮，沒想到如此潦草地收了場。意興闌珊間，眾人紛紛告辭。

我往山下走，主道上的計程車會多一些。夜風有些涼了。

一輛車在我身邊停住，車窗搖下來，是靜宜。

靜宜說，毛博士，上車吧。我送你一程。

我說，太麻煩了。我要過海。

靜宜將車門打開，說，我去九龍塘，順路。

她靜靜地開了一會兒。我覺得氣氛有些尷尬，就問，文森沒和你一起？

她愣一愣，說，今天失禮了。

我說，沒關係。小伙子總是性急些。

她看了我一眼，說，你也是年輕人，卻沒有年輕人的好奇。

我沒有說話。她繼續說，你們知識分子，總是很謹慎。生怕交淺言深，惹火上身。

我終於笑笑說，你很喜歡對人做判斷。

我下車的時候，在後車座上看到了一本精裝書。很老舊，但是封面有古典繁複的壓金圖案。上面用英文寫著《摩爾·福蘭德斯》。

簡中風，是端午前後的事。

我看到一個陌生的電話號碼。接了，是靜宜打來的。

我到了法國醫院。簡搶救過來了，躺在病床上。蒼青臉色，看到我，眼睛亮一亮。眼珠一輪。靜宜便慢慢將病床搖起來，枕頭墊高，服侍她半坐著。

簡張一張口，她的嘴巴有些歪斜了。她用了氣力，很艱難地說出了「毛博士」三個字。聲音的含混，將她自己嚇了一跳。她必定是覺得不體面，便緊緊閉上嘴巴。

她示意靜宜，為她拿來紙筆。她將胳膊從被子裏伸出來。我看到，她的手抖得很厲害。她用盡氣力，讓自己攢住筆，在紙上一筆一畫地寫字。

字跡是歪歪扭扭的。但我還是辨認出，是「修不了書」。

她寫完這四個字，彷彿如釋重負。繃緊的身體，於是也鬆弛下來。她看著我，看了一會兒，輕輕地將眼睛闔上了。我也靜靜地望著她。有一滴淚，沿著她的臉頰，緩慢地流下來。

我說，簡，你好好休息。我稍後再來看你。

靜宜送我出去，我們穿過走廊，到了樓下平台。

平台上是一個佈局精巧的花園。花圃開滿了綠盈盈的繡球，枝葉交纏，十分茂密。只是五月，香港的天氣已經很熱，伴著雨季的濕潮。遠處望到獅子山起伏的輪廓，也是灰濛濛的。間或有蟬鳴傳過來，是壓抑的聲嘶，聽來有些令人窒息。

我對靜宜說，這陣子照顧簡，辛苦你了。

靜宜淡淡説，沒什麼。她以後也要歸我照顧了。

我一時疑惑，稍停頓了一下，心生佩服，便説，簡沒有子女。一日為師，終身為父，遵古訓的又有幾人。你很難得。

靜宜笑一笑，將眼光移開，落到兩個在台階上嬉鬧玩耍的孩子身上。他們後面是一對年輕的男女，也注視著他們，眉頭緊鎖。

靜宜喃喃道，為師……又豈止呢。

她看我愣住了，於是説，毛博士，不趕時間的話，我們去那邊坐坐。

透過咖啡廳的落地玻璃窗，我這才看出那兩個孩子，其實是一對雙胞胎。生著一模一樣的面目，卻沒有落入雙生兒裝扮的窠臼。他們的衣著並不一樣。髮型也不同，一個留著時髦的偏分，另一個則是俐落的平頭。其中一個似乎玩累了，開始厭倦另一個仍然興致勃勃的挑釁，將頭擰到一邊去。這時，我們都看到那個年輕的女子，將頭依靠在男人的肩上，那肩膀有些微的抖動。她應該是在啜泣。

你説。靜宜忽然開口，這四個人，是誰病了呢？

此時她面目平靜，看不到同情、或是其他任何的情緒，是個木然的臉色。下午間歇的陽光下，可以看見她青白的臉頰上，有幾顆淺淺的雀斑。

你知道嗎，我小時候自己發明了一個遊戲。經常坐在路

邊，看那些交談的行人，猜想他們的關係。倫敦的天氣總是很陰鬱，人也不怎麼說話，起碼比香港人的話少得多。這為遊戲帶來了難度。但是好玩的地方，也在這裏。你於是需要根據你看到的，不斷地揣測，然後不斷否定推翻自己，再重新猜想。這很耗工夫，不過沒關係。本來我也沒什麼事可做，正好用來打發時間。

這像是哲學家和職業偵探做的事。我笑一笑，問，那時你多大？

還在上小學吧。我的父母已經離婚，我跟我媽媽過，也改跟了她的姓。事實上，我已經不太記得我爸的樣子。我只在每個月的探望日能見到他。打我記事，他在我印象中，就是個上了年紀的人。我是老來子。我應該來自一次失敗的避孕。或許大家對我來都缺乏思想準備，好像是我打亂了所有人生活的陣腳。我出生時，我的兩個哥哥已經成年，都搬出了家裏。大哥繼承了爸的生意，娶妻生子。二哥在海事軍官學院畢業後，也很少回來。只有每月阿媽煲老火湯時，才出現，算是碰個面，到底還是廣東人。

所以，我出生時，我爸已經是半退休狀態。我還記得的，是我爸有一間書房，很大，比客廳還大，擺滿了書。可我哥說，這個書房，只是在香港時的三分之一大。爸的書房，總是鎖著。有時，他會把自己反鎖在裏面，一待就是一個下午。不經他同意，沒有人能允許進去。記得我七歲那年，有次偷偷跑進去了。那是我唯一一次，一個人待在這個

房間裏。我踮起腳，用手去摳一本植物圖鑑。我太矮了，那本書掉了下來，砸到我的頭，又掉在了地板上。我哭起來。我爸急忙地推門進來，把那本植物圖鑑撿起來，反覆查看。皺著眉頭，神情裏是心疼。然而自始至終，他沒有看我一眼。他似乎終於發現了滿臉淚痕的我。他冷冷地對我說，出去。

嗯，那一瞬間，我甚至希望他動怒。像個正常的父親，對一個做錯事的孩子，該有的樣子。但他只是冷冷地讓我出去。

再後來，父母就離婚了。家裏沒有任何波瀾，好像這是一件順理成章的事。很多年後，我回到了香港，見到了我們家當年的親戚。我知道我的父母從未相愛過。他們結婚，只是我祖父想兌現當年的一個承諾。

父親把房子留給母親和孩子們，把財產也做了恰到好處的分割。然後他們倆客客氣氣地分開了。我從小對「相敬如賓」這個詞，一直有另外一種理解。兩個人組成一個家庭，一開始就是為了各司其職，像是關係不錯的同事。那個擔任「父親」這個職位的人，年紀大了，做不動了。申請退休、離職，一切情有可原。可是，他把那些書帶走了。這是唯一觸動了我感情的事。整個房間，空蕩蕩的，連書架都沒有留下。我走進去，還用腳步丈量了一下。這才醒悟，我長大了。或許，這間書房，本來就沒有這麼大。

我媽沒有將這個房間再派其他的用場，只是用來堆雜

物。這樣，我們就不用經常進去了。

十五歲那年，我第一次去父親的住處看望。父親住在查令十字街的一個小公寓裏。樓下是一間書屋，是他的老朋友在經營。實際上，這條街道遍佈著書店。我走進父親的家。公寓只有一間房。我走進去，覺得似曾相識。然後發現，父親只不過將他當年的書房，原封不動地搬了過來。從陳設到格局，甚至一幅字畫懸掛的位置，都是一樣的。原來，屬於他自己的空間，一直都沒有變過。

父親更老了一些，和我記憶中的不太一樣了。或許是神情吧，也溫和了一些。人彷彿自在了，眉目舒展。我打量這個房間，到處都是書，整齊或凌亂地擺著，好像都是它們本來該在的地方。我當時想，這些年，他和這些書相處，比和我們在一起，愉快得多吧。那個下午，我從未聽過父親說這樣多的話。原來他是個健談的人，聲音也是很好聽的。他甚至問起我的學業，和我一起嘲笑那個教威廉·布萊克詩歌的洋先生古怪的發音。我必須要走時，他站起來，定定地看著我，說，你長大了。

在我印象中，他從來沒有這樣認真地看過我。他回過神，在書架上翻找。找出一本書，放在我手裏，說，孩子，你可以讀這些書了。

那是本中文的線裝書，《閱微草堂筆記》。我捧著那本書，猶豫了一下，終於對父親說，我讀不懂。

事實上，自出生以來，除了在家裏說廣東話，我幾乎沒

有過中文方面的教育。父親笑笑，說，沒關係，我教你讀。

在以後的若干年，我恢復了和父親的親密關係。儘管這種親密似是而非，並不很像是父女，更類似某種師生的相處。我們的話題有限。他不會和我打聽家裏的事，我自然也不會主動提起。只有一次，母親在我床頭看到了父親送我的書。她翻開來，看了一會兒，又闔上了，什麼也沒說。我想，她並不認識那本書，可是她認識父親的簽名。

我們的相處，也會有一些間斷。因為父親不定時地會去香港與東京。每次總帶回來一些書。那些書，一些很殘舊了，有不新鮮的顏色與氣味。但父親總是興致勃勃地拿給我看。

在往後的一天，父親對我說，他戀愛了。可能很快會結婚。

我得承認，我絲毫沒有察覺到。我在想，可能父親已經給了我一些暗示。這大概不僅因為老年人的含蓄，而是由於中國人處理情感的克制。這時我的中文突飛猛進，但還遠遠不夠體會這些。

父親說，他一個月後，會去香港結婚。

那一剎那，我沒有嫉妒，或者不安，甚至，我有一點為他高興。我不知道基於什麼立場，可以做出適當的反應。

他說，孩子，你會來參加我的婚禮嗎？

我點了點頭。

　　一個月後，我沒有等到父親的婚禮。但是很快，我參加了他的葬禮。父親死於心肌梗塞，在他獨居的公寓裏。死亡時間是在夜裏。他開書店的朋友，也是他的房東，第二天中午才發現。

　　我們去整理他的東西。他已經整理好了兩個行李箱。裏面除了一些必備的衣物，只有書。

　　葬禮上，我等著一個人的出現。但是她沒有來，這個陌生人。

　　父親留下了一份遺囑，似乎是很久之前就寫好了，存在房東朋友那裏。因為那次離婚的財產分割，他並沒給自己留下什麼。遺產所剩無幾，這大概也是他沒有麻煩律師的原因。這份遺囑，更類似某一種臨別贈言。宣讀的過程中，唯有母親哭了。或許因為在遺囑中，對她隻字未有提及。

　　父親將他的書，都留給了我。他另外寫了一封信給我。信的內容是，萬一我趕不上參加他的婚禮，是因為他先走了一步，他想請我滿足他的一個遺願。他希望我對他的書能有一個「體面的繼承」（decent inheritance）。

　　他留了電郵和一個香港的電話號碼。他說，這個人能夠教會我，親手將他留下的書，恢復體面。

　　三年前，我辭去了手上的工作，申請到港大讀研究所。這是我父親的母校。

　　然後和簡學習書籍修復，如今算是滿師了。

今年是父親去世五周年。靜宜平靜地看著我：農曆新年的年初三，是他的忌日。

大年初三。我忽然想起，那天是我和簡初次見面。我清楚地記得，昏暗的房間裏，她手裏執著一柄刀，正在裁切一些發黃的紙。看到我們，她將那些紙靜靜地收下去了。她或許在為祭奠一個重要的人，做著準備。

我猶豫了一下，終於問靜宜，你是什麼時候知道的？

靜宜抬頭看我一眼，將目光放向遠處。她說，在我父親最後的行李箱裏，放著一本復刻版的《脂硯齋評石頭記》，最後一卷。簡有一次無意中說起了她的遺憾，說她的收藏裏缺失了這一卷。她給我看了她的藏書，我在很隱密的地方，看到了父親簽名的縮寫。父親有時，有孩童式的天真。但他會告訴我他和書之間的祕密，像是面授機宜。

所以，是你為她補齊了這一卷？

靜宜說，補齊？我不確定，當年父親是不是人為地拆散了這套《石頭記》，他想在臨離開香港之前，留下些什麼。但我確信的是，我可以讓它完整。

所以，你讓簡得到它，費了周折吧？

靜宜說，其實很簡單。我找到了簡當年買書的那家書店。老闆娘已經去世了。我讓她的兒子，給簡打了一個電話。

我猶豫了一下，終於說，可以問你一個問題嗎？

靜宜輕微地一咬嘴唇，說，是有關那晚的事情吧。

我點點頭。

　　她説，嗯，那天下車時，你留意到了那本《摩爾．福蘭德斯》。是的，就在當天下午，我滿師，簡將它送給了我。這是她修好的第一本書。我翻開了這本書，看到裏面夾著一張藏書票。上面的圖案是一對父女。沒錯，這是這麼多年來，我和父親唯一的一張合影。背景是查令十字街 84 號，那間著名的書店。這一天，我的父親告訴我，他要結婚了，和一個我從未見過的女人。

　　我看到靜宜的眼睛，一點點地黯然下去。她笑了笑，説，是的，那一刻，我恨她。我恨她沒有來參加父親的葬禮，我恨她懦弱。或許，我只是恨她自始至終，知道所有的事。這兩年來，她用我，復刻了一個她自己。把我父親的女兒，變成她所希望的樣子。而我，卻不知情，整兩年了。

　　現在？靜宜搖了搖頭，我對她再恨不起來了。雖然，也不可能愛。事實如此。你説，我的父親，是個什麼樣的人呢？在最後的時候，打定主意，讓我的生命與她糾纏了在一起。

　　天昏暗下去了。遠處遊蕩著紫灰色的雲靄，收斂了落日的餘暉。

　　靜宜站起身，説，我要回去了。簡應該醒了。

　　簡出院的第二天，我們陪她去了觀塘的工廠大廈。幫她整理了這麼多年來，由她親手修好的書。靜宜聯繫了一個公益組織，將這些書捐贈發送去了本港和海外不同的圖書館。

　　在這個過程中，簡坐在輪椅上，不發一言，看著來來往往忙碌的人群。有時候，她的眼睛會在某一本書上流連，但是很快就轉過頭去，或者閉上眼睛。

　　卡車開走的時候，簡說了一句話，但我們都沒有聽見。因為聲音湮沒在了發動機啟動的轟鳴裏。靜宜俯下身，將她膝蓋上的毛毯，裹裹好。

　　香港的六月，惠風和暢。並看不出，雨季就要來了。

嶺南篇

飛髮

喂呀呀！敢問閣下做盛行？
君王頭上耍單刀，四方豪傑盡低頭。

楔子

「飛髮」小考

清以前，漢族男子挽髻束於頭頂；清代則剃頭紮辮，均無所謂理髮。

辛亥革命，咸與維新，剪髮勢成燎原。但民國肇造期的「剪髮」，把辮子齊根剪斷而已，髮梢披散，非男非女。髮而能「理」，決定性條件乃西洋推剪之及時傳入。有了推剪，中國男人才有延至今日之普遍髮型。

「理髮」之英文表述，是 to have a haircut。Cut 者，切割而已，就與「髮」之動賓配搭而論，規範化漢語把它演繹為「理」，言簡意賅。

不過粵方言自有特點，廣府人善於吸納外來詞並使之本土化。例如「理髮」，地道粵方言要說「fit 髮」，把 fit 讀得更輕靈，便成「飛」。何以粵方言棄 cut 而選 fit？首要，是 fit 之核心內涵乃「使之合適」，把頭髮修整得合適，正好跟「理」相符。「飛髮」即「fit 髮」，其有上海話可資佐證。自十九世紀中葉出現洋涇浜英語迄今，上海俚語把配備傳動裝置的小機械稱作「飛」，如單齒輪作「單飛」，三級變速自行車叫「三飛」。洋涇浜的「飛」，已被確證為對於 fit 的借用。異曲同工，粵方言借 fit 指稱理髮。

　　民間另一「橋段」即與配備了彈簧的推剪相關。剪髮師傅是用推子和剪刀來剪髮，每推一下，手部都有一個向外甩的動作，把顧客的頭髮甩至一邊，因此便有了「飛髮」一詞；而近更有一說，源於男髮剪技之「鏟青」，亦作「飛白」。鏟也要鏟得有層次，可看出漸變效果。此「漸變」，便是英文的 fade，也就是飛髮之「飛」。由此源自西方的「barber shop」，便順理成章，成為港產的「飛髮舖」了。

一

年初的一次春茗。我的朋友謝小湘對我說，你們中文系，真是個藏龍臥虎的地方。

我擺擺手，表示謙虛。

我和小湘算是校友，但在校時並不認識。他是讀電機工程的。他爸是港島一間酒樓的主理，機緣巧合，在一次朋友的婚禮中相識。他每每和我飲茶，總是會告訴我一些學系的新聞。大約因我深居簡出，他四處包打聽的性格，是有些討喜的。

他說，真的，我前些天遇到了你的師兄，翟博士，他開了個理髮店。

我一時愣住，頭腦裏風馳電掣，想起了翟健然。高了一級，跟系主任研究古文字。博士論文研究楚簡，四年，認出了五個半字，在當時的學術界還引起過不小的轟動。畢業以後，傳說他在新亞研究所做過一段時間的研究員，許久沒有聯繫了。

我於是明白了小湘說的「藏龍臥虎」。是的，近年來，我們中文系不走尋常路的同窗，的確不少。在一次文化部組織的活動上，我和學妹小哲驚喜相遇。才知道她早就放棄了對「新感覺派」的樂理研究，投身梨園，已經是香港粵劇界

嶄露頭角的花旦。依稀談起當年我給她帶導修，說，師兄，我大二古典小說課程演講提到任白，唯你一個還能聊得上，我就覺得自己得出來闖一闖。至於闖得更大的，是我同門師弟陸新航，博論跟導師研究湖畔詩派。前段時間，還在巴士上看到他巨大的照片，寫著五星導師。才知道已經躋身補習行，是業內甚有名望的「四小天王」。同學聚會，他自謙下海不過是要給女兒買奶粉。旁邊同學起鬨，瞞不過上了新聞啊，「天王陸生斥半億，喜購康樂園躍層別墅」。

但是，翟師兄開理髮店這件事，還是有些超越了我的想像。印象中的他，頭髮有些謝，終日穿一件深灰的美式夾克，見人臉上總是有謙卑的笑。但只要不見人的時候，立刻換上了自尊而清冷的表情。

五月的一個周末，我收到了一張甲骨拓片。是個搞現代藝術的朋友，要做一個專題展，叫「符語千年」，大約是有關中國巫文化的。他電郵中說，這是新出土的甲骨，上面有些字不認得，請我找人幫他認一認。

我忽然想起了翟健然，就找出小湘給我的地址。

當我到達北角時，太陽已經西斜。我沿著春秧街一路穿過去，才發現，這裏已經和我印象中的發生了很大變化。早就聽說要仿照台北的松山，做一個文創園區。沒想到幾年間已經成形了。路兩旁的唐樓，都帶著煙火氣，保留了斑駁的外牆，甚而還能看見五十年代鮮紅的標語痕跡。牆

上裝有簡潔的工業風的外樓梯，雖也是復古的，但因為明亮的紅色，卻帶著勁健的新意。我想一想，原來是《蒂凡尼的早餐》中防火梯的樣式。大約走到了以往麗池夜總會的舊址，已經是一個廣場，這才看見有一些肥胖的鑄鐵雕塑。這些人形沒有面目，或坐或臥，都是很閒適的樣子。我立刻意會，這是本地一個藝術家的新作。他的雕塑系列「新歡‧如胖」（For New Time's Sake），分佈在這座城市不同的地點。比如油塘地鐵站，或是灣仔利東街。這些作品中的形象一律是富足而悠閒的，有著今朝有酒今朝醉的表情，或許寄予了對本地人生活的亟盼。其實香港人是如何都閒不下來的。我就在轉身的時候，看見了「樂群理髮」的標牌。

這幢紅磚牆的獨立建築，在廣場的一隅，不知是什麼名堂。外面是轉動的紅白藍燈柱，在香港其實也很少見到了。

我確認了一下地址，推門進去。門上有鈴鐺「噹啷」一聲響，提醒有客人進來，也是復古的裝飾。店裏有人迎出來，正是翟師兄的臉，掛著殷勤的笑。他招呼我，問我預約了幾點。我說，我並沒有預約。他說，不礙事，正好有個客cancel 了 appointment，他可以為我服務。

但是，翟師兄始終沒有認出我來。我一時竟不知怎麼開口與他敘舊。他的模樣依舊，並未老去，但神情昂揚。穿著潔白的制服，身姿也是挺拔的。更不可思議的，頭上竟是一頭豐盛的黑髮，用髮油梳得十分整齊。

在我愣神的時候，他問我怎麼剪。

當時我的眼睛，正盯在牆上掛著的一張貓王海報。艾爾維斯‧普萊斯利，在這店裏昏黃的射燈光線中，淺淺地笑。

翟師兄站在我身後，微笑說，雖然依家興復古，但這個「騎樓裝」，還是有點誇張哦。

我這才回過神，說，那，那就稍微修一修。

「修一修。」這個似是而非的要求，往往會讓理髮師和顧客，都有台階可下。

但是，翟師兄卻忽然現出肅然的表情，道，到我這裏，怎麼可以修一修。來，我給你推薦一個髮型。

我囁嚅著，以為他會拿出一本目錄給我挑，這是一般髮廊通常的做法。然而，他指著櫥窗玻璃的一幅招貼畫說，我只剪這六種髮型。我放眼望去，這張髮型示意圖是以手繪的。模特都是歐美人的樣子，暗影呈現深邃的輪廓，頭頂一律用白色標記了耀眼的高光。

每張圖底下，有英文的注釋。比如 City Slicker、Aristocrat、Valentino、Executive。在一張看起來十分浮華，佈滿了波浪的髮型下頭，寫著「Play Boy」。

翟師兄跟著我的目光，詳加介紹說，這個「水浪渦」靚仔得來，但打理起來好麻煩。「九龍吊波」就好些，出街冇問題。

他返身看一看我，依你的頭型，剪這個「蛋撻頭」最正。既然懷舊，就做足。

這煙火氣的名字，讓我愣一愣，看不出怎麼像「蛋撻」，但卻似曾相識。他瞧出了我的猶豫，便說，潮流就是這樣。興足十年，兜兜轉轉又十年。當年《Casablanca》裏頭的Humphrey Bogart 就是這個髮型。

我頓時明白為什麼覺得眼熟，於是點點頭說，那就這個吧。

坐下的時候，我的心情很複雜。因為我在翟師兄的眼中，只看到了面對一個陌生顧客的殷勤，以及職業性的微笑。我想，即使並非同門，但畢竟在一個系裏呆了四年的時光。記憶竟然真的可以了無痕跡。

他走到了牆角，打開一只電唱機，又彎下腰，挑揀了會兒，才將一張黑膠唱片放進去。音樂響起來，瞬間就將這店裏的空間充盈了。沙沙地響，圓號和薩克斯風的前奏，是久遠前灌製唱片的信號。即使許久沒聽爵士，我還是認出來，《Summertime》。比莉·哈樂黛的聲音，永遠略帶苦難感。

翟師兄按了一個按鈕，開始將理髮椅緩緩降下，我的臉衝著天花板。聽著音樂充盈著空間，讓不算狹窄的店堂，忽然顯得擁擠。

翟師兄給我乾洗頭髮，手法十分輕柔。我的眼睛，停留在了天花盤旋的裸露的排風管道上。我看到一滴冷凝水，與另一滴聚合在了一起，越來越大，就快要滴下來了。

這時候，我感覺到眼睛上一陣溫熱。翟師兄將一塊毛巾覆在我的臉上，同時間聞到了植物清凜的味道。黑暗裏頭，

我聽到他說，這是柑葉精油，能夠放鬆心神。聽爵士，要閉上眼睛。哈樂黛的聲音，像一個黑洞，進去了，就一眼望不到頭。你知道嗎？我第一次聽《Strange Fruit》，聽到淚流滿面。

說到這裏，他的語氣輕顫了一下。其實此刻，我努力想睜大眼睛，看一看翟師兄的神情。我回憶在大學裏的每一個和他交談的線索，他的寡語、不苟言笑，都恍如隔世。

包括在頭頂工作的一雙手，按摩間的停頓和敲擊，也讓人躊躇。當我終於想要問句什麼，他告訴我，頭已經洗好了。

他用吹風機將我的頭髮吹乾，然後說，我要開動了。

翟師兄拿出一只電推，在我的後腦勺動作，手法十分嫻熟。我面對著落地大鏡，看到他專心致志，這倒是有幾分印象中面對古文獻的情形。此刻，我放棄了喚起他記憶的想法，於是有充裕的時間看清楚整個店面的陳設。雖然牆體用原木砌成，沒什麼多餘的裝飾，走的北歐路線。但細節上，卻有許多歐洲 barber shop 的痕跡。取光的玻璃櫃裏，擺著品牌的洗髮水、潤膚皂，甚至還有不同款型的鬚後水。普普風的大幅電影海報，鑲嵌在鍍金的畫框中。桌椅，包括他特製的工具箱，都規則地鉚著銅釘，是略有奢華感的暗示。

我從鏡中看到對面的牆上，貼著許多的黑白照片。有風景，也有人。仔細看去，大都是本地風物，拍得非常有韻味。光影之間，竟讓我聯想起喜愛的攝影師何藩。其中一

張，我一眼認出，是在港大附近水街的甜品舖「有記」。照片上的女人，是我們都十分熟悉的老闆娘。她以精明著稱，但對學生仔，永遠有一種寬容慈愛的神情。

我不禁説，這些照片，真好。

別動。翟師兄略使了一下力氣，將我的頭扳正。然後輕輕説，我過去這些年，都花在這些照片上了。

我心裏倏然漾起暖流，雖然不知道他何時有了攝影的愛好。但是感慨，師兄原來以這種方式，記錄下我們共同的母校時光。

我説，「有記」去年關門了啊。

他説，嗯，是啊。

我發現他在用推刀時，話少了很多，似乎神情也肅然起來。我想，這樣好，還是以往的翟健然。

過了一會兒，他改用了剪刀。在兩鬢鑱青的上緣修剪髮梢。這時唱片放完了，我只聽到耳畔有極其細碎的聲音。嚓嚓嚓，嚓嚓嚓，好像蠶食桑葉。

他説，再沖下水。

他給我擦乾頭髮，一邊問我，等一陣出去係傾公事，還是去 party?

我愣一愣。

他笑説，莫誤會，我要為你塑形。不同場合，塑形的方式不同。

我説，其實沒什麼所謂。

他開了電吹風，一邊用手指一點點地將濕頭髮順著一個方向捻開。吹風的聲音很大，忽然戛然而止，店堂裏過分地靜了。我的目光又移到那些照片上，其中一張，看不出是什麼年代，但應該是久遠的。一位理髮師傅，站在街邊給個孩童剪頭髮。理髮椅不夠高，上面還架了一只矮凳。旁邊有個穿著碎花短衫的母親。她看著理髮師的手勢，一邊用手絹擦著汗。腳邊是個菜籃子，裏面裝著豐盛的果蔬。

翟師兄將一些髮油，抹在我頭頂，一邊說，還是做個斯文的型吧。

我問，你為什麼把理髮店開在這裏？

他手略為停了一下，然後說，這裏原本是我的攝影工作室。

我說，你只拍黑白照片啊。

他笑一笑，對。你不覺得拍攝黑白照片，其實和剪頭髮是一回事嗎？

我想一想，無從發現其中的聯繫。

他指著其中一張給我看，那是一個巨大的天台，有星星點點的光暈構成了斑駁的形狀。他說，為什麼黑白相好，因為是用最有限的，表現最多的。不同的光影部位間，黑色與白色的濃度都不同。黑白之間，還有太多的層次，我們叫灰度。灰度的頻率、節奏和連貫性，最變幻莫測。我們亞洲人的髮色以黑色為主，懂得觀察，處理得出色的話，中間也絕非只純粹地有黑、白兩色而已。最可看的，其實是中間漸變

的部分。

　　這就是我剪頭髮的道理，男人的髮型，無外乎厚、薄兩個部分。頭頂髮線最厚，髮腳和「滴水」部分的髮線則最為單薄，每每露出頭皮與皮膚。一個優秀的髮型，同樣存在著灰度，如何去鏟青或偷薄，使頭髮在薄與厚之間，展現出優美的漸變、結構、輪廓和光澤，道理就如攝影中對灰度的處理一樣，無比奧妙，要將這個灰度拿捏得好，是門很大的學問。懂得欣賞的話，實在又是一件很好玩的事。

　　他將一面鏡子放在我身後，左右觀照，我果然看見，中間有水墨退暈一般的漸變，從鬢角到耳際，是圓潤青白的流線。

　　我看著鏡中的自己，也有些陌生。這是一個我從未剪過的髮型，帶著某種老派的年輕，但似乎還原了這些年在我身上消失的一部分。

　　我說，剪得真好。

　　翟師兄眨一眨眼睛說，謝謝儂。

　　他見我愣住了，便說，你的廣東話很流利，但是能聽出上海口音。我認識一個老人家，口音和你一模一樣。

　　他從上衣口袋裏掏出一張名片，對我說，謝謝幫襯，歡迎下次再來。

　　我接過名片，上面是一個英文名字：Terence Zag。

　　在校時從來不知道，一直循規蹈矩的翟師兄，還有個時髦的英文名。

我終於忍不住。我說，師兄，你不認識我了嗎？我是毛果。

這回輪到他愣住了。

但很快，他就哈哈大笑起來。他說，你是不是找翟健然？

我茫然地點點頭。

他笑得更厲害了。我一直以為比我大佬要靚仔好多，還是時時被人認錯。

他將名片反轉過來，一拱手道，我是翟康然，幸會。

在明園西街見到翟健然時，已經是黃昏了。

翟康然帶著我，在北角的街巷往返穿梭，終於停下。我再一次看到了「樂群理髮」的標牌，但這個門臉卻要小得多，甚至有點過於簡陋。

它的左邊是一個花店，右邊是一個臘味舖，兩者間其實應該是一處後巷。它就在這巷口上搭建起來。門口也是三色的燈柱，但卻是用油漆畫在牆上的，靜止的螺旋形圖案。

翟康然並沒有進去。只是在門口喊，大佬，有人搵你。

就有人掀開了塑膠門簾，走了出來。

沒錯，是我的師兄翟健然。

我一時有些恍惚。因為面前是兩個一模一樣的人，但似乎又大相逕庭。走出來的那個，彷彿比我印象中的，頭髮更為稀薄了。他佝僂著肩膀，架著高度數的近視眼鏡，但並沒有擋住青紫的黑眼圈。他脖子上掛著圍裙，出來時，還使勁

在圍裙上擦一擦手。

而我身邊的這個，挺拔而壯碩，穿著合體的 A&F 的 T 恤衫。站在夕陽裏頭，金燦燦的。他見翟健然出來，沒有多話，但目光卻向店裏草草掃了一眼，轉身便走了。

見到我，翟師兄眼裏有驚喜的一閃，這讓他剛才木然的神情生動了一些。

他說，毛果。

而我也只是微笑了一下。因為，畢竟剛才和翟康然的見面，已經消耗了大半故人重逢的熱情。

這時候，天上忽然下起了淅淅瀝瀝的雨。翟健然拍了一下我的肩膀，將我讓進了店裏。

店裏的空間非常局促，還有兩個人。準確地說，是兩個老人，一個站著給另一個在剪頭髮。站著的那個，頭髮已經快掉光了。我注意到，他和翟健然的臉相十分相似，更瘦一些。臉色乾黃，也戴著眼鏡。眼鏡腿上纏著膠布。

翟師兄開口道，爸，這是我學弟。

老人輕輕「嗯」了一聲，並沒有抬頭，只是說，坐。

翟健然將椅子上的一摞雜誌搬下來，讓我坐。這椅面上的皮革似乎修補過。我坐上去，感到不太平整，大約是裏面的海綿脫落了。迎面是一個變電箱，上面貼著一個財神，手裏拿著「招財進寶」的條幅。下面有個接線板，延伸出各式纏繞的電線，蜿蜒向店裏各個角落。

我看到翟健然有些抱歉似的，看著我。我才想起說明自

己的來意，從包中拿出 iPad，找出朋友傳來的拓片，說請師兄幫忙認一認。

翟師兄扶一扶眼鏡，很仔細地看，然後從手邊拿出一張報紙攤開，開始用筆在上面勾畫。

有些淡淡的香氣，在空氣中浮動，是隔壁的花店傳來的。但同時也有些陳年腐敗的、酸而發酵的味道，是這老舊巷弄的氣息。

每幾分鐘，便有行人匆匆經過，大概是抄後巷作為捷徑。耳邊傳來老人清喉嚨的聲音，間或有孩子的吵鬧，和女人大聲的呵斥。

翟師兄專心致志，似乎沒有被這些所打擾。同樣專心的是他的父親翟師傅，大概因為視力的緣故。他將頭埋得格外低，幾乎貼著那位客人的脖頸。他用剃刀，細細地在客人「滴水」處刮著。這是理髮最後的程序。他彷彿做工藝的匠人，用了很長時間刮完了一邊，接著又去刮另一邊，又用去了很長時間。他輕輕對客人說，得喇！

翟師傅用一支鬃毛掃在客人後頸輕輕地掃，一邊很小心地將圍單一點點地扯開來，好像生怕頭髮茬兒掉進客人的衣領，然後撲上了爽身粉。客人滿意地在鏡中看一看，從口袋裏掏出包煙，遞一顆給他，道，好手勢！

客人付過錢。翟師傅忽然喝一聲道，你畀多咗喇。老人優惠二十八蚊咋！

他一邊敲敲大鏡上的價目表，上面寫著：長者小童，

二十八元。

客人一愣，卻即刻佯怒道，老人？你話我老人？丢！我有頭髮咋？收咗佢啦！

他也不依不饒，硬是抽出了幾張，塞回這老客人手裏，道，你以為我唔知咩，你上個月滿六十五，都可以申請長者八達通啦。同我扮後生，唔知醜！

兩個人就這樣嬉笑怒罵著。老客人終於拗他不過，將錢收回去，卻沒忘回頭追一句，得閒來搵我飲茶。我請！

翟師傅用圍單在理髮椅上揮一揮，然後對遠處揮了揮手。

他坐下來，點上那顆客人留下的香煙，抽了一口。翟師兄立刻抬起頭，對他道，阿爸，醫生話，你唔好食煙啦。

他一摔頸子，背對著我們，說，你理我做乜嘢？

翟師傅走到門口，看著外頭的雨，好像下得大一些了。我聽到他和隔壁臘味舖的人寒暄。對方説，今日落雨，生意唔好。早點收。

他點點頭道，都係，長做長有啦。

這時候，翟師兄嘆了一口氣。我安慰他説，不急。我讓朋友再問問別人。

他搖頭道，都認出來了。翻來覆去，不過還是那幾個字。可見近幾年，也並沒什麼新的發現。

我很開心地説，師兄還是你厲害。好漢不減當年勇！

「認出來又點？又不能用來搵食。」這時候，就聽到翟

師傅蒼老的聲音傳來，虎聲虎氣的。

我們兩個於是都沉默了。

這時候，我才看到翟師傅盯著我看，目光透過眼鏡片，鷹隼一般。他拍拍理髮椅，衝我說，坐低。

我猶豫了一下。他更大力地拍，說，坐低。

我於是坐下，翟師傅給我圍上了圍單。拿出剃刀，開始在我後腦勺上動作。我感到了一陣涼意，但那不是來自鋒刃，倒好像是絲綢柔軟地掠過我的脖頸。

這時，頭頂響起了一個炸雷。雨忽然更大了，勢成滂沱。雨水沿著塑膠皮的門簾流下來，外頭的景物也都模糊了。雨打在鐵皮的屋頂上，砰然作響。但翟師傅的手並沒有一絲停頓，甚至沒有過猶豫。那種涼意漸漸暖了，像是貓尾巴在皮膚上輕掃，有種舒適的癢，一下又一下。

暴雨卷裹。終於有雨水從屋頂滲漏下來，滴落在了我面前的鏡台上、隔壁的座椅，以及打濕了那一摞雜誌。翟師兄倒是有條不紊地，在滴水的各處放上不同的容器接著，彷彿駕輕就熟。他將一只空保鮮盒放在鏡台上，很快裏面就積聚起了一汪小潭。

這時，滋地一聲，燈忽然滅了。店舖沉入一片黑暗之中。

暗中只有一星光，在鏡子裏頭一閃，那是翟師傅還叼在嘴裏的香煙。

我什麼都看不見，想他也是一樣。但我感到他的手沒有停，鋒刃絲綢一般，熟練而清晰地在我頸項、兩鬢遊走，有

極輕細的摩擦聲。

翟師兄點亮了一支蠟燭。昏黃的光暈中，我忽然看見了一顆人頭，在我的身後的櫃上微笑，不禁一個激靈。

我有些恐慌地轉了一下頭。終於看清，那不過是一顆塑膠的模特兒的頭，有茂密捲曲的頭髮，大概是用於給理髮師日常練手。

感覺到有一雙手輕輕地將我的頭扳正，說，別動。

聲音似曾相識。在黑暗中，這雙手沒有停。

翟師兄找到了電箱。將電閘拉了上去，店堂重現光明。

翟師傅已經在用毛掃掃著我頸子上的頭髮茬，他笑笑說，睇吓點？

我看到我的兩鬢、後面的髮際，被他刮得十分乾淨。是勻淨的青白色。然而，讓 Terence 引以為傲的灰度，所謂「fading」，沒有了。不見退暈，非黑即白，界線分明。

他將我的圍單取下來，有一些輕柔的光，從眼鏡片後放射出來，對我說，依家青靚白淨翻！

但即刻，鼻孔裏輕「嗤」了一聲，說，不知所謂，飛髮佬呢啲位都整唔清爽，畀啲客出街，好丟架！

我聽出了他話裏的針對。站起來，下意識地掏出了錢包。他用手使勁一擋，說，你在那邊付過了。我幫條衰仔補鑊，唔收得。

翟師兄送我出門。沿街的店舖陸續關門了。也是華燈初

上的時候，不知是哪戶人家，飄出了極其濃郁的炒蝦醬的香味。

我們默默走著。我說，師兄，你離開新亞多久了？

他愣一愣說，有一排喇。

我說，你學問這麼好，不可惜嗎？

他搖搖頭，說，你知道的。我在校時就不善人際，應付不來這麼多的事情。好多都是工夫在詩外。與其要費心機和人打交道，不如整天和人頭打交道，還簡單些。

我說，你在這幫你爸爸。那 Terence 那邊呢？

他又沉默了，半晌，說，一言難盡。

送我到了路口。我說，師兄，好久沒見了，一起吃個飯吧。

他說，不了，改天再約。我要回去幫阿爸收舖了。

我頂著新髮型，去學校上課，意外地受到了學生們的讚美。

如今的大學生，行止已不以含蓄為準則。他們總是如此直接而發自肺腑地表示喜歡與不喜歡。下課時，有個學生專門走到講台對我說，毛老師，呢個髮型好勁，好似 Sam 哥。

Sam 是吳鎮宇在《衝上雲霄》裏扮演的角色。當年街知巷聞，是個型到爆的機師。

我承認，我的虛榮心莫名地得到了很大的滿足。

於是兩周後，我又去了「樂群理髮」。

我的頭髮生得快和茂密，而且髮質硬挺。九十多歲的老外公常說，我剛生下來，就是「一頭好鬃毛」。所以，想保持一個時髦的髮型，於我殊為不易。

我和翟康然預約了下午的時間。他見到我，似乎很高興。

我有些意外的是，翟健然也在。他佝僂著身形，坐在一邊的沙發上，看著翟康然為上一個客人做收尾的工作。

那客來自法國，有著巴黎人一貫的健談與愛交際。他走的時候，連坐在旁邊的我，都知道他是一家歐洲香精公司的駐港代表，住在西半山，有兩個孩子和一條金毛犬，以及一隻英短金漸層貓。他似乎對翟康然的服務十分滿意，說要介紹更多的朋友來。

終於，翟康然讓我坐下，去換了一張唱片。《Torn Between Two Lovers》的吉他前奏，在店堂裏頭響起來了。所有的陳設好像都鍍上了一九七〇年代的昏黃。

他給我圍上了圍單，看看鏡中的我。忽然眉頭一皺，輕輕說，有人動過了。

嗯？我有些茫然。

他說，那些 fading 的部分，有人動過。

我明白了，他指的是用去了很多的時間，打出的漸變式「飛青」。但我吃驚的是，這頭髮已經長了半個多月，他竟依然一眼看出，那些他所說的黑白之間的「灰度」，被人染指。

他咬了一下嘴唇，似乎忽然明白了。他轉過頭，狠狠對

翟健然說，你看看，他永遠不放過。別人都是錯的，只有他
自己那套老古板的套路，才是對的。

我在鏡子裏，看到翟健然張了張口，終於欲言又止。

在以下的時間裏，沒有人再說話。翟康然面目十分嚴
肅，格外細心地為我剪髮。剪刀在我的面頰、前額、耳尖
遊動。

金屬摩擦的聲音，混合著音樂的聲響。

"Couldn't really blame you, If you turned and walked
away. But with everything I feel inside, I'm asking you to
stay."

他的動作依然很輕柔，應和音樂的節拍，金屬在皮膚上
遊動。我倏然記憶起了另一把剃刀，是絲綢輕掠過的感覺。

在他為我塑形的時候，翟健然終於站了起來，走近了
我們。

或者是為了打破一直沉默的尷尬，我說，師兄，這張照
片上的人，好像你們兩個。

我指的是牆上一張很老的黑白相。因為我在另一間「樂
群」見到過同一張，只不過更為老舊些。那上面有幾個年輕
人，都是在彼時很時髦的打扮。他們一律留著齊肩的長髮，
站在中間的那個，眉目酷似翟師兄和 Terence。

翟健然目光落在了照片上，愣住了。他沒有回答我，但
似乎是什麼讓他下了決心，他很認真地說，阿康，你再考慮
一下。

　　翟康然也就開了口，但聲音有些冷：我說很多遍了。他想剪頭髮，可以到我這裏來。

　　你知道那是不一樣的。翟健然嘆了口氣。

　　Terence 在我脖子上撲爽身粉。口氣軟了下來，說，大佬，就算林生不收翻間舖，好快政府也要清拆。他不是要更怒氣？依我看，長痛不如短痛。

　　翟健然搓一搓手，說道：你知道老寶的情況，我們要對他好一點。

　　我聽到了他聲音中的無力。Terence 手停一停，回轉了身，眼睛直直看著他的胞兄，說，他的情況，難道不是在安老院更保命？你辭咗份工，由他性子，陪他日做夜捱，就是對他好？

　　翟健然啞然。他沒有再說話，而是徑直向門口走去。

　　走出去的一刹那，好像被猛烈的陽光刺了眼睛。他用手擋了一下，似乎回頭又看了我們一眼。

　　當我出去的時候，看見翟師兄還站在烈日底下。整個人呆呆的。

　　我走過去，說，師兄，你怎麼還在這兒？多曬啊！

　　他這才回過神，用一塊不太潔淨的手帕，擦了擦額頭的汗。他說，我在等你。

　　等我？我說，為什麼不在裏面等？

　　他用殷切的眼光看著我，說，我，我想請你幫個忙。

我們坐在附近一間冰室裏。外面的陽光，似乎是太猛烈了。景物在蒸騰的空氣中，影影綽綽地抖動。炎熱得不太像是初夏。我們靠窗坐著，可以看到外面依牆生了一叢芭蕉。葉子濃綠而肥厚，在曝曬中耷拉了下來。

翟師兄呆呆望著面前的杯子，說，這個冰室，有四十年多了。小時候，阿爸收工，會帶我們來吃紅豆冰。你看那個肥仔老闆，是我的小學同學。

我說，師兄，我能幫什麼忙？

他似乎立時不安起來，用手指捻動吸管。他瞇起眼睛，忽然抬起頭，對我說，醫生話，阿爸還有一年多了。

他將身體前傾，想要與我靠近些。他說，肺癌第三期。我們只要一年，再租一年就行。

他說得支離破碎，但因為早前他和康然的對話，我基本上拼接起了事情的大概。

我說，所以，是業主不肯續租了，但你們還想將老店做下去？

他點點頭，說，阿爸不知自己的情況，還想要做。其實是幾十年的街坊了，但林伯去年過身，他的仔想收翻間舖，不租給我們了。

我們近來成日收到匿名投訴。「四大部門」都來，消防、地政、食環什麼的，好折磨。又說你是僭建，要看地契。那麼舊年代的地契，業主不幫手，我真的應付不過來。

想起了翟康然的話，我說，按理講，休息一下，對伯父

是比較好的。

翟師兄搖搖頭，你不知道，阿爸好硬頸。明知成條街都快清拆了，還要做。

我和業主談過一次，可他覺得太麻煩，不如收回。我嘴巴又笨，都不知該怎麼說。博論答辯，我都結結巴巴，是上不了枱面的。其實前年你發新書，我去書展聽過你的演講，講得真好。你能不能幫我去跟業主說說，我們只要一年，就一年。

我說，其實，Terence 說讓他到新店裏來，倒是個兩全的辦法。

翟師兄沉默了一下，終於說，阿爸和細佬，已經幾年沒怎麼說話了。還是你陪我去，好嗎？

我看著他熱切的目光，說，好。

翟師兄似乎舒了一口氣，整個人也鬆弛了下來。

他想起什麼似的，對我說，你在店裏看到的照片，是阿爸在「麗聲」的電影訓練班拍的。旁邊都是他同期的學員，後來藍天和丁虹，都做了大明星了。

二

「飛髮」暗語

舊時廣府理髮業，內部使用暗語繁多。

如稱理髮為「摩頂、割草、掃青」；理髮師則稱「摩頂友、掃青生」；理髮店稱「掃青窰」；頭髮叫「烏雲」或「青絲子」，剪髮洗頭叫「作漿」；鬍鬚叫「蟻王」，剃鬍鬚稱「管蟻」，挖耳稱「推雀」；徒弟拜師為「單零」。

到了近時飛髮舖，又用「草」來指代頭髮。以此類推，厚頭髮是「疊草」，短頭髮是「短草」。剪髮為「敲草」，洗頭則為「漿草」，燙頭髮為「放草」。染髮為「包草」，吹頭髮為「爬草」。頭髮茂盛的客人，則為「草王」。

理髮師傅之間，交換顧客信息，也自有一套話語系統。「生」代表男性顧客，「莫」代表女性。小女孩為「莫仔」，成年女性為「莫全」，「順莫」指靚女，「波亞莫」則專指「挑剔麻煩的女客」。

店堂內外，數目字的暗語則從一至十，編成順口可唱歌訣：

　　百萬軍中無白旗，夫子無人問仲尼。霸王失了擎天柱，馬到將軍無馬騎。

　　吾公不用多開口，滾滾江河脫水衣。皂子時常掛了白，

分瓜不用刀把持。

　九中失去靈丹藥，千里送君終一離。

　這些暗語乍看玄妙，但細看不過是關於數字筆畫拆分的字謎。如「百萬軍中無白旗」，即把「百」字的上邊一橫與下邊的白字分開，便成了「一」；「夫子無人問仲尼」的「夫」字，將其「二」與「人」分開，便成了「二」；「霸王失了擎天柱」，將「王」字的中間一豎抽去，便成了「三」；「罵到將軍無馬騎」的「罵」字，將下邊的「馬」字去掉便成了「四」……以此類推，「九中失去靈丹藥」，將「丸」字中的「、」抽去，就成了「九」；「千里送君終一離」，將「千」字的上邊一撇「離」去，便成了「十」。這種類似文字遊戲的暗語，亦似江湖隱語，長期流行於市井業界，也別有一番趣味。

三

　　翟師傅叫翟玉成。年輕時候，有個外號，叫「孔雀仔」。

　　這其中有一段故事。他當年考上「麗聲」的電影訓練班，培訓期間，是要住宿的。年輕的孩子們，晚上玩得瘋一些。夜裏回宿舍遲了，吵醒看更的阿伯，不免被嘮叨幾句。阿伯是新界大埔人，沒有讀過什麼書，一見他就說，「雀仔，外出搵食咁遲都知返啦」。原來是不認識他的姓「翟」，只當是「雀」。一來二去，「雀仔」就成了他的花名。翟玉成自己是不甘心的，因為他格外的驕傲和自尊，又精於潮流裝扮。有人便完善了這個外號，叫他「孔雀仔」。但是，雖然他的相貌可稱得上清秀，但卻並非特別出眾或個性張揚。這個綽號就顯得名不符實。久了，大家仍舊叫他「雀仔」。

　　後來，當他在理髮店做工時，老闆為了招攬生意，便將他在「麗聲」時的照片放大，貼到了店裏當眼的位置。果然吸引了一眾師奶，到了店裏便點名讓他剪。追著他問，丁虹是不是割過雙眼皮，藍天和賽落是不是一對，李由是不是有私生子。開初時候，因為能帶出自己的見聞與掌故，他便好脾氣地一一作答，至少也是敷衍。一時之間，他成了當紅的理髮師傅。但久而久之，他的故事不免重複而缺乏新意，而在這個過程中，每次的講述其實多少也觸碰了他的痛處。畢

竟這些同期學員，有一兩個已經成為了明星。而他又是格外自尊的人，有次，一個太太忽然向他打聽起梁慕偉，他終於不耐煩，冷笑一聲，說，他遲過我好多先入來「麗聲」。

　　或許是他的神情，觸怒了太太敏感的神經。於是客人在服務結束時，去經理那裏投訴了他，還拋下一句，故意很大聲讓他聽到，「有乜巴閉，不過一個飛髮佬！」

　　或許如此，讓他動了自己開店的念頭。

　　至於為什麼要開理髮店，他也有一套說法。

　　那時節的青年人，在工廠裏打工其實是時髦。可翟師傅除了短暫地在一間塑膠花廠做過一個星期，再也沒有打過一天的工。用他自己的話來說，「工」字不出頭。要想出人頭地，就要有自己的一爿生意。

　　這觀念，大約是家裏世代累積的言傳身教。按說五十年代時，內地遷港移民如濤而至。翟家來的時候，已是尾聲。情形又是較為落魄的，不像前人帶了雄厚的資本來，他們除了幾枚傍身的黃魚和細軟，別無所有。

　　翟家在佛山也是大戶，家裏有種植香柑的果園。但到他父親一輩，已經是強弩之末。時代的一番迭轉之後，自然是動了根基。到了香港，本想過東山再起，但人生地不熟，英雄難有用武之地。將不多的家底跟人投資，不知底裏，也敗在了裏頭。按理說，如果甘下心來，細水長流地過倒也算了。翟父是心氣高的人，愛面子，先前的排場不想倒，便更

加速了衰落。他們從半山搬到了北角，是在翟師傅上小學的時候。在他成長的記憶裏，父親是個半老的人，總是帶了周身的酒氣，和輸了牌九的怨氣。翟師傅是二房庶出。他的「大媽」，父親的元配，終日躲在逼仄的小房間裏，吃齋唸佛。所有的持家的重擔，便都落到了翟師傅的母親身上。母親又的確是能幹的，迅速地將自己嵌入了這福建人與上海人混居的地界，獨當一面，幾年後竟在春秧街開了一爿南貨店。翟師傅自小就浸淫在這方尺之地，深諳於福建人的務實和上海人的精明。這讓母親大為放心，覺得家業有繼。

但她不知道的是，這做兒子內裏呢，卻覺得自己是個理想主義者。雖然讀書不成，卻深愛電影和戲劇。大約皇都戲院一有新的戲碼，便迫不及待地蹺課去看。而且呢，海納百川，並不挑戲。從邵氏的黃梅調，一直看到張徹的新武俠，當然還有午夜二輪重放的詹姆斯·迪恩的黑幫片。看得多了，自然人就自信，覺得自己也可以演。北角一帶，當時有一些左翼劇團，都是熱情的年輕人為主力。他就報名參加。可試戲的時候，那劇團的負責人說，演戲靠天分，但得有個方法。你底子不錯，還缺些方法。

這話對他是很大的激勵。他並不當是託辭，而體會出了自己是塊璞玉的意思，「玉不琢不成器」。後來在報紙廣告上看到電影訓練班在招收學員，便毅然輟了學。

如今，翟師傅仍然保留了定點看粵語殘片的習慣。甚至在理髮舖裏，終日開著一台小電視，有個台叫「歲月流

金」，都是老電影。台詞他都背得出，只當是店舖裏的背景音。

在訓練班期間，他照樣早出晚歸，似乎比以往更為勤奮。因為這孩子獨來獨往慣了，家裏竟沒有看出一絲破綻。直到了年尾，有個女孩子找上門來，才知道自家兒子，竟瞞天過海了半年。

這女孩是翟師傅在訓練班交下的女朋友。後來他回憶起，便說是初戀。但他對這初戀的回憶並不美好。也怪自己兒女情長，夭折了演藝事業的大好前程。這女孩後來也並沒有讀完訓練班，草草地就嫁人了。中年失婚，後來又嫁，境遇也每況愈下。翟師傅便評價說，將自己當戲來演，可不就敗給了「命」字。

這事讓翟家大為光火，尤其翟師傅的父親。老翟先生的親生母親便出身梨園。這女人到了翟家，生下了他，卻拋夫棄子，又偷偷跟戲班子跑了。這令他成長的境遇，很不如意，所以一輩子痛恨伶行。此刻，老翟先生前所未有地清醒，指著兒子罵，我是戲子養的，知道戲子的德性。生個兒子，還要當個下賤的戲子，死都闔不上眼。

好說歹說，翟師傅不學電影了。但中學他也是死活不想再上。家裏就想他早點接手南貨店，他便說，人各有志。我這輩子，可不再勞你們操心了。

他自然有自己的主意。在公司上訓練班時，年輕的孩子

們沒少見到往來的明星，便也提前染上了娛樂圈虛榮的習氣。男的要型，女的要靚，除了衣裝，便是被前輩們帶去Salon做個好看的髮型。髮型要keep住，絕非易事，常常幫襯便也日漸看出了端倪。一來二去，他便懂得，這裏不單是整個香港最潮流的地方，還是個如假包換的交際場。這髮廊開在銅鑼灣百德新街，叫「新光明」。客人大抵是社會紳商名流、導演明星和騎師等等。

翟玉成便去毛遂自薦。老闆見小伙子是以往的客人，以為他胡鬧。他就將訓練班的照片拿出來。老闆看照片上方燙了四個字：「明日之星」。他說，我一個「明日之星」，都來給你撐場面，不就是店裏的生招牌嗎？

老闆一想也對，便叫他試試，半年出不了師便走人。何曾想讀書不行，演技欠奉，這年輕人學起剪髮卻靈得很，合該是祖師爺賞飯吃。活好，加上人樣子標致，說話又很伶俐。打小在南貨店鍛鍊出的好口才，全都派上了用場。不出一年，已惹得新老顧客都十分喜愛，人人點他。他在店裏是「8號」，行話叫「番瓜」。預訂的電話來了，大半是找「番瓜仔」或「雀仔」的。木秀於林，長了自然惹人不待見。再加上他自己，見技術上再無所精進，也有些疲於敷衍那些九不搭八的故事。所以，後來遭遇了投訴，對他並不是意外。或許，反而是一個台階，他便就此跟老闆辭了職。

老闆自然早看出了他的心氣兒，也不想再留了。算是好來好去，還多給了一個月的工資。但他沒想到的是，一個月

後，這小伙子便和自己打起擂台。

說起鰂魚涌英皇道上的「孔雀理髮公司」，那真是翟玉成師傅一生中的高光。是他落手落腳，親自打理起的生意。

北角一帶的老輩人，談起「孔雀」，總是有許多可堪回味之處，彷彿那是他們的集體回憶。如同時下上海靜安區的老人兒，談起百樂門，談得眉飛色舞，其實並不見得都是當年叱咤舞場的「老克臘」。畢竟「孔雀」作為一間高級髮廊，當年用的是會員制，並非可以自由出入。

大家記憶中的，大約是「孔雀」堂皇的門口，高大的西門汀羅馬柱上是拱形的圓頂，上面有巨大的白孔雀浮雕。靈感來自翟玉成愛去的「皇都戲院」上的浮雕《蟬迷董卓》，聲勢上卻有過之而無不及。據說當年在夜色中，這孔雀便是繽紛絢麗的霓虹，不停地變換著顏色。在羅馬柱旁，則有一對漢白玉的維納斯。但和人們所見的斷臂女神不同，這對維納斯復原了自己的雙臂，一個舉著鏡，而另一個則托著一隻地球。創意談不上高妙，但足以讓人印象深刻。

就如同對這繁華包裹下內裏的不知情，當這間高級髮廊在北角的版圖上蕩然無存，人們也並說不出子丑寅卯，彷彿先前描述的，只不過頭腦中的海市蜃樓，連自己都疑心它曾存在過。對於這個花名叫「孔雀仔」的髮廊老闆，也就有了許多的猜測與想像。因為他的年輕，沒有人會相信白手起家的傳奇，坊間流傳的是他與一個女富商之間的曖昧。

多年後，翟師傅已入老境，再回憶起霞姐這個人，會覺得恍若隔世。因為開始與結束，似乎都沒有清晰的界線。但有件事他記得很牢，可謂眉清目楚。

那時他還在「新光明」。有天黃昏時，正在為一位女客梳很複雜的盤髻。時間久了，客人闔目養神，忽然睜開了。在鏡子裏頭，他看見這女人原本嚴厲的目光柔和了，落在他在頭頂動作的手上。她説，你的手真好。指頭又白又長，比女仔的手還漂亮。可惜了，應該去彈鋼琴。

對於「可惜了」的評價，他在心裏不置可否。但當下卻是享受這句話，手勢便分外地仔細與盡心。

後來，霞姐的確教會他彈鋼琴，但他也只會她教給他的那幾支曲子。在如水的夜涼中，他坐在「麗池」頂樓的落地窗前，彈《致愛麗絲》。霞姐説，我教會你，就是只要你彈給我聽。你不要彈給別人。

「麗池」有三分一的業權，屬霞姐的先生。準確地説，霞姐是他的外室。這男人發跡於南洋，摔闖半生，在一片鶯歌燕舞中想通透了，終於葉落歸根。霞姐跟他，從青春少艾到寞寞徐娘。他自然也沒有負她，算是打點好了她的後半生。香港就這一點好，交易都在明處。哪怕中間有情，都是實打實的，沒有一絲虛與委蛇。霞姐對翟玉成有真心，但也是「講清楚」後的真心。她看出這個年輕人，有著同輩不及的現實與早熟。這份自知之明，不會給她帶來麻煩。只是因為年齡的關係，還欠缺見一些世面。這她不怕，她的過去，

就是他的世面。

　　翟玉成承認，這個女人深刻地影響了他，並不僅僅在經濟和事業上。還有她的品味和審美，在漫長的歲月中以心得與閱歷做底，沒有保留地傳授給了他，塑造他，並使之居高不下。至於愛情，因為年齡的懸殊，於他們都顯得奢侈。但毋寧說，她給他帶來了十分完整的情感教育。有關愛的質量，門檻被無限提高。這讓他此後，對女人變得很挑剔。與他個人的境遇無關，就只是挑剔。

　　無疑，是她為「孔雀」帶來豐沛的人脈，使得「會員制」經營可實行得順風順水。這其間形成了微妙的舟與水的辯證。達官巨賈、名人士紳以「孔雀」的服務彰顯地位，後者自然也倚重於前者打開局面。而從「新光明」這樣的髮廊挖來師傅與客源，到後來似乎成為順理成章的常態。尤其是鄧姓大哥，是霞姐的「契哥」。作為家喻戶曉的明星，兼有三合會首腦身份，他入股「孔雀」，自然使得業內不敢再有任何微詞。至於有心還是無意，本地的小報都算是拍到了幾張他口中叼著雪茄，在保鑣簇擁下進入「孔雀」的照片，算是做實了「力撐」的姿態。

　　讓翟玉成抱憾的，始終是半途而廢的演藝生涯。在他又蠢蠢欲動時，鄧哥適時發出警告，有關這一行的水深難測。但這不影響他格外善待娛樂界的朋友，例如女貓王沈夢、歌手吳靜嫻等等，都是他的座上賓。後來，在他們的鼓動下，他終於在兩部電影中客串過角色。一部因為尺度問題，沒有

上映。他在裏面演一個偷渡而來和女友團聚的青年，因後者的背叛而自盡。最後有一句台詞，「香港也沒這麼香」。而另一部裏，則是和女主角有簡短床戲的花花公子。他在裏面的表現十分生硬，且能隱約看到鬆弛的肚腩。他為對自己身體的不自律而懊惱，也從此放棄了演戲的夢想。霞姐也只是寬容地笑笑，「『雀仔』就是這個脾性，你說他不聽。試過不行，他就安生了」。

在現在看來，這句話有如讖語，甚至預示了翟玉成一生的轉捩點。當「試」成為常態的時候，人往往會忽略評估其中的代價。何況彼時，香港的經濟已走向了蓬勃，每個人對自己能力的預判，都會稍微誇張一點點。然而就是這麼「一點點」，可能會影響未來的走向。

並非是要為翟玉成開解，但是有一些歷史事實，可能會幫助我們了解他的心態。上世紀整個六十年代，是香港工業騰飛時期。由一九六二年至一九七三年，香港的本地生產總值 GDP 撇除通脹後，每年以 9.4% 複式增長。一九六二年的本地生產總值為 86 億港元，上升至一九七三年的 410 億港元。一九六〇年代，香港工業成就舉世知名，是全球最大的紡織製衣、鐘錶、玩具、假髮、塑料花等的出口王國；旅遊業亦享譽盛名，有「購物天堂」之稱。就業情況良好，失業率幾乎接近零。

不得不說，翟玉成得自遺傳的生意頭腦，比較他的父輩，還多了與生俱來的野心。在家人尚在猶豫時，他毅然投

資了一家成衣公司，並且在此後的兩年獲得了豐厚的利潤。當然，這其中自有霞姐的點撥。在一個蒸騰的時代中，她要做他的底，讓他放心地當他的弄潮兒，而不至於從浪尖上跌下來。他是風箏自飛於南天，卓然同儕，他身後有一條看不見的引線。而放線人，便是霞姐。

但是，翟玉成對這條引線的感受，漸漸地從牽掛而轉為牽制。其中有一種很難言喻的傀儡感。迅速的成長，讓他產生了一種錯覺，自己的骨骼血肉，已經足夠的豐滿強勁。而這一點，讓他在性事上表現出更為明顯的主導。這是具有迷惑力的細節。霞姐點上一支煙，拍拍他光裸的後背，滿意地嘆一口氣，稱他已「大個仔」了。他們都沒有體會到，這句話下面暗藏的危機。

僅僅在兩年後，香港爆發了前所未有的工潮，並因此發展成為轟轟烈烈的反殖運動。百業蕭條，「孔雀」自然難以獨善其身，翟玉成在成衣廠的投資，亦有不少折損。他沒有聽霞姐的，選擇壯士斷腕，關閉「孔雀」。這間高級髮廊每天都有著龐大的開支，不得不將晚上的霓虹也關掉。翟玉成對霞姐說，「孔雀」是我的夢，還沒有做踏實，我捨不得醒。

事實上，這次堅持成為日後他與霞姐爭持的資本。這個時代，或許先天就是為翟玉成這樣的年輕人所準備的。為了「孔雀」，他日漸逸出了霞姐那代人相對保守的軌道，而與這城市的起伏同奏共邐。年輕的翟師傅，曾是一九六九年底遠東交易所開業以來，第一批入市的香港人。恒生指數兩周

後創下 160.05 當年新高，從而由此開啟了這座城市的股市神話。

這神話的覆滅，是在五年之後。老輩的香港人回憶，都說其中過程不突兀，有許多不可思議的信號，如今被稱為笑談。翻開當年的報紙，「置地飲牛奶」收購戰，「過江龍飽食遠揚」事件，樁樁足可警惕，但在一個全民嘉年華的時代，只當是這神話鏈條中的異彩。一九七二年至一九七三年，香港有 119 家公司上市。市民們陷入了「逢買必漲，不買則輸」的狂歡中，每日以粗糙而世俗的方式，舉辦自己人生的盛筵。「魚翅撈飯」、「鮑魚煲粥」、「老鼠斑製魚蛋」是一九七三的荒誕與瘋狂。這一年，「孔雀」也迎來了它的巔峰時刻。翟玉成親自登高，將兩顆碩大的哥倫比亞祖母綠，鑲進了浮雕白孔雀的眼睛裏。

孔雀瞳仁中的綠光，說不出的豔異，其實是最後的迴光返照。只一個謠言引發的蝴蝶效應，便破碎了泡沫，讓恒指在一年間跌至 150 點，跌幅近 91%。來勢洶洶的股市坍塌，殃及樓市，元氣大傷。數萬股民畢生積蓄，朝夕化為烏有，哀鴻遍野。這場股災，讓多年後的香港人談起，仍是噤若寒蟬。以致 TVB 以此為題材的劇集《大時代》播映，派生出了都市迷信般的「丁蟹效應」，如幽靈在城市上空遊蕩不去。

即使到了暮年，翟玉成聽到了《大時代》的主題歌《歲月無情》，總會伴隨著一陣生理的痛感。

「愛幾多，怨幾多；柔情壯志逝去時，滔滔的感觸去又

來。」所謂柔情與壯志，只不過都是孔雀的尾翎，盛時展開來是一幅錦繡。一根根地脫落了，被踩踏進了泥土，怕是自己都不想回頭去看一眼。

　　幸耶不幸，當年他遇到的，也還都算是重情義的人。最後的瘋狂中，他暗自轉移了霞姐的部分資產投入股市，直至一敗塗地。她沒有起訴他，甚至沒有追討，權作了為分手的禮物。而因道上的規矩，鄧姓大哥要為「契妹」討個公道，便教手下人斬了他的一根手指。斬斷了，即刻派人送去醫院，給他接上了，也算是顧念交情，留足面子。

　　在醫院裏醒來，他睜開眼睛，看到陪在病床邊的，是好妹。

　　鄭好彩是「孔雀」的美髮助理，其實幹的是俗稱「洗頭妹」的活兒。當然她一邊為貴客們洗頭，一邊也在接受著剪髮的訓練，再過一個月就滿師。

　　在「孔雀」這樣的理髮廳工作，於她這樣的女孩，多少有一些虛榮的性質。對其他人來說，還未來得及體會這場中的浮華，便要離開，是會不甘心和落寞的。但她卻沒有。

　　「好彩」在廣東話裏，是「幸運」的意思，經理就順理成章給她起了個英文名字，叫 Lucky。如今要離開了，Lucky 沒有了，她還是好彩。

　　她自然說不出「成敗一蕭何」這樣的話，但她信命，也服氣命，是隨遇而安的脾氣。日後，她便總是想起當年面試

時的一幕。那日看其他來面試的女孩，都是漂亮的。她也算生得周正，胳膊是胳膊，腿是腿。身形敦實，其實是很好的幹活的身架子。但是，她舉目四望，看這理髮廳裏，是她想不到的堂皇，水晶吊燈將繁花般的光影投在了天花板和四壁上。噴泉跟著音樂的聲音起伏，上面有個小天使，手中是一把金色的弓箭。這些都與她的日常無關，她便有點慌，好像自己走錯了地方。面試的一個環節是洗頭。到了要她下手的時候，她的手不聽使喚，不停地抖。被她洗頭的那個模特，索性站起來，說，不行了，這妹仔抖得厲害，跟觸電了一樣。我都跟著抖。

好彩嘆口氣，擦一擦手，準備離開。手卻又不抖了。這時她聽到一陣笑聲。就看見一個青年靠著門站著，西裝搭在肩膀上，嘴上叼著一根煙，似笑非笑望著她，說，留下吧。

好彩愣愣地看著，想，這人可真是個靚仔啊。

經理便趕緊說，還不快謝謝成哥。

她張一張嘴。此時的翟玉成，還未從一夜笙歌的宿醉中醒來，他揉一揉惺忪的眼睛，悠長地打了個呵欠，對她擺了擺手，轉身就離去了。

或許，就是這驚鴻一瞥，讓好彩總是有了種種的回味。日後，他常問起翟玉成，當時為什麼要留下她。翟玉成開始會笑著敷衍，說，睇你靚女嘛。她自然是不信，再追問，翟玉成就不耐煩再說了。

其實進來「孔雀」後，她極少能看到翟玉成。因為大堂

裏的電梯，可以直達三樓，那裏是辦公區和貴賓室。而老闆照例並不會在他們工作的地方出現。偶爾看見了，他往往和別人在一起寒暄或應酬。她遠遠看見他在笑，卻覺得這笑裏其實是疲憊和蕭然的。

那天，她最後離開「孔雀」時，禁不住還是回頭看一看。巨大的拱頂上，已經沒有了霓虹閃爍。在漸沉的暮色中，是一團突兀的灰。她心裏頭有些哀傷，倒不是為了自己。她想，不知道這麼大的房子，以後可以派什麼用場。會是什麼人接手，那麼美的噴泉，不知還留不留得下來。「但我再也不會回來了。」這樣想著，她心裏莫名地也有些悲壯。

可是呢，離開沒有很久，她卻又回來了。但大門已經貼了封條，進不去了。她透過大門的門縫向裏看，裏面一片漆黑。這讓她覺得十分狼狽。她開始在門口徘徊，一面在想辦法，一面在心裏罵自己「大頭蝦」。她想，丟什麼不好，哪怕丟了整個工具箱呢。偏偏丟了這件。

丟掉的是一把剃刀。ZWILLING J. A. Henckels，德國產，「孖人」牌，很貴。才買了三個星期。原本是想用來做自己出師的禮物。可實在是太喜歡，就提前買了。這花去了她半個月的工資，想來還是十分肉痛。她沮喪地想，這真是賠了夫人又折兵。公司匆匆散了夥，還有半個月工資沒著落，這把刀一丟，可湊了一個月的整。

正當她左顧右盼，終於準備放棄時，看到公司的後門開了，她想天無絕人之路。剛想要溜進去，卻看走出了一夥

人。幾個魁梧的漢子，中間架著一個人。那人走路踉蹌著，臉色煞白，一隻手上裹著紗布，已經被血滲透了。她仔細一看，是翟老闆。嚇得一個激靈，忙躲到了暗處去。她心裏頭風馳電掣般，想起了公司裏的聽到的許多流言。不是説，這人已經和姘頭捲款逃去了國外嗎？

她又看了一眼，看到翟玉成向這邊方向偏了一下頭，青白的臉上是種麻木和絕望。她回憶起了，那長久前的驚鴻一瞥，他似笑非笑地看著她，説，留下吧。

她看到一輛車在後門停下，那幾個人將翟玉成推了上去。她心裏咯噔一下，不知哪裏來的勇氣，飛快地攔住了一輛「的士」，説，跟上前面那輛車。

翟玉成醒來時候，看到的人，是鄭好彩。

她俯在床頭的欄杆上睡著了，睡得很熟，竟微微打著鼾。他在回憶裏使勁搜索了一番，終於想起了這個長相敦實、臉龐紅潤的姑娘，是「孔雀」的員工。聽有些人叫她「好妹」。

他感到肩膀有些痠痛，輕輕移動了一下身體，床「咯吱」響了一聲。鄭好彩揉揉眼睛，懵懂地抬起頭，看著翟玉成正看著她，這才猛然醒了過來。她用手背擦了擦嘴角的口水，一時又愣住了，和眼前的這個人對望了一下。

忽然，她想起什麼似的。站起身，將床頭櫃上的保溫桶打開來，倒出了一碗。往翟玉成面前一放。翟玉成下意識

地往後一躲。好彩說，豬腳啊，今朝起早燉了兩個鐘。以形補形。

翟玉成和鄭好彩的婚禮，並沒有留下什麼痕跡，甚至沒有一張像樣的結婚照。

好彩是個孤兒，在聖基道福利院長大。翟玉成早先因為投資股票的糾葛，跟家裏斷絕了關係。其實他父親早已去世，母親積勞成疾，前兩年也過身了。留下一個「大媽」，已經老得不行了，倒是還在家裏吃齋唸佛，不聞窗外事。翟玉成跟幾個兄弟反目後，也再沒回過家裏，從此形同孤家寡人。

結婚那天，便自然省去了一個「拜高堂」的環節。來了都是以前好彩在紡織廠上班的工友，都是一樣敦實爽朗的姑娘，在一個潮州滷味店擺了一桌。到拍照時，姑娘們簇擁著好彩，倒將翟玉成擠到了一邊去。照片上新郎就訥訥地站著。日後好彩看那照片，說，好像是一群女工旁邊站著個傻佬工頭。

其實，好彩並不想鋪張婚禮，她甚至從未對小姊妹們說過翟玉成的過去。關於以前，她只想記得那個將她「留下來」的瞬間，中間可以跳過所有的事，再聯結到這個眼前的人，依然是她在乎的。

婚禮後，她將姊妹們的「人情」都記了賬，這一塊將來是要還的。她經年的積蓄，都是嫁妝，竟然也有不小的一

筆。翟玉成沒有人來隨分子。但是第二天，卻收到了一個很大的禮包。打開來，裏頭是厚厚的一疊「大牛」。這禮包沒有具名，只在右下角，寫著四個字：「孔雀舊人」。

這筆錢，他們沒有動，因為不清楚來歷，便存到了銀行裏頭。但後來，終於還是用掉了，因為「孔雀」雖然申請了破產，翟玉成卻還有一些零星的外債沒有清。息口不高，但幾年間的通脹很厲害，都怕夜長夢多。

好彩沒和翟玉成商量，自己出去覓了間舖子。她本不是個精打細算的人，但她現時手裏握著壓箱底的嫁妝，卻知道一分一毫都是未來，不能有半點的差池。

到了開張的前一天，她才帶了翟玉成看那間舖子。這舖子搭在明園西街的後巷，左手是個五金舖，右手是個燒臘店。外頭粉白的牆，是好彩落手落腳刷的。舖子上頭，「樂群理髮」四個字，一筆一畫都格外方正踏實。門口的三色燈柱，不是紅白藍，倒是紅白綠。翟玉生想，這是仿照「孔雀」的燈柱。他是別出心裁的人，別人要用藍，他偏要用綠。但眼前這燈柱，是轉動不了的。因為也是好彩，一筆一畫地畫在牆上的。

好彩左右看看，悄悄對他說，我們好好做，往後把隔壁的店也盤下來。

翟玉成看看好彩，眼裏滿滿憧憬，全是將來。此時，他心裏卻都是過去，忽然發酵一樣，堵住了他的胸口。他深深地吸一口氣，想，這輩子，就這樣了。

小門面的生意，靠的是街坊幫襯。好彩醒目，知道開業那天，自己給自己送了一個花籃，又放了一掛鞭炮，便是讓左鄰右舍都知道。

人們便看，這小夫妻兩個，女的有股市井的爽氣，見人三分親。男的很俊秀，話少，神情倒是鬱鬱的。雖然沒有什麼夫妻相，幹起活來，倒是十分默契。兩個人都是勤勉的。那時候的香港人，別的不認，就認人勤力，所以都慢慢地喜歡他們了。

其實，翟玉成被斬了手指，接上了，但卻留下了後遺症。大概是傷了神經，雨天疼，拿起稍有重量的東西，便抖。越想集中心神，越是抖得厲害。

他不能剪頭髮，也不能替人刮鬍子。只能給好彩打下手。夜晚在燈底下，他慘然一笑，說，當年你手抖一時，我留下你。如今我可能要抖一輩子，你能留我到幾時。

好彩什麼話也不說，只是將他的頭攬到自己胸口，緊緊的。翟玉成聽到好彩的心跳，也聽到自己的心跳，漸漸地，就跳到一處了。

可他究竟是不甘心，閒下來，便翹起二郎腿。舉著剃刀，拿自己的膝頭哥練。開始不行，手稍微一抖，膝蓋上就是一道血痕。他便擦掉了滲出的血珠，再練。一個小時練下來，就是密密麻麻、蛛網似的血道子。

好彩見到了嚇一跳，說我好彩唔好彩，怎麼嫁給個傻佬。她便買了個冬瓜。冬瓜大小像是人頭，上有一層絨毛，

像是人的鬚髮，正好給他練手。

練完了，晚上他們將這冬瓜吃了。從此一時冬瓜海帶湯，一時蠔豉肉碎，一時花生瘦肉，輪番地煲。晚上吃，他們就笑，都覺得這一餐好像是賺來的，心裏滿足得很。

他這樣練著練著，手倒真的漸漸定了。

有一天，他們收到一個包裹。打開來，裏頭是一把剃刀，還有一只推剪。好彩認了認，「哎呀」一聲叫起來。原來這把剃刀，是 ZWILLING J. A. Henckels。和她在「孔雀」丟掉的那把，一模一樣。

包裹上沒有具名，還是那四個字，「孔雀舊人」。翟玉成看好彩高興得像個孩子，心裏也笑，暖一下。

到了年底時候，好彩有了身己。第二年入秋，生了一對雙胞胎。兩個男孩，廣東人叫「孖生仔」，是好兆頭的意思。孩子的眉眼像翟玉成，清秀。身形似好彩，敦實實。他們就給起了名字，一個叫阿健，一個叫阿康。

但都覺得意猶未盡，就請教店裏的老客，教中學的葉老師。葉老師就給加了個「然」字。翟健然、翟康然，果然雅了許多。

孖生仔六歲的時候，好彩又懷孕了。夫妻兩個就說，這回要好彩的話，就是個女仔。

翟玉成對好彩說，女女好，知道疼惜人。好彩說，對，

長大了，會幫阿爸揦筋骨。

兩人就說，那我們去黃大仙，燒香許個願，求給我們一個女仔。

生下來了，真是個女仔。夫妻倆歡喜極了。對他們來說，這是雙喜臨門。隔壁的五金舖不做了，租約夏天到期。他們就跟業主商量，想把舖子盤下來。兩廂就談好，就差簽約了。他們說，這女女是我們的福將。以後會越來越好。

給女女取名字，爺娘各一個字，叫「彩玉」。到街坊發豬腳薑、紅雞蛋，都說這名字好聽，很吉利。

出了月子，好彩要抱了女女去福利院看院長。這些年，逢到年節，好彩都要去自己出身的福利院，好像回娘家。翟玉成說，路途遠，我陪你去。

好彩說，前街孟師奶，約了今日來燙頭髮，她晚上要去北角飲宴。老街坊，不可失信人。你好好幫她整。

見他不放心，好彩說，我叫阿秀陪我去，總成了吧。

阿秀和好彩是一個福利院出來的姊妹，這些年一直要好。翟玉成便說，好，那你早去早回。

好彩到了福利院。大家都很歡喜，聊了很久。院長說，我也快退休了，看到你過得好，心裏真是開心。我當年沒給你取錯名字。

回程時，好彩就想，如今有了女女，天遂人願，該去黃大仙燒炷香，還個願。

她便讓阿秀先回去。阿秀忖一忖說，那行，家裏等我煮

飯，你知道我婆婆厲害。你自己小心點啊。

好彩在黃大仙廟燒了香，又發了新的願。從廟裏出來，她聞著自己一身的香火味，覺得心裏定定的。

她往大巴站的方向走，看見迎面走來一隊童子軍。小小的男孩子，穿著淺綠制服，走路雄赳赳的，都很神氣。大概是剛剛野營回來。好彩想，孖生仔再過一年，也到了幼童軍的年紀，到時穿上制服，也會一樣的神氣。

她這樣想著，心裏滿足，一面就看這隊童軍手牽手，過馬路。

當鄰近她的時候，忽然看見一個男人斜刺跑過來，搖搖晃晃地，手裏舉著一把刀。孩子們一哄而散。男人愣著眼睛，只追其中一個男孩，眼看就要追上，刀要斬下來。好彩沒時間想，一個箭步上去，擋在了男孩前面。一回身，護住了那孩子。那刀便刺在她後背上，她推一把孩子，叫他快跑。男人拔出刀，又更猛地刺下來。

好彩倒在血泊裏。人們制服了那瘋漢，報了警，叫了救護車。想將她扶起來，扶不起，見她已經沒有了知覺。手裏還緊緊抱著自己的嬰兒。囡囡臉上身上都是血，直到將她與好彩分開，才嚎啕地哭起來。

翟玉成趕到醫院，跟著擔架車往手術室裏跑，一邊大聲叫著老婆的名字：好彩，好彩……

好彩煞白著臉，這時忽然張開眼，看著他，竟淡淡笑了下。她說，「我唔好彩啊」。

就又閉上了眼睛。

好彩死後的那個月，翟玉成那根被斬斷的手指天天疼，疼得鑽心。

有人來探他。他就狠狠搧自己耳光，説，那天要跟去，好彩就不會出事。

別人勸他。他就説，千不該萬不該，去什麼福利院。福利院是孤兒所，她好來好去，留下仔仔女女做孤兒。

人們就又勸他，還有你在，孩子們怎麼會做孤兒呢。

這時候，女女彩玉哭起來。他冷冷斜一眼，並不管。他説，不是為咗呢個死女胞，好彩點會出去，點會去黃大仙還願？佢累死佢阿媽，抵死。

人們看他哭著，一邊詛咒自己的親生女兒。有些不解，更多的也萬分同情，這男人突然遭遇不幸，是覺得人生坍塌了，糊塗了。總要時間，才能走出來。

但翟玉成，這以後，天天任由嬰兒在家裏哭，哭到沒力氣。也不開工，自己一個人，坐在家門口喝酒。喝到酩酊，就躺倒在了地上不起。

孖生仔的小哥倆，卻因此迅速地懂事了。他們還沒有消化和真正理解母親的死，卻已經在討論和試探中，模仿阿媽的手勢照顧妹妹，給她餵奶粉，換洗尿布。

但他們畢竟也還是很小的孩子，並不具備常識。如果不是因為社會福利署的義工來家訪，他們都不知道妹妹已患上

了黃疸病。

待發現了，已經遲了。嬰兒太小，也太弱，沒搶救過來。不到兩個月，便隨阿媽去了。

將女女葬了，葬在阿媽身邊。當天回來，翟玉成又喝了大醉。孖生仔遠遠看他，誰都不敢説話。他看兒子們，眼光裏忽然都是惡。走過來，左右開弓地打。阿健悶著頭，任他打。打累了，他喝一口酒，又換了阿康打。阿康掙扎一下，他打得更兇。小小的孩子，捉住他的胳膊，狠狠咬下去。趁他一鬆手，跑出家門去了。

街坊的輿論，漸漸就變了，不再同情他。

但可憐一對孖生仔。阿媽走了。還是長身體的年紀，沒有人照顧，還有個不生性的老爸，往後可怎麼辦。

有善心的，便偷偷招呼了小兄弟兩個，到家裏吃晚飯。臨走，哥哥眼睛定定地看飯桌上的叉燒包。街坊以為他沒吃飽，便包起來給他帶走。

回到家，清鍋冷灶。翟玉成一隻手拎著酒瓶，看到兒子們，罵道，死仆街，放學唔知返，學人做古惑仔！

從腰間抽下皮帶就要打。阿健不躲，由他揪住衣領。阿健從書包裏拿出叉燒包，説，阿爸，你先吃了吧。你一天沒吃飯了，吃飽了才有力氣打。

翟玉成一愣，抬起的手，慢慢垂下來。他覺得這隻右

手，忽然間抖得很厲害。他用左手牢牢地握，但終於無力地
鬆開了。他猛然將兒子攬過來，用下巴緊緊抵住，覺得眼前
一熱，立時模糊了。

　　手這時候，倒是慢慢不抖了。

　　第二天，人們看到翟玉成在「樂群」門口，腳下擱著幾
只油漆桶。他弓著身子，細細地刷那三色的燈柱。是緣著好
彩當年畫下的輪廓，一筆一畫，刷了一道又一道。

四

有關「三色燈柱」的典故

迄今香港的飛髮舖，店外仍然懸有一到兩條紅藍白燈柱，被稱為 Barber's Pole。這通常被理解為招徠顧客的手法，實則不止燈飾這麼簡單。

其淵源可追溯至中世紀的歐洲。在《開膛史》一書中，我們可以看到一張中世紀理髮師畫像。理髮師的右手拿著剪刀，平時為人們理髮用；而左手拿的是比刮鬍子用的剃刀大得多的手術刀。這是因為，1215 年拉特蘭會議作出裁決後，形成了一個新的職業——理髮師兼外科醫生（barber-surgeon），並且風靡中世紀的歐洲。1361 年法國巴黎理髮師協會頒佈規章，並於 1383 年重申：「皇帝的第一位侍從理髮師掌管全巴黎市所有理髮師的業務」且是「國內所有理髮師和外科醫生的首腦」。從這則規章中可以看出，當時被理髮師一統的外科醫學地位。

在那個時代，很多手術都是由理髮師完成的，所以有種說法理髮師是外科醫生的祖師。1365 年巴黎已有 40 名理髮師出身的外科醫生。在英國，愛德華四世（King Edward IV）在 1462 年成立了第一個理髮師公會，並將其作為其他行業的典範，授予公會成員在倫敦擁有理髮和外科手術的壟斷權。至

1540 年，亨利八世准許有證書的理髮師參加外科醫生協會。

早在中世紀，歐洲已出現並流行一種放血療法，但是血在宗教教義裏一直處於一種比較敏感的存在，所以早期實施者都是教會內部的神職人員，直到 1163 年，教皇亞歷山大三世下放了放血療法權利，將任務交給了民間理髮師（barber）。每逢春、秋兩季，許多人特別是有錢人，都要定期接受放血，以增強體質，適應即將來臨的氣候變化。

由此，理髮行業的柱狀標誌就起源於放血之舉。因為放血通常就在浴室中進行，病人先用溫水沐浴，使血液流動加快，這樣更容易放血。病人手中握著一根木棍，理髮師在要放血部位的上方纏上繃帶（通常是在上臂）阻止血液流動，再用小刀割破隆起的血管，血就此流出，由於壓力較大，有時甚至噴湧如泉。放血後，理髮師把繃帶洗乾淨，放在室外的柱子上晾曬。久而久之，這種在風中飄動的繃帶竟然成了理髮師招攬生意的廣告。

於是，人們設計了一個招牌。頂端的黃銅水池用於盛放水蛭，底端的水池用於收集血液，圓柱代表病人手中握著的木棍，而柱子上的紅色和白色條紋則是源於理髮師將洗過的繃帶懸掛柱子上晾曬。風中的繃帶相互扭轉，圍柱環繞。大約 1700 年左右，這種圓柱就成了理髮館的固定標識。隨著外科技術的發展，外科醫師協會規定外科醫生的標識為紅白相間條紋，理髮師的標識則調整為藍白相間的條紋，以示區別。後來，理髮店標識將二者結合起來，使用紅、白、藍三色條紋，紅色代表動脈，藍色代表靜脈，而白色則是纏繞手臂的繃帶。

　　此後，放血以及其他外科醫療交還給醫生，理髮師回歸本業。然而，門口使用三色燈柱，卻已經成為了理髮店的一種標識。直至今日，旋轉的燈柱在世界各地依然被當作理髮店的象徵，甚至還出現在某些地方的法律文件中；例如，2011 年美國賓夕法尼亞州的《理髮師執照法》就要求：「每個理髮店應提供一根旋轉燈柱，或一個表明能提供理髮服務的標誌。」

五

　　我陪同翟健然見了飛髮舖的業主林先生。在一個鐘頭後，林生答應了我們續租一年的要求。他最後對翟師兄說，我是看當年好姨的面子。這一年，叫你阿爸好來好去，莫再荒唐了。

　　這話裏的話，隱隱地，未免冷酷。但既然已有了結果，也就不深究了。

　　年底時，我一個好友結婚，讓我做「兄弟」。朋友是個華僑，在美國長大，對中國文化抱有海外華裔歸根式的好奇。因為和本港一個女孩迅速地墜入了情網，這個婚禮便要成為他們共同想要的樣子。中西合璧的婚禮形式，包括「兄弟們」的服裝與髮型，也是一種不可思議的復古。因為多年的交情，自然是遷就了他。我看著他發來的圖片，想像著我們將要頂著一式一樣的髮型出現在婚禮上。我終於揶揄他說，你是要讓我們都做你的葫蘆兄弟了。

　　他在 WhatsApp 的那頭，似乎很茫然。我於是知道，以他的成長環境，是不會理解這麼曼妙而貼切的比方的。但是，我仍然答應他，去為兄弟尋找能剪出這張早期好萊塢電影海報中出現的髮型的師傅。

於是我找到了翟康然。我說，Terence，麻煩你，我知道復古是你的拿手好戲。

他看了一眼，笑笑說，這個我恐怕剪不來，太古早了。不過我可以帶你去見我的師父。

我有些吃驚，心裏想，難道他的師父，不就是翟老先生吧？

但是，鑑於我知道他和他父親的關係不是很和睦，於是也沒有多問。

於是我見到了老莊師傅。

別誤會，我這樣稱呼他，並非是因為他如何仙風道骨。而是他的年紀看上去，確實足夠大了。這是從他臉上的皺紋和體態看出來的，儘管他極力地讓自己看上去挺拔些。是的，在我看來，他是個很體面的老人。頭勢清爽，梳理得一絲不苟。制服裏頭的白襯衫領子漿洗過，抬手時可以看到一顆考究而低調的袖扣。

大約因為 Terence 作了介紹，他見我便用上海話打招呼，儂好哦？

我說，我其實是南京人。

老莊師傅便笑了，說，江蘇人啊，那我們才是老鄉，你聽我上海話裏有江北口音。我老家是揚州。伊拉香港人也搞不清爽，江浙人在這裏都叫上海人。

這時，一個滿頭髮捲的師奶說，莊師傅，你好幫我弄

一弄啦。

　　他忙走過去，把一個宇航員帽樣的東西推上去。那是台烘髮器，看得出有了年頭。他一邊輕聲和師奶說了句什麼，一邊拆下她頭上的髮捲，又噴了點水，才開始給她吹頭髮。這時候眼裏的笑意沒了，眉頭因專注緊鎖，嘴也抿起來。

　　他熟練用捲髮梳，一邊梳理一邊吹風。這吹風機是白鐵製成的，是個海螺殼的式樣。我依稀覺得在哪裏見過。忽然想起來，是年前的一個賀歲的卡通片《小豬佩奇》。有好事的網友將祖師版的吹風機刷成了粉色，竟與佩奇別無二致，不期然掀起一股懷舊風潮。如今在這裏見到了實物，有異樣的親切，不禁多看了幾眼。那師奶以為我在看她，有些不好意思，用廣東話說，後生仔，你是不知我們年紀大了，頭髮薄，捲一捲才好出街見人。莊師傅就說，吹出力道，打鬆了，又年輕十歲。

　　師奶便笑了，改用上海話說，莊師傅嘴巴甜得唻。

　　莊師傅說，我老老實實，不講大話的。

　　師奶呵呵笑道，衝這個甜嘴巴，好手勢，我月月都從九龍過來幫襯的。大家好講上海話，認牢這個師傅。

　　莊師傅說，哪裏有，有兩個號頭沒來過了。

　　師奶便立即說，你都曉得，阿拉在浦東買了別墅，虹口也有套房子，一年總要回去住一住，才划算。

　　莊師傅便接話，儂就算不住，房價這些年，都是坐火箭升上去，富婆做得適意得唻。

師奶似乎急了，身形一扭，開口聲音忽然有些嬌嗲，儂弗要亂講啊。

這時候，Terence 忽然低聲說，師母來了。

那個師奶便好像定住似的，正襟危坐。一個身形精幹的女人走過來，蠟黃臉色，俐落的短髮，面目嚴肅，倒不太能看出年紀。她抱了一疊白色的毛巾，放進了座位旁邊的抽斗裏。打量那位客人，倒是微笑了一下，說，何師奶，好氣色。

這瘦小的人，竟是渾厚的煙嗓，倒顯得整個人不怒而威了。

先前的師奶，聲音低下去了八度，客氣道，老闆娘講笑。阿拉侄孫週末擺滿月酒，飛個靚頭髮去飲宴。

老闆娘說，多謝幫襯啦。

說完，收了幾條用過的毛巾，放進一只塑料籃子裏，俐落落地又走了。

她前腳剛走，這何師奶便道，阿彌陀佛，得人驚。

「唔好郁。」就聽到莊師傅柔聲道，大概頭髮吹到了尾聲。師奶熟練地從桌上抽出一張紙巾，掩住口鼻。莊師傅用一大罐噴髮膠，噴灑了一圈；又找出一罐小的，在額頭噴了噴。

「何師奶，我同你講……」莊師傅一開口，「自然定型，今晚唔好落水洗……知道喇，次次來，次次講」。何師奶不

耐煩似的，卻又輕聲笑起來。

莊師傅拿一面鏡子，給她左右照照。又給她細細撣掉身上的碎頭髮。何師奶站起身，說，真的好手勢，靚翻囉。

便到櫃枱去結賬。她臨走先擱下五十塊小費在台上，然後才出門去，身姿雖豐潤，竟是有些婀娜的。

莊師傅將鈔票塞給 Terence 說，康，拿去給你朋友買雪糕。

Terence 笑著推卻，說，師父還當我們是細路仔。

莊師傅就裝到自己口袋裏，倒有些不好意思，說，嗨，世道不景，阿拉這辰光，唯有靠熟客囉。

這時候，便聽到莊太的那把煙嗓，是熟，熟得很。六十歲的人了，還跟人飄眼風。這個何仙姑！

莊師傅呵呵笑著，說，話時話，好歹人家也幫襯了二三十年。

老闆娘說，是啊，住在北角就幫襯，搬去了土瓜灣，坐船也要過來同上海老鄉傾傾偈。

Terence 就說，師母，何師奶口水多過茶，師父可是目不斜視。

莊太就佯怒道，康仔，你就護你師父的短罷。

說罷嘆一口氣，說，如今都請不到小工，我一個要頂八個用。你們男人家進來剪頭髮、剃鬚、汏頭、擦面，至少要用六條毛巾。我哪裏洗得過來。

莊師傅便道，夫人辛苦，誰叫你是女中豪傑。

莊太嘴裏「嗤」一聲，我是勞碌命，老闆娘是擺擺樣子，人家有別墅的才是女中豪傑。

莊師傅回過頭，對我們做了一個鬼臉。莊太說，以往生意好時，我們光師傅就有十幾個。你看現在，那邊的龍師傅，來香港才二十多歲。現在剛過八十壽，也還是在做。

我遠遠看去，這個師傅鬚髮皆白，胖胖的，一臉的福相，倒真看不出已經是耄耋老人。他哈哈一笑，說，我這是香港精神，手唔震，就做落去。我們這間老字號，客同師傅，都是死一個少一個。有啲一百歲、坐住輪椅都嚟幫襯。兩三個月冇嚟，到個仔嚟剪髮，我話乜咁耐唔見你媽姐？佢就話過咗身囉。

莊師傅這時坐下來，接口道，對，李麗珊是香港精神。我孫女最鐘意麥兜，吃菠蘿油也是香港精神。

他打開一只紙袋，拿出麵包，又打開一只保溫杯。一邊啃麵包，一邊便說，從早上到現在，才有空吃口飯。你是 Terry 的朋友仔，不和你見外了。按規矩我們上海師傅做事，有客時不能吃東西。不像廣東師傅，叼著香煙給客人剪髮，冇眼睇。

這時候龍師傅轉身收拾手上的活計，背影有些蹣跚。莊師傅輕聲說，看他樂呵呵，去年底心臟才搭了橋。沒辦法，也是沒有年輕人肯入行。

Terence 便說，師父急人用，我就來幫手。

莊師傅使勁擺擺手，大概是麵包吃得急，堵在嘴裏講不出話來。莊太就接口道，可不敢請你，你老實不要上門一把火燒了我們「溫莎」。

這時候，我才仔細環顧了這叫做「溫莎」的理髮店。帶我來的時候，阿康特別強調，這是一間上海理髮公司，不是一般的飛髮舖。

其實地方不很大，大約是因為兩整面牆都是鏡子，感覺闊朗了許多。地面用石青色的馬賽克，唯有櫃枱鑲嵌一面大理石，在柔和的燈光裏，也並不顯得冰冷。上面釘著幾個明星的黑白「大頭相」，赫本、夢露和呂奇。巨大的月份牌，上面有個旗袍女子。丹鳳眼，腮紅，欲語還休的樣子。整個廳堂裏，響著極其清淡的音樂，是上個世紀的風雅。唯有一只方形的掛鐘，式樣和做工，雖是金燦燦的，卻顯出批量生產的簡陋，讓這氣氛有些破了功。

這時，莊師傅吃完了，將那裝麵包的紙袋摺疊好，扔進垃圾桶裏。細細地洗了手，這才走過來，說，拿給我看看。

我將朋友發來的照片給他看，他說，呦，花旗裝，這髮型可是很久沒剪過了。你這個朋友仔有眼光。

他便拍拍我的肩膀，先去洗個頭，然後遙遙地喊，五叔公！

剛才那個龍師傅，便引我過去。我走到洗頭椅上躺下來，他說，後生仔，到這邊來。這邊是男賓部。

我茫然站起來，才看到他站在店堂的另一側，有幾個水盆。莊師傅哈哈笑著說，阿拉上海理髮公司，分男女，「架生」不同。廣東理髮店汰頭朝天瞓，阿拉舖頭，男賓是英雄競折腰。

我在龍師傅指引下坐下來，俯下身將面衝著白瓷洗臉池。龍師傅用手試試水溫，這才輕輕將水淋在我的頭上。這感覺很奇妙，好像童年時外公給我洗頭的感覺，是很久前的了。這位老人家手力道很足，又有很溫柔的分寸。擦乾前，用指節輕輕敲打，頭皮每一處都好像通暢清醒了，舒泰極了。

站起身，莊師傅衝我招招手，讓我在一個龐大的理髮椅上坐下來。

我這才注意到，男女賓的座椅原來也是不同的。女賓部的要小巧簡單一些。

五叔公汰頭適意吧？他一邊用吹風機給我吹頭，一邊問。

他便好像很得意，說，那是。我們這邊啊，人手依家少咗，可功架不倒。汰頭、剪髮剃鬚、擦鞋，講究幾個師傅各有一手，成條龍服務。哪像廣東佬的飛髮舖，一腳踢！

這吹風機的聲音很大，我有些聽不清他說話。吹完了，我說，師傅，這風筒有年頭了吧。他說，你話這只「飛機仔」？你自己看看。

我藉著光一看，刻著字呢，隱約可見字樣，「大新公司，1960 年 3 月 7 日」，算起來有六十年了。

我說，是個古董呢。

他一邊剪，一邊說，要說古董，我這裏不要太多。就你坐的這張油壓理髮椅。我在日本訂了來。盛惠三千八一張，我買了八張。當時一個師傅的月薪才三百塊，是一年薪水。六○年代，可以買兩層樓呢。

莊太接口道，埃個辰光，真不如買了樓。乜都唔做，現在賣了手頭兩千多萬來養老。

莊師傅不理他，你看這老東西，質量交關好。真皮坐墊頭枕，幾十年才換了一次皮，腳踏可調高低，椅背可校前後，還帶按摩。適意得喫，這麼多年，幫我留住了多少客。

他一邊說說，一邊踩那腳踏，椅背便降下來。我似曾相識，便說，「樂群」那裏也見過這張椅。

Terence 便道，我那張，是找人仿製了師父這裏的，如今買少見少。「溫莎」這幾張真古董，林家衛拍《一代宗師》，張震的白玫瑰理髮店，在這借過景。景能借，椅子能仿，可手藝借不了。艾倫你就閉上眼睛，嘆吓什麼是真工夫。

我果然閉上眼睛，一塊滾熱的毛巾敷在面上，頓時覺得毛孔都張了開來。就感到一把毛刷在臉上輕撫，有一種小時候的花露水味道，滑膩而冰爽，是剃鬚梘液。一絲涼，從唇上開始遊動，然後是下巴、頸項、面頰兩邊，奇異的張弛，是伴隨手指在臉部的輕按與拉伸。這感覺似曾相識，但似乎又是全新的體驗。大約因為一氣呵成，有一種可碰觸的潔

淨。像是鋒刀在皮膚上的舞蹈，令人幾乎不忍停下。

我忽然明白了，翟康然師出有名，的確不是來自他的父親。

我的臉上又被敷上了毛巾，作為這冰爽後的一個溫暖的收束。

椅子被漸漸升起來，我看到莊師傅牽過椅子側面的一條皮帶，將剃刀在上面打磨。他說，這東西我們叫「呂洞賓褲腰帶」，我一柄「Boker」，磨了幾十年，還禁用得很。

他笑道，你大概聽說過揚州三把刀。這剃刀在上海理髮公司才叫發揚光大，我「溫莎」的回頭客，來來往往，都是為了再挨我這一刀。

我看見他將刀刃已經磨成了波浪形的剃刀，用布擦乾淨，很小心地放進手邊的盒子裏。

莊師傅剪頭髮，不用電推，只用牙梳和各色剪刀。他的手在我頭頂翻飛。剪刀便如同長在他的手指間，骨肉相連，無須思考的動作，像是本能。流水行雲，甚至不見他判斷毫微。手與我的頭髮，好像是老友重逢的默契。

待那只大風筒的聲音又響起來，已是很長時間後了。但我似乎又沒有感到時間的流逝。鏡子裏頭，是個熟悉的陌生人，卻如同時光的倒流，與這店裏昏黃的燈影、牆紙上輕微蜿蜒的經年水跡、顏色斑駁的皮椅，不期然地渾然一體。

成個電影明星嗽！莊師傅讚道。他最後細心地調整了我額前髮浪細微彎折的曲度。

臨走時，莊師傅從櫃上取下一個金屬樽，對我說，你的髮質硬，要仔細打理，照我說的方法。我送你一罐髮蠟。

我接過來道謝，上面只有「溫莎」兩個字。他倒是眨了眨眼睛，道，都說我們上海師傅孤寒，那是沒遇到知己。

走出店，翟康然看看我說，我師父做的花旗頭，是一絕。和外頭不一樣，但他不教我。

我問，為什麼？

他問，你沒看出，他根本看不上廣東飛髮嗎？

其實，他是看不上我阿爸！沒有等我回答，他說，但師父答應他，不給我出師。他一天不教我花旗頭，我就不算是他徒弟。

我終於問，你為什麼不跟翟師傅學剪髮呢？

翟康然沒說話。我們倆在北角默默地走，我看到了翟師兄對我說過的皇都戲院。在英皇道的拐彎處，巨大的玫瑰色的背景，是業已斑駁的浮雕，《蟬迷董卓》。我細細地辨認，看不出蟬，也不見董卓。但可以想見昔日的堂皇。如今熙熙攘攘的人流，沒有誰在此駐足，哪怕抬起頭看一眼。不期然地，我想起了「孔雀」。

我說，Terry，我想進去看看。我們走入去，其實裏面並沒有什麼可看的。只有兩個賣玩具的檔口，和一個臨時搭建起的報紙攤檔，兼在賣色情雜誌。翟康然翻看了一下，說，也不知還賣不賣得掉，價錢倒沒怎麼漲。當年沖田杏梨

那期出街，我們幾個男生，集錢買《龍虎豹》來看。攤主說，舖租可漲得好犀利。翟康然就掏出錢，買了一本，説，當個紀念吧。

這地舖的盡頭，是個眼鏡店，叫「公主眼鏡中心」。他對我説，那時候我哥剛上初中，來這裏配近視眼鏡。我爸説，「講好孖生，又唔見康仔眼有事，嘥咗啲錢！」你説誰好好的，會想要近視。我哥讀書勤力，家裏那個十五瓦的小燈膽，不近視才怪。

自然這地處偏僻的眼鏡店，也並沒有什麼生意。我們駐足，老闆便走出來，臉上掛了殷勤的職業笑容。他愣一愣，招呼説，康仔！

Terence 便道，水伯，我陪朋友來看看。他是個作家呢。

這叫水伯的老闆説，好好，作家好。我細個時，成日睇梁羽生小説，你寫不寫武俠的？

我便説，我想寫寫老香港。

水伯躊躇一下，便大笑道，説，老香港，咪就係我哋呢班老嘢，有什麼好寫哦。

接著他又説，哈哈，康仔，不如寫你老竇啦。我好耐未見佢，仲未死？

阿康便答他，就快了，肺癌第三期。不過他自己唔知道。

我只覺頭腦轟的一聲。水伯變得手足無措，他顯然沒預計老嘢計之間的玩笑話，會招致如此答案。但阿康説得不露聲色，風停水靜，彷彿只是在講一件極小的家庭瑣事。

　　我看出，他眼裏有淡淡的惡作劇的神情，在面對這一瞬難言的尷尬。他並沒有給水伯足夠的反應時間，就告辭離開。留下這個老人，五味雜陳的表情還凝固在臉上。

　　我們走進北角官立中學。大概因為這天周末，並沒有什麼人。

　　校園裏有一棵參天的榕樹，垂掛下的氣根，在地上又生出了新的枝葉。它的大和古意，與校園裏翻新的校舍、運動設施似乎有些不相稱。

　　我們在樹底下的長凳坐下，阿康說，我好久都沒回來了。現在看，這些東西怎麼都變得這麼小。

　　你不知道，以往對面有個夜總會。舞小姐的宿舍就在樓上。我們這些男生一下課，就跑到教室天台上看，好彩能看到她們換衣服。她們也不避人，還跟我們拋飛吻。有一次啊，我們剛跑到天台上，就看見了教導主任，眼巴巴地望對面。

　　我大佬，就從來不跟我們去看。他們都說，我跟翟健然，除了長得分不清，沒一處一樣。可是我第一次逃學，就是我哥幫我頂下來的。

　　那天逃學，翟康然走進了「溫莎」這間上海理髮公司。

　　他是受了一個同學的影響。這個同學是 Queen 樂隊癡迷的擁躉。一九七〇年代，因為 Queen 和 The Osmonds，加

之本港溫拿樂隊的推波助瀾，幾乎全港的青年男性都開始蓄髮，留椰殼頭，成為盤桓良久的時尚標竿。但此時這波風潮早已經過去，這個男生仍然堅定不移地將一頭長髮，作為對偶像表達忠誠的標誌。哪怕冒著被處分的風險，仍然在所不惜。但某一天，他走進了教室，同學們驚奇地發現，他的頭髮剪短了，一同剪掉了他的不羈。但他的新髮型，整潔而精緻，卻呈現出了某種高貴而成熟的氣質。在這些成長於北角街巷的孩子們來說，這是新奇的。翟康然和他們一樣，第一次體會到髮型對一個人的改變，可以如此巨大。他看到這個同學，顯然對自己的改變持某種驕傲的態度。當反覆被人問起，這個孩子才言簡意賅、而略帶神祕地說出「溫莎」兩個字。

翟康然站在這間理髮公司門口，看著這兩個字。它的標牌上有一個簡潔的男人人形，用的是剪影的手法。他打著領結，嘴上叼著煙斗，是個西方的紳士的形象。在一瞬間，翟康然覺得自己十多年養成的審美，受到了某種擊打。

他走進去，首先就看見了大理石影壁上赫本與夢露的大幅黑白海報。夢露淺笑著，垂著眼角望著他，帶著某種欲語還休的魅惑。他同時聽到了舒緩而節奏慵懶的音樂，這和此時本港的流行，也大相逕庭。年輕的他並不熟悉，這是爵士，來自於櫃枱上的一台山水牌唱機。

他模仿著身邊的大人，坐下。立即有個胳膊上搭著毛巾的人走過來，半屈著身體面對他。他的手裏有一只木盒，裏

面放著幾種香煙，有萬寶路、總督等牌子，供客人挑選。學校的規矩，此時讓他倉皇地擺了擺手。這人便轉向下一個客人。他看著身邊的人，接過了報紙與香煙，立刻有一隻Zippo 的 K 金打火機，「咔」地在嘴邊打響。這「咔」的一聲，在翟康然聽來，有一種難以言喻的形式美感。他想，他自己家的舖頭，只在陰濕的牆角放著幾本公仔書——《傻偵探》《財叔》《老夫子》《鐵甲人》，用來哄一哄哭鬧的街童。

他遠遠地看見這店裏的師傅。

這些師傅各司其職，有的在給人洗頭，有的在刮臉，有的在客人臨出門前為客人擦鞋。有條不紊，是他所未見過的排場與講究。師傅原來都是一樣的裝束，穿著棗紅色的制服。這是「溫莎」許多年沒變過的 barber jacket。這制服上兩側各有一個口袋，左紅萬、右馬經。

唯有一個人，穿著深藍色。這個人和他的父親年紀相仿，但卻比他老竇挺拔得多，漿洗得挺硬的襯衫衣領，將他的身形又拔高了一些。他打著黑色的領結，和門口招牌上的紳士一樣。此時，他正弓下腰，與一個客人耳語，臉上是專注與殷勤的表情。

就這樣，翟康然目睹了莊師傅為一個男客服務的整個過程，並且就此做了決定，要拜他為師。

在回家的路上，翟康然步態輕鬆，儘管他花去了他積攢的零花錢。但他耳畔似乎還響著帶著上海口音的那句略軟糯的「先生」，而不是粗魯地叫他「細蚊仔」。他覺得自己的

臉頰無比光潔。因為這聲「先生」，他剃去了在荷爾蒙湧動下，已經長得旺盛得有些發青的唇髭。此前，他從未刮過鬍子。這個上海師傅柔聲問他要不要刮去，因為此後長出來，會更加堅硬。他毅然地點了頭，像是接收了某種告別青春的儀式。他在路上走著，忽然閉上眼睛，回味著手調的剃鬚泡在臉頰上堆積的潤滑，而後鋒刃在皮膚上遊動略微發癢的感覺。他再睜開眼睛，覺得神清氣爽，他是個真正的「男人」了。

翟康然傲然地走進了逼仄的家。他已預計到了父兄的反應。在昏暗的燈光裏頭，翟健然抬起頭，看著胞弟頂著從未見過的髮型，進了門。他恍惚了一下，大約因為這張和自己一模一樣的臉。他的目光從眼鏡片後投射過來，定定地、呆鈍地落在了阿康身上。然後猛然轉過頭去，他看見醉酒的父親，紅著眼睛，像是在望一隻誤打誤撞、從外面走進來的野貓。

翟康然在父親的眼睛裏，終於看到了一絲怯懦。為了掩飾這怯懦，翟玉成從腰間抽出了皮帶，走向自己的兒子。他比平時走得慢一些，並不是因為他喝得比平時更多，而是他有些猶豫。當他說服自己，「慢」只是更為表現自己權威的動作，翟康然已經捕捉到了父親的猶豫。當後者終於掄起了皮帶，要抽向他的時候，他一把握住了父親的手。眼神裏浮動了一種輕蔑的笑意，這笑意和他的新髮型配合得天衣無縫，是見過了世面的少年老成。這笑終於激怒了翟玉成。他

使了一下勁，卻發現自己動彈不得。這時，他驚恐地發現，原來兒子已經長大了，長到了與自己相等的身量。甚至更高，因看向自己的目光是俯視的。

翟康然當然有了得逞的快意。一個飛髮佬的兒子，卻去了別人那裏剪了頭髮，並且是他從未操刀過的髮型。他知道父親已經深深體會到了羞恥。是的，這十幾年來，經過父親的手，他多年剪的是最為簡易的「陸軍裝」與「紅毛裝」。身為一個飛髮佬，翟玉成並不想將精力用在自家孩子身上，因為無關乎營生。他對兩兄弟向來是粗疏和敷衍的。

這個精緻而略顯浮華的髮型，在一個中學生的頭上，無論視覺與心理，都對他造成了打擊與挑戰。他想，他長年寄身於街巷，大概有多久沒剪過這樣的髮型了。

翟玉成後退幾步，頹然地坐下來。翟康然只當是他內心的挫敗與虛弱。他的舉動，印證了孩子對他的想像，這就是個終日酗酒、混吃等死、虛張聲勢的飛髮佬。

但是做兒子的不知道，在這一刹那，父親的腦海裏出了「孔雀」兩個字。這是他內心最後的體面，多年來隱藏在他記憶的暗格中。像所有的祕密一樣，被用酒精麻醉，行將凋萎，但終究是沒有死。

翟康然自然不知道當年「孔雀」的盛況，即使有老輩的北角人曾經提起，他也不會覺得與自己有一絲毫的關聯。這間港產的髮廊，已經徹底從城市版圖上消失，成為某個階層溫柔的時代斷片。前無過去，後無將來。

　　翟玉成知道，尚年少的兒子，終於與他青年時的職業理想，出現了交疊。這或許是遺傳的強大。幸耶不幸，但兒子的理想，卻是寄身於另一個人身上。

　　你要同個外江佬學飛髮？他問兒子。

　　對！翟康然並未正眼看自己的父親。他僅僅是通知他。

　　莊錦明看見這個男孩走進來，直截了當地向他提出了學師的要求。

　　他望著這個不知天高地厚的孩子，心想，如今是什麼世道，廣東仔都這麼理直氣壯，想學上海理髮？

　　彼時，儘管整個香港飛髮業在時代的浪潮中節節敗退，「上海理髮公司」在其中，仍然是個奇妙的閉環。

　　這大約因為某種流傳至今的排場與尊嚴。

　　剪頭髮在莊錦明家裏，算是世業。老早的揚州三把刀，他家裏是佔了兩把。爺爺輩除了剃刀，還有修腳刀，一上一下。後來時世迭轉，背井離鄉，便都轉做了頭上工夫，出了幾個有名的理髮師傅。「上海老早剃頭店，都是阿拉同鄉開的嘛。」這是頗令他自豪的一句話。他父親出師後，便在上海金門飯店的「華安理髮」做，算是很見過了世面。「埃個辰光，剃頭店的門是旋轉的，有紅頭阿三開門，老高級的。」後來莊老先生積攢了客源，自己出來開店。再往後，

便和幾個朋友南下了香港。

　　大約過了些時候，莊老先生便將兒子也申請了來港。說實話，剛來時，少年的莊錦明對香港是失望的。他回憶起當時感受，常以「蹩腳」一言蔽之。滿眼是低矮陳舊的三層唐樓。而因為還未大規模地填海，灣仔銅鑼灣一帶，也是缺乏氣象的。雖說他出來時，相形昔日繁華，上海已有些「推背」（走下坡路），但較香港還是綽綽有餘。好在他所在的區域，是北角。那裏有許多的上海人，殷實些的遷去了半山巒園一帶。到他來港，還有不少散居民間，在春秧街、明園西街等處和福建人混居在一起。這裏便稱為「小上海」，自然也帶來了上海人的品味和生態。洋服店、照相館、南貨店是不缺的。早上起來，想吃地道的粢飯、鹹漿、鱔糊麵也都可以找得見地方。莊錦明並不覺得和在上海時有太大差別。

　　此時，年輕如他，當然意識到了「上海」二字，已經成為了某種時髦的風向標。而上世紀的五六十年代，如莊老先生開的上海理髮店，也成為這海派的時髦裏最顯性的基因。上海理髮師傅，為香港帶來了「蛋撻頭」、「飛機頭」等經典髮型，也帶來周到的服務。「顧客至上」的原則甚至價格的高昂，形成了某種洋派傳統的儀式感，令街坊式理髮的粗枝大葉相形見絀。

　　到莊錦明開店時，上海理髮雖遠未至強弩之末，其實已過了盛時。這大約因為全球化與資訊的傳遞，已經進入了新的紀元。各種流行與風潮在歐美出現，很短的時間內就可在

世界燎原。然而這風潮又的確捉摸不定，受到各種因素的影響，反戰、平權、龐克運動甚至只是一齣電影。飛髮師傅們並不懂得這些，他們只看到本港年輕人的頭髮越留越長，可以許多個月都不剪。而蓬鬆與疏於打理，竟然也會成為某種審美和流行。這是不可思議的，並影響到了他們的生計。

莊老先生過身後，莊錦明退租了原來在渣華道的舖位，選擇在春秧街另開了一間新店。對於一個上海理髮店，這具有某種革命的意義。從另一角度來說，或許也是他的聰明之處。

他的前輩們，是不曾在如此街坊的地方開店的。上海理髮店，一直都是壁壘分明的階層標誌。但「溫莎」的到來，則打破了這一壁壘。在有限度地保留一貫的服務與形式的前提下，它以入鄉隨俗的作風和惠民的態度面對了街坊。這就是其意義。換言之，它讓北角的普羅街坊得以平價享受了從未體驗的飛髮排場、以及與之相關的虛榮。在消費學和市場學的界定裏，「上海理髮」類似賀施所提出的 Positional Goods（地位性商品）。莊錦明可謂抓住了其中的精髓，且深諳其道，如同當下某些奢侈品牌與大眾連鎖店的合作，推出所謂設計師款。犧牲了一點矜持，就獲得新的市場與口碑。

於是，「溫莎」的舖租，自然也就更為合算。它沒用莊家老店張揚氣派的門臉兒。在人頭熙熙攘攘的春秧街上，它的左鄰右舍，是麵粉廠、南貨店以及果欄。每天清晨伊始，這街道上即開始了一天的勞作。所以它的氣質，也便隨之勤

勉而務實，類似於某種脫胎換骨。比起老店，它也關得更加晚，在門前「叮叮噹噹」的電車聲中，來往的人們都看得見它的燈光，和招牌上紳士剪影的標誌。

如此，莊錦明為北角的街坊，忠誠地提供著對紳士的服務。但他卻並未犧牲應有的品質與流程。比如師傅次第接力式的服務，各司其職。這對於人手是有要求的，鑑於香港人工的相對高昂，便很需要控制成本的藝術。

在這方面，莊錦明可謂得天獨厚。他出身於理髮的世家，而與他的太太家裏亦是同行。在他奔赴香港繼承父業時，兩家留在內地的親戚，正與時代同奏共登。他們是知青的一代，經歷了上山下鄉，被下放到安徽和蘇北插隊。他們通過高考和招工，回到城裏，成為了教師、工人和家庭主婦。

在時間的淘洗中，他們漸漸忘卻了祖業。直到有一年清明，莊錦明攜太太回來，給他祖父上墳。他們發現，這個香港親戚衣錦還鄉，靠的正是家傳。這才喚起了他們對手藝的記憶。莊錦明看著三堂哥一家，局促地住在已頹敗的亭子間，在走廊裏燒飯，不禁脫口而出，不如你們來幫我吧。

於是這些親戚們，申請了三個號頭的探親簽證，來到香港，為新開的「溫莎」助陣。即使手勢生疏，但遺傳的天分，使他們在決了一個星期的頭之後，已然可以上手，獨當一面。在這三個月裏，莊錦明管他們吃住，給他們三四千一個月的薪金。當他們回去時，帶了萬餘元的港幣現金。可以

想見，相對於內地當時普遍工資，這是一筆鉅款。因此，親
戚們可謂前赴後繼，「溫莎」也從未缺過人手。

　　莊錦明回想起那時的自己，儘管擺出了躬身的姿態，內
裏仍有些氣傲。

　　他看著這個少年，長著廣東人典型的微凹的眼睛，眼裏
泛著微光。莊錦明以一種看似親和、實則居高臨下的態度，
打發了他。

　　但是，這個少年第二日傍晚又來了。坐在同一個位置，
是在等客區的角落，大約為不影響其他的顧客。他一聲不
吭，只是定定看著莊錦明剪髮。由於他並未打擾店裏的工
作，無可指摘。直到快要打烊時，他才走過來，再次表示了
想要學師的願望。

　　這一天很累，莊錦明沒有了敷衍他的興趣，就說，後生
仔，你看，我們不需要人手了。

　　少年問，我想學師，我不要工錢。

　　莊錦明直截了當地說，我不收學徒。

　　但是這個少年仍然每天都會來，甚至不再詢問他，只是
以一種堅執的目光望著他，眼睛都不眨一下。莊錦明在他的
注視下，有些不自在，但久了也漸漸習以為常。

　　直到有一天，他聽到了兩個客人的議論。

　　一個說，這細路，不是「樂群」那個飛髮佬的仔嗎？孖

生的。

另一個答，是哦，不知是老大還是老二。

這個便說，老二吧。老大是個四眼仔。

店裏的師傅便對莊錦明說，難怪熟口面。自己家開飛髮舖，跑到人家舖頭學師，係唔係黐線？

這句話提醒了莊錦明。後來，翟康然問起，究竟是什麼原因，讓師父忽然回心轉意，收下了他。莊錦明笑而不語。

其實，當他在春秧街開舖的那一天，他已經十分清楚，自己會觸動同業的利益。

而近在咫尺的「樂群」，必然是其中之一。即使「溫莎」以屈尊的姿態，但在價格上還是比「樂群」高了二十元。但畢竟高得有限。一如前述，北角的居民，已視「溫莎」為改變生活品質的捷徑。這並阻擋不了客源的流動。如果付出了十幾二十塊，就可以不用忍受橫街窄巷裏經年的污水與死老鼠味，享受好得多的服務，何樂而不為。

直到終日在宿醉中上工的翟玉成，也意識到了情勢的變化。他看見隔壁舖賣燒臘的大強仔，從「溫莎」中走出來，喜氣洋洋的。長相粗豪的強仔頂著一個精緻的蛋撻頭，走出來，青靚白淨起來。翟玉成無名火起，因為強仔終年都在他那裏剪一個陸軍裝，那是一種極易打理的、類似光頭的髮型。中飯的生意空檔，一只電推就可順手搞定。強仔的移情，既不符合就近原則，也無關乎效率，這足以令人警惕。

　「溫莎」的出現，改變了北角飛髮佬的生存環境，是必然的。在翟玉成們看來，無異於鳩佔鵲巢。他們深信這間「上海理髮公司」，一定名不符實。「白粥價，碗仔翅當魚翅賣！」是對非法打破業態的控訴。翟玉成並未加入這種控訴。只有他自己知道，他心底埋藏著一個「孔雀」。這個別人眼中的神話，是他個人的祕密。儘管永遠祕而不宣，也使得他在內心不屑於和這些飛髮佬們為伍。

　但是，當得知自己的兒子，要拜在這個上海師傅門下時，終於對他造成了打擊。

　那段時間，「溫莎」的生意已經經過了開業時盈門的火爆，進入了平穩期。但是莊錦明心中並不暢快。

　即使有所準備，他所感受到來自於同業的敵意，依然大於想像。關於他出現了諸多的流言。在開初的時候，他還一笑了之。但是這些流言在流傳的過程中，捕風捉影，生長、豐滿、自我邏輯化，變得越來越有鼻子有眼。

　其中之一是說，他開所謂「上海理髮店」，但自己卻不是上海人。他的祖上，是來自蘇北鄉下的修腳師傅。這自然是為了撼動他的權威與手藝繼承的合理性。而另一說，則是講他在開店執業之前，是在北角的殯儀館，專為死人剪頭髮。這個詭異的謠言，顯然是空穴來風，卻有著令人啼笑皆非的依據，是因為他用來打薄的牙剪，比一般剃頭佬的要小一號。

這些謠言彼此交纏串連，編織成了一個完整的故事。這個故事的核心內容便是，他是個出身低下、手段陰暗的侵入者，「上海」二字不過是用來惑眾的畫皮。

在長期的啞忍後，他決定捍衛自己的尊嚴。

他收翟康然為徒，於是有了意氣的性質。

他不相信翟玉成在這個謠言鏈條中的無辜。打擊一個，便可儆百。

翟康然在意外的喜悅中進入了「溫莎」，因為出自珍惜，他很清楚成為一個學徒需要做的一切。

沒有拜師禮，沒有敬師茶，他理解為這是所謂洋派作風。他也有了一身制服，棗紅色，左紅萬，右馬經。雖然並非為他度身訂做，有些寬大，但他依然有了某種驕傲。他看著鏡子中的自己，背後也有鏡子，一個疊一個，一個套一個，前前後後便有無數個自己。像是將這有限而無限的世界充盈了，他心底升起了一絲淺淺的得意與安心。

這店堂裏的爵士，忽然轉成了一個女子蒼厚的聲音，妖冶慵懶。他不知這是白光的歌聲。但穿過這歌聲，他似乎看到了三十年代的老上海。那是他從未去過的地方，只在電視與畫報上見過。但他彷彿看見了摩肩接踵的大廈，外灘一望無盡的燈光，滔滔的黃浦江水，遠方傳來鳴船的汽笛聲。入時的男女，衣香鬢影，擁在一起舞蹈。在霓虹的閃爍中，若

隱若現，晨昏無定。

他想，這就是他的理想。他要成為一個上海理髮師傅，他離著理想，越來越接近了。

他還是個少年，理想也注定有少年的天真，以及少年的一根筋。他在中五輟了學，投入了他自己所認為的事業。

這時，旁邊響起一個聲音，康仔，倒痰罐了啦。等著積元寶咩？

他這才回過神來，趕緊拿起痰罐。裏面的味道讓他乾嘔了一下。痰罐裏的污物上，漂著幾顆煙頭，是沖鼻的氣息。但他忍住，利索地走出去。

看著他的背影，這一瞬，莊錦明心裏有一絲不忍。他甚至動搖了一下，但稍縱即逝。他想，已經一周過去了，這孩子竟沒有看出他非出自真心。他甚至沒有體會到周遭的嘲謔與淡淡惡意。

在翟康然看來，師父安排他的工作無外乎兩樣，給客人遞煙與傾倒洗刷痰罐。他想當然將之視為歷練。他看過太多這樣的故事，師父用不可思議的方式考驗徒弟，其中大多與屈辱相關。但這些考驗，無一不指向傾囊相授與終成大器。

這一天收工前，莊錦明點起了一炷香，要求他紮下馬步，然後懸在手中搖晃一根筷子，模擬理髮的動作。

翟康然想，終於接近了這個故事的正式起點，師父開始教他了。

他定定地站著，讓自己的背挺著更直一些。當不久之

後，他感到腿開始沉重，手腕也因無依持發起了痠。

當他的腿開始發抖時，感到膝蓋被猛地一擊。

他連忙振作了精神，讓自己站得更直一些。

他的身後又響起了上海話，間或是訕笑的聲音。這是他這些天裏，唯一感到不友善的地方。這些師傅，總是在他經過時，改用上海話交談，似乎有心要讓他聽不懂。他聽到他們在身後議論。他們都是知情的人，他們在等待他的耐心和自尊感的崩塌。

這時候，門打開了。莊錦明看見一個精瘦的男人走了進來，臉色青黃，頂有些謝。重點是，來人有雙微凹的眼睛。莊錦明心裏冷笑，他想，事情終於接近戲骨了。

翟玉成看著自己的兒子，以一個滑稽的姿勢站著，面對自己，手裏執著一根筷子。因為看見了父親，他的手忽然靜止，整個人的姿勢，便更為滑稽，像是一個傀儡。意想中的，他感受到了屈辱。

兒子的身後，站著一個男人，頭髮梳理得一絲不苟。嘴角有些下垂，是嚴厲的表情。他的手中舉著一支雞毛撢，狠狠地打在兒子的腿彎，說，手莫停！

這一下，彷彿打在了翟玉成身上。他走到翟康然跟前，說，康仔，走。

莊錦明又一下打下來，說，叫你手莫停。

他看到了這個男人額上漸漸爆出了青筋，但仍不露聲

色。這已經讓他意外。莊錦明想，小看了這個廣東飛髮佬，還真沉得住氣。

莊錦明始終沒有正眼看他。在長久的沉默後，這男人終於拉動了翟康然一下。

莊錦明這才站起身，厲聲道，我教訓徒弟，旁人插什麼手。

他仍然沒有看翟玉成。翟玉成靜默了一下，提高聲音說，這是我兒子。

莊錦明冷笑，同時聞到了一股酒氣。他想，酒壯慫人膽。這人露出了色厲內荏的一面，所以管教不了他的兒子。他轉向翟康然，問道，康仔，是嗎？

翟康然一聲不吭。

翟玉成上前一步，定定看著莊錦明道，你又飛髮佬，我又飛髮佬，凡事講個將心比心。

莊錦明說，我不懂什麼飛髮。阿拉上海師傅，只講理髮。

翟玉成臉上的肌肉抖動了一下，這輕微的表情被莊錦明捕捉住了。他想，好，這個中年男人，終於要失態，他能怎樣。無理取鬧，歇斯底里，一哭二鬧三上吊。他便輸了。

翟玉成說，你唔翻學，唔翻屋企，依家唔認我呢個老竇。我只問你一句話，你跟定這個外江佬學飛髮？

愣在那裏的翟康然，這時忽然抬起了臉，看著父親，堅定地點了點頭。

翟玉成嘆一口氣，回轉了身去。他往前走了幾步，站定。卻又轉身過來，舉起了自己的右手，豎起食指。他說，康仔，你聽好。二十年前，我為「孔雀」，斷咗呢條手指，後來駁翻。

他虛無地笑一下。人們看到他用左手握住了這隻手指。只聽到「喀啪」一聲，近旁的人來不及反應。看到翟玉成又舉起了這隻手指，已經無力地垂掛下來，僅有一層皮膚相連，像是一節凋萎的枯枝。

大約因為萬分疼痛，他輕咬住了嘴唇。但面部表情，竟然還十分平靜。他說，依家斷多一次。你我兩父子，今後橋歸橋，路歸路。

這時候，瞠目結舌的人們，才回過神來。他們七手八腳地擁住翟玉成，要將他送醫院。但是，他輕輕推開了人們，自己往前走。他甚至自己用左手，推開了沉重的玻璃門。疼痛讓他體力不支，稍微晃動了一下。但他只在門口站了幾秒，便昂然地、步履堅定地走開，漸漸消失在眾人的視線中。

良久的安靜後，莊錦明聽到了人們的議論，他間或聽到「孔雀」兩個字。這是流傳在北角很久的傳說。

他感到自己攥著雞毛撣的手心，已滲出了薄薄的汗。

六

理髮匠的胰子沫，
同宇宙不相干，
又好似魚相忘於江湖。
匠人手下的剃刀，
想起人類的理解，
劃得許多痕跡。
牆上下等的無線電開了，
是靈魂之吐沫。

——廢名《理髮店》

七

　　我在這個冬天，接到了翟健然的電話。

　　趕到醫院，我看到翟師傅靜靜地躺在床上。他緊閉著眼睛，面目緊蹙，頭髮凌亂地散在枕頭上，像是經歷過了掙扎。他的右手，伸在被子外面，插著點滴。那手乾枯黑黃，經絡密佈，彷彿被濾乾的水分的樹枝。其中一條枝椏，有著明顯的錯位，那是他變形外翻的食指。

　　翟健然將我叫到一旁，輕輕説，昨晚一直昏迷，今早才醒過來，現在又睡過去了。醫生説了，也就這兩天的事。

　　我看到了他的黑眼圈，比平常更為濃重，應該是一宿沒有睡。我心裏不禁有些發澀，説，師兄，真難為你了。

　　翟師兄嘆一口氣，戚然道，但凡醒過來，就跟我嚷嚷，説要回飛髮舖去。現在，也嚷嚷不動了。

　　我説，話時話，你陪了他一整年。

　　他搖搖頭，老寶心裏明鏡似的。他知道，我也只是陪著他，不是陪他的手藝。

　　我們便靜靜地坐著，再也沒有説話。倒是可以聽到翟師傅微弱的呼吸聲。每次聽上去不太均勻了，翟健然便急忙要站起來。等他呼吸和緩下去，才又坐下。

　　窗戶外頭，望出去，有整面的闖眼睛的綠。那是一座古

老的教堂，似乎在翻修。綠色的紗幔是為了遮住腳手架，便只能看見教堂的輪廓。方正的鐘樓，以及一個高聳的尖頂。

半晌，門打開了。我們看到翟康然走進來，他身後還有一個人，是莊師傅。

莊師傅看上去，比我上次見到，更老了一些。他終於沒有了挺拔的姿態，變得有些佝僂了。他在翟康然的攙扶下走過來，手裏拎著一個工具箱。

他看著床上的翟師傅，無聲地嘆了口氣。翟康然將一只凳子放在床頭，讓師父坐下來。莊師傅稍事停頓，打開了工具箱，拿出了牙梳和推剪。

他伸出手，摸一摸翟師傅的頭髮，說，都是汗啊。康仔，給你老竇擦一擦。

翟康然用一塊消毒棉，一點點地，在父親頭上擦拭。他的手，有輕微的抖動。

莊師傅聲音發冷，低聲道，衰仔，噉樣抖法，仲想出師？！

我看到翟康然，站起身，走到窗前去。他背過身，肩膀無聲地顫抖。我走過去，看著他。他已淚流滿面。

莊師傅叫健然將翟師傅的頭墊高，自己微微躬身，就住他，開始動作。無關乎步態的蹣跚，他的手竟還是靈活俐落的，從頭頂開始，一點點地，小心地剪。剪下一點，便用毛巾接著那頭髮，不讓他落在枕頭上。病房裏，一時間，只有

「喀嚓喀嚓」的金屬摩擦的聲音。因為安靜而空曠，這聲音一點點放大，竟然十分響亮。

我們看到翟師傅的眼皮，輕輕動了一下。他睜開了眼睛。

他的頭不能動彈，但能看到我們，眼珠一輪，最後落在了莊師傅身上。這混濁的眼裏，有些虛弱的光，我可以辨認出一瞬的驚訝，然後鬆懈下來。

他轉向莊師傅。我們聽到了他乾枯而艱難的聲音，他說，都傳你以往是給死人剪頭髮的。我不信，如今瞧你這手勢，八成是真的。

他的嘴唇翕動了一下，微微張開，竟然笑了。

「唔好郁。」莊師傅沒有停止動作，他的手，正在翟師傅鬢角，用剃刀修整「滴水」。他說，我這柄「Boker」，用了二十年，還鋒利得很，比你的「孖人」可禁用多了。

你又知我用「孖人」？翟師傅眼睛對著天花板，好像在自言自語。

莊師傅刷上鬍泡了，輕手而俐落地為他剃鬍。手並未有一絲停頓，他說，十幾二十年，你的事，我什麼不知道。

我們在旁邊看著這一切。莊師傅剪這個頭髮，用去的時間格外長，剪得格外細。在鄰近尾聲時，他為翟師傅的臉頰，擦上了一點鬍後膏。我聞到了淡淡的薄荷味道。

他對翟師傅說，我啲上海師傅唔孤寒嘅。貴嘢來嘅，一般人我不給他用。

他站起身，輕輕地抬翟師傅的頭，將頭下的墊單取出

來。然後拿出一面鏡子對著翟師傅，問，老闆，點啊？

　　翟師傅看著鏡中的自己，似乎端詳了許久，才開口說，好手勢。

　　說完這句話，他又微笑了一下，這才闔上了眼睛。

尾聲

翟師傅的追思會上，用的是他年輕時的照片。

那黑白照片是翻拍過的，有一點模糊，但是，可以辨認出這青年驚人的英俊。大約是因為那雙微凹的眼睛，裏面還盛著許多的憧憬。但人似乎又有面對鏡頭的羞澀，整個面目便生動了起來。

翟師兄告訴我，這是老竇當年考電影訓練班的報名照，他找了許久。

來弔唁的人並不很多。老莊師傅看見我，熱情地打招呼。我問他可好，他說，上次沒來得及和我說，他已經關了「溫莎」，將理髮椅送給了阿康三張，其餘捐給了港島民俗博物館。

我表示了惋惜之情。他卻很看得開似的，擺擺手說，年紀大了，去年經過了疫情，更想通了。他說，康仔出師了，我教會他剪花旗裝。

頓一頓又跟我說，他沒想到，剪了一輩子頭髮，最後一個客，是翟師傅。

說到這裏，他不禁也有些失神，道，我們這行，醫者難自醫。到時我的頭髮，又是誰來剪？

臨走時，我向翟師兄道別。

看他眼神遠遠地落在遠方，手裏是一封帛金。

那信封上工整地寫著四個字：「孔雀舊人」。

西南篇

瓦貓

大闊嘴，旗杆尾。
鍾馗臉，棉花腸。
大肚能容乾坤會，
樑上驅邪嚇退鬼。

──滇區童謠

一

　　說起來，那次去雲南，完全是為了卡瓦格博。

　　可是到了香格里拉時，我因為高反，引發了急性腸胃炎，已經不能動彈了。這對我的確是一次意外。因為僅在一個月前，我從利馬直飛印加古城庫斯科，一路輾轉上了馬丘比丘。在海拔三四千米的地方，身體並沒有任何反應，甚至未服用類似紅景天的高反藥物。可這次雲南的行程，儘管做了充分的準備，卻事與願違。

　　但我還是堅持隨隊上了德欽。到達駐地，便開始發高燒。

　　大約折騰到了半夜，人才睡了過去。第二天醒來，已是接近中午時候。照顧我的是當地的藏民德吉大嬸。她會的漢話不多，但表達卻很懇切，因此足以交流。我喝了一碗她為我熬製的雞湯，據說裏面放了當地的藏藥草，對緩解高反有神效。這滾熱的雞湯，喝下去，立時感到好了很多。

　　有人敲門進來，是拉茸卓瑪。她是我們隊裏的人類學家雷行教授的研究生，也是當地的土著。卓瑪看見我的樣子，似乎很高興，一邊說，昨天看您臉色煞白的，嚇死我。今天就這樣好了，是有卡瓦格博保佑呢。

　　然後她便熱烈地用藏話和德吉大嬸交談。我才知道，大嬸是她的「阿尼拉」，也就是姑媽。

沒待我問起。她便告訴我，同伴們都去了附近的白馬雪山埡口。回程的觀景台，據説是看卡瓦格博最好的地方。我在心裏嘆口氣，覺得這一場病得十分煞風景。

卓瑪大概看出了我的失望，説，毛老師，我陪您到村裏走走吧，遠遠地看雪山也很美。

卓瑪沒有説錯。在這個村落的任何一個角度，都能看到卡瓦格博。

她站在一塊高岩上，高興地指給我説，我們的運氣不錯呢。是的，大約是季節將將好，並沒有攪擾視線的雲霧，「太子十三峰」看得十分清晰。峰峰蜿蜒相連，冰舌逶迤而下，主峰便是卡瓦格博。

我遠遠望去，不禁也屏住了呼吸。雪峰連接處，冰舌逶迤而下，是終年覆蓋的積雪與冰川。這樣盛大而純粹的白，在近乎透明的藍色的穹頂之下，有著不言而喻的神聖莊嚴。

我靜靜看了一會兒，説，這村叫「霧濃頂」，今天倒是給足了面子，一絲霧沒有。卓瑪便笑了，説，老師，您這是作家的説法。我們這「霧濃頂」，其實是藏語的音譯。「霧」是菩薩的意思，「濃」是下去了，「頂」和「邸」一樣是高地，合起來就是菩薩下去的地方。

我問，菩薩下去了哪裏呢？

卓瑪遙遙一指，説，村裏老輩人説，那邊有個水塘，現在已經乾了。菩薩被一個女人驚動了，從那裏下去，飛去峽

谷對面的飛來寺了。

　　這村落裏錯落著民居，都分佈在山坡上。卓瑪說，整個霧濃頂，也不過二十多戶人，從她記事時就是這樣。

　　白色房屋掩映在層疊的青稞地裏。冬天的田地，是土黃色的，遠望袤袤無邊。大約因為剛收穫過，近觀不很豐盛。有些野雉在地裏啄食，並不怕人，看到我們過來，也沒有退避的意思，反而好奇地昂起頭，看著我們。看夠了，晶亮的眼睛一輪，並又低下頭，在地裏刨生計去了。

　　在一處空曠的田野裏，我看到了一尊精美的四面佛像，晾在天棚下面。說是精美，是因形容筆繪端穆。但身體還有鑲鉚拼合的痕跡，應該還未來得及塑上金身。我正看的時候，卓瑪接到了電話，她說，老師，我姑爹請我們去他家裏坐一坐呢。

　　我便隨著她，走到一幢半坡上的房子前，門口蹲著一隻黑狗懶懶地曬太陽。看到我們，立即站了起來，大聲地吠叫。卓瑪對牠說了句什麼。牠便又順從地趴了下去。我們就看見德吉大嬸兒迎了出來，手裏還端著一隻竹匾，裏面金燦燦的，是新收的玉米。

　　這房子如同村裏多數的民居，白牆灰瓦，有個坡屋頂，大約用來晾曬，各色糧食在陽光底下紛呈，煞是好看。相對先前所見，乾打壘的外牆算是樸素的，並無濃烈修飾，只開了幾扇黃綠的藏式方窗。屋子邊上就有白塔和焚松枝的香

爐，院外整整齊齊碼著木柴，是為過冬備的。

德吉嬸嬸領我們走進門，是個過廳，穿過去豁然開朗，是挺寬敞的客廳。靠窗一長排藏式長椅和茶几。午後淺淺的陽光，恰照射進來，落在牆壁上。掛著斑斕的壁毯，是藏傳佛教的故事繡像。迎面則是木雕佛龕、壁櫃。房間正中的爐裏生著熊熊的火，坐在爐上的水壺正咕嘟咕嘟地冒著熱氣。一個面色黎紅的老人，看著我們，高興地道一聲「扎西得勒」，便站起身來。我也雙手合十與他還禮。

之後便充分領略到了藏人的好客。這位朗嘎大叔，似乎將家裏好吃的東西都拿了出來，甚至包括剛燻製好的藏香豬肉乾。當然少不了的是酥油糌粑。卓瑪大約看出我一瞬的猶豫，便和她姑爹說了句藏話。然後對我說，老師，您腸胃還沒恢復，這個難消化。不用勉強。

朗嘎大叔哈哈大笑，道，你們城裏人⋯⋯

然後他也放下碗，臉上是一言難盡的寬容表情。為了不讓他失望，我立時模仿他，將奶茶倒了小半碗，依次倒進了酥油、炒麵、曲拉、糖，用手指拌勻，捏成了小團。味道竟是出乎意料地好，有一種馥郁的芳香與酸脆。又學他灌下了一杯青稞酒，熱辣辣的。

朗嘎大叔格外地喜悅，瞇起眼睛，對我豎起大拇指。他的話也多起來，原來竟能講很不錯的漢話。他說，我能來他很高興，可以和他說說話。村裏農閒，整個霧濃頂已經沒什麼人了，都去轉山了。

我便問，您為什麼沒有去呢？

他眼裏的光便有些黯淡，告訴我說，他的風濕病犯了，走路都很苦難，最近越來越嚴重。他又嘆一口氣，說，一定是年輕時獵殺了太多的動物，這是卡瓦格博的報應。

看他低頭不語的樣子，卓瑪便用藏語和他說了什麼。大約是在勸說，他便漸漸神色緩和，又和我們談笑風生。我們臨走時，他拿出了弦子，引吭為我們唱了一首德欽本地的民歌。因卓瑪的翻譯，我依稀記得其中的一句歌詞，「我是雪山上的雄獅，沒有了潔白的雪山和冰川，雄獅怎能存活？」

大叔拄著拐把我們送出來。走出了好一段，我們回過頭，看他還站在高坡上目送，卓瑪嘆息一聲，說，其實姑爹這樣的康巴漢子，不能去轉山，是很折磨的事情。

我想想說，老人年紀確實也大了，在外面萬一有個閃失……還是在家裏放心。

卓瑪搖搖頭道，我們藏人對生老病死，都看得很開。能在轉山路上死，在卡瓦格博腳下死，是很幸福的。姑爹苦的是，身體上不了路。

我們在回程途中，看見一座小房子，孤零零地坐落在路邊。與霧濃頂普遍兩三層的屋宇相對，它顯得尤為低矮。只開了兩扇窗，也沒有裝飾。倒是屋後有一座很大的白塔，聳立著。比起房屋，白塔更為潔淨，像是有人著意打理。上面飄著經幡，在太陽底下若隱若現地閃著晶瑩的光。

　　而吸引我的，是這房子的坡頂上，有一尊雕塑。這是周邊其他房子上所沒有的。它黑乎乎的，像是某種圖騰。在我有限的關於藏傳神佛像的知識儲備裏，似乎了無印象。它更像是一隻動物，確切地説，是一頭老虎。它雖體量不大。但有雙怒睛，突兀地張著大嘴，面目可稱得上猙獰。

　　這時，一股山風吹過來，吹進了我的領口，讓人一個激靈。我回過頭，問卓瑪這是什麼。

　　但卓瑪臉上有迷惑的神色，愣愣的。這時她回過神來，説，瓦貓。

　　瓦貓？是種……神獸？我問。

　　她説，是，但不是我們藏族的。這些年我跟著教授，在大理、玉溪、曲靖考察時都見到過。在呈貢馬金鋪也有，叫「石貓貓」。但這一只，應該是昆明龍泉的形制。

　　我説，你不講的話，我還以為是老虎。貓兼虎形。

　　她點點頭，説虎也不錯，「降吉虎」驅邪嘛。它是雲南漢族、彝族和白族的鎮宅獸，自然是模樣惡一些。多半是在屋頂和門頭瓦脊上。這大嘴是用來吃鬼的。大門對著人家屋角房脊，一張嘴吃掉。要是向著田野，有遊魂野鬼，也要安一只鎮一鎮。

　　我説，這樣説來，還真是只霸道神獸。

　　她説，可是……究竟不是我們藏族的東西，我不記得以前有。這房子，是村裏五保戶仁欽奶奶的。

　　可能是聽到了我們的聲音，門這時打開了，有人探出了

頭。是個很老的老太太，身著一件很厚的氆氌藏袍。她佝僂
著身體，抬起頭看著我們，說了句什麼。我看到她一隻眼睛
裏有白色的翳障，應該是看不太清楚。另一隻眼睛，卻有些
警惕的鷹隼般的目光。卓瑪走近了，和她親切地交談。她這
才點點頭，看著我，眼光柔和了，竟然綻開了笑容。黑黃的
臉上，溝壑般縱橫的皺紋也因此舒展開來。她掀起衣襟，擦
一擦眼睛，似乎想要仔細再看看我。

　　卓瑪走過去扶著她，說，我跟她介紹說，您是城裏來的
教授。奶奶可喜歡讀書人呢。

　　她於是指著屋頂上的瓦貓，跟仁欽奶奶說了一會兒。

　　奶奶沉吟一下，點點頭，對卓瑪說了句什麼。卓瑪就笑
著對我說，奶奶問，您是從哪裏來的？

　　我想起此次雲南之行的起點，不假思索答道，昆明。

　　這一回，奶奶好像忽然聽懂了。她走近我，揚起臉，望
著瓦貓的方向，開始用極快的語速說話。我自然是聽不懂，
看我茫然，她邊改用手比畫。因為她過於急切與激動，卓瑪
已經來不及翻譯。奶奶一跺腳，直接捉住我的手，就將我往
她屋子裏拉。

　　我們走進去，屋子裏的光線，十分昏暗。漾著一股氣
味，是酥油混合著年邁的老人特有的氣息。牆上是一幅班
禪喇嘛的畫像。佛像前擺著三枚銅碗，裏頭盛放的是給佛
的供奉。

　　奶奶跪坐在火爐後的壁櫃前，一只只打開來翻找，同時

嘴巴裏嘟嘟囔囔的。良久，終於有了發現。她小心翼翼地將手伸進去，拿出了一樣東西。是一個牛皮紙的信封。她站起身，將這隻信封塞到我手裏。

信封上印著「迪慶藏族自治州文化館」的字樣，一角已經磨損了。藉著微弱的光，看到上面用鋼筆寫著一個昆明的地址，字體很工整，但有洇濕的痕跡。沒待我細看，她又開始很快地説話，間或我只能聽見她在重複「昆明」二字，然後用熱切的目光看著我。卓瑪説，老師，奶奶拜託您把這個信封，親手交給地址上的人。

卓瑪想想，跟奶奶説了幾句話，想將信封從我手上接過來。

奶奶似乎生氣了，使勁撥開了她的手，執意將那封信放在我手裏，讓我牢牢地攥住。我將手也放在她的手背上説，奶奶，您放心。

她便又綻開了笑容，如同初見我時。而後想起了什麼，打開爐子。我知道，這是要打酥油茶，要做糍粑招待我們。

我們離開的時候，仁欽奶奶手裏執著一串佛珠，踉蹌地跟了幾步，嘴裏依然喃喃唸著什麼。卓瑪説，奶奶在給我們祈福呢。

我連忙對她雙手合十。奶奶的面目忽然嚴肅了，指指我手中的信封。

待我們終於走遠了，卓瑪像有些抱歉似的説，其實我剛剛和奶奶講，您是遠道來的香港客人。可能沒時間去幫她送

信，不如交給我郵寄。可是她怎麼都不聽我，老師，給您添麻煩了。

我說，沒事。我返程還要在昆明待個幾天，再回去。難得奶奶相信我這個陌生人，定不辱使命。

第二天，我們驅車去了明永村。招待我們的是雷行教授的一位舊識，村長大丹巴。大丹巴頭髮花白，也是個老人，但卻是十分強幹的樣子。穿著一件迷彩服，腳蹬解放鞋。步下生風，說起話來，也是擲地有聲。看他挺直的身板兒，問起來果然有過參軍的經歷。

明永，在藏話裏的是「神山卡瓦格博護心鏡」的意思，近年因為附近的冰川觀光而聲名大噪。這個五十多戶居民的小村落，深居山坳。過去交通十分不便，遊客從布村過瀾滄江大橋後，得跟隨馬幫步行翻山才能到達，路途艱辛。當地的旅遊事業，自然不成氣候。後來因為德欽到明永的簡易公路修通，遊客蜂擁而至。村民靠為旅遊者牽馬和門票分成，賺了不少錢。

我們等村長時，看見村口的白塔旁，一些村民三三兩兩或站或坐，男的在抽煙，女的手裏沒有閒著，在做些針織的活兒。他們眼睛不時望著大路，身後的幾匹馬，也懶懶地吃著草料。自從公路通了，每天都會有幾批觀光客。村民們便輪番牽馬送上冰川去。這時候，就看見一輛摩托疾馳而來，村民們一擁而起，七嘴八舌。牽馬的牽馬，備鞍的備鞍，更

多的是召喚彼此。沒過多久，就看一輛中巴車進入視線，停在了白塔邊上。十多個遊客陸續下了車。這邊廂，村民們便迎上去。女人們和遊客討價還價，未幾便談好了。男人們便服務客人上馬。整個過程行雲流水，看出來已經相當熟練。

大丹巴見有新客，便問我們要不要上冰川一遊，他來安排。雷教授便說，今天時間緊，就不來湊你這個熱鬧了。還是跟你去家裏，我做新紀錄片，要補幾個鏡頭。

我們走在路上，看到一個半大的小子，跟在馬後頭，和身邊的夥伴起了爭執。夥伴嬉皮笑臉，他倒有些氣急。聽他們說話間，不斷提到「甲炮」這個詞。我便悄悄問大丹巴，是什麼意思。

村長哈哈一笑，說，怕是剛才分馬的時候，覺得自己吃了虧。這個詞啊，得分開唸。「甲」在藏語裏頭，是指外鄉人。這「炮」是胖的意思。

我抬起頭來看，果然坐在馬上的，是個體態豐滿的先生。他自己左顧右盼，是怡然之態。身下的馬，蹄子深深陷進泥裏，大約有些吃力。

他們現在可精，就怕分到胖子。客一來，趕緊就要搶小孩和小個子女人。

這時候，攝影師打開機器拍馬隊。一隻野蟲飛舞著，落在鏡頭上。攝影師驅趕蟲子，有些手忙腳亂，吸引了眾人的目光。先前那個半大小子，乾脆將頭伸到了鏡頭前，臉上是好奇之色。

村長便呵斥他，洛桑，人家在拍電視，搞亂想要挨揍！

他用的漢話，倒像是當著外人面訓孩子的家長。這孩子便嘻笑地躲開了。

雷教授便說，這來看冰川的人，比我上次來，又多了好多。

大丹巴嘆口氣道，越來越難管。搶客不行，抽籤也不行，都怕吃了虧。

卓瑪道，這條路是當年跟「斯農」搶來的，也難怪他們。

村長說，九八年通路，這一晃二十年過去了，家家做牽馬生意。地不耕，羊不放。

雷教授說，做旅遊還是有風險，望天打掛。我老家在粵北，也是自然村，跟風搞古鎮遊。一個非典、一個金融風暴，就傷筋動骨了。現在老老實實回去種地。

村長連連點頭，說，這我可說得不算。你回頭見我家小子說說他，這一窩蜂都是他帶起來的。現今村裏，連好好的松茸都沒人去採了。

沉默了一下，他又說，教授，我其實一直沒想通。你說那場山難，是卡瓦格博降下的「扎吾」，卻讓明永出了名。十七條命沒了，來的人卻越來越多，這算是怎麼一回事？

我們進村的路上，有一條貫穿全村的水溝。一路都是潺潺的流水。這水溝引來山泉的工程，是大丹巴很引以為豪的事，因是在他任期內完成的。他說以往的明永人喝水靠的是

混濁的冰川，許多人得了大脖子病。

這沿水而建的明永當地的民居，的確比霧濃頂的村舍，又排場了許多，可以看出富裕的氣象。有的除了保留了藏窗的樣式，建築風格已經極為現代。甚至一所樓房，除了傳統的藏畫，外牆上竟繪製了鱗次櫛比的摩天大樓。

這樓房的對面，有一棵巨大的柿子樹。上面還結著未及掉落的秋柿子。大約經歷了風霜，這些柿子都並不很飽滿了。我方注意到，樹下靠坡一側，有塊巨大的山石，上頭生了青苔，佈滿了經年的藤蔓。再仔細一看，原來上面大隸鐫著字，「勇士，在此長眠，2006 年 10 月」，底下有同樣的格式，刻著日文。

這是一座石碑。在這石碑的頂端，有一尊塑像。雖在藤蔓遮蓋下，我還是看清楚了。一隻動物，似貓非虎。是的，這是一只瓦貓。

我立即拿出手機，打開了圖片簿。定睛望去，不禁深吸了一口氣。

大丹巴見我呆呆望著，便說，這只碑，是在最後一個日本隊員的遺體找到時，才立起來。

我回身看他，說，這只瓦貓，我見過。

我將手機給他看。是的。黑色，怒睛巨口，與在仁欽奶奶家屋頂上的，一模一樣。

大丹巴撩開藤蔓，仔細地辨認。半晌，才喃喃道，我想起來了，他去過霧濃頂。對，他臨出發去轉山前，說過，要

去那裏找個人。

　　我問，他是誰？

　　村長說，做這只瓦貓的人。仁欽奶奶和你說了什麼沒有？

　　我說，奶奶交給我一個信封，讓我帶到昆明，交給地址上的人。

　　大丹巴沉吟一下，慢慢說，那要保管好，親自交給他啊。

二

三天後，我回到了昆明。本地的朋友曉桁，當晚請我在石屏會館吃飯。對我說這是個有來歷的地方，很適合請我。

我說，哈哈，不講來歷，能有個地方祭五臟廟，就心滿意足。

其實我對這裏，連一知半解也談不上。大約只知道門口題字是狀元袁嘉谷的手筆，加之是個吃菌子的好去處。

會館鄰近翠湖路上，結廬在人境，果然算是個鬧市裏的桃花源。觥籌之下，賓主盡歡。我忽然想起了，就把信封上的地址給他看。

曉桁看一眼說，龍泉鎮？那地方可都快拆完了，哪裏還找得到？這人怕是很難尋了。

我說，那我也得去看看。

他說，這一片都劃到北市區去了。你看這地址，還寫的官渡區，如今早歸盤龍區管了。聽說開發了幾年，都沒個動靜。主要是業權複雜，有些名人故居什麼的，都混在城中村裏。一涉及文保，動輒得咎。

我說，這石屏會館也是文保，不是處理得妥妥當當的。

他搖搖頭，說，你啊，還是讀書人的思維，哪那麼容易。這樣吧，明天我開車送你過去。咱們碰碰運氣吧。

　　第二天下午，我們上了北京路。這條街道堂皇得很，是昆明的主幹道。大約二十多分鐘，便到了龍泉鎮。

　　但我看去，不見什麼村鎮的景狀，只是一個熱火朝天的工地。推土機、貨車穿行其間，沙塵滾滾。

　　曉桁停了車，倒是熟門熟路，穿過了工地，一路向前走。我跟著他，漸漸豁然開朗。這滿目喧囂後頭，竟然是個集市。在沙塵中，各類攤檔井然有序地擺成了兩列。曉桁轉過頭，對我說，沒想到，拆成了一片，這「鄉街子」竟然還擺著。

　　他見我茫然，笑道，說起來，我在這裏算是個土著，小時候就跟我爺爺住在麥地村。每周三，龍頭街上擺集市，叫「鄉街子」。不過，幾年前我爺爺去世，就很少來了。

　　這集市的熱鬧，大大超乎我的想像。大約以手工製品為主，竹編筥籃、各色織物、整片的水磨。看起來，滿眼是附近的鄉民，衣著都是濃彩重綠。一個穿著白族服裝的大爺，大約在賣整捆的曬得明黃的煙葉。他半坐著，手裏有一支長長的水煙筒，支在地上，是個怡然的姿勢，發出咕嘟咕嘟的聲響。見我駐足，很殷勤地招呼我試一口。

　　他的背後，就是興建中的司家營地鐵站。打樁聲不絕於耳，他倒是聽不見似的，彷彿將這聲音完全屏蔽了。

　　我說，還真是不知有漢，無論魏晉。

　　曉桁遠遠地喊我，聲音很興奮。看他站在一個涼棚底下，三四把小桌板凳橫七豎八地擺在凹凸不平的石子路上。

極其濃郁的羊肉味傳過來。原來是個羊肉米線檔。我們坐下來，看大鐵鍋正冒著煞白的熱氣。老闆給我們盛了兩碗出來，曉桁用本地話和他說了句什麼。老闆掂起大勺，又往我碗裏加了一大塊羊肉。他對我說，快趁熱吃，鮮掉眉毛。自己埋下頭，呼啦啦喝了一大口湯。我學他的樣子，湯味還真是濃釅得很。曉桁說，這個羊肉攤，打我記事，一有集市就擺在這裏，幾十年過去，雷打不動。倒是稀豆粉油條、牛扒炸、油炸洋芋，如今都看不到了。我說，那這集市也老得很了？

那可不，打有昆明城，這集就有了。他說，老輩兒說昆明有龍盤，龍頭就在這兒。明末建了驛道，就是這條龍頭街。有這條街，就有了雲南的馬幫集散、歇腳。這鎮子也就熱鬧起來。關鍵是，南來北往的消息，也從這兒走呢。

他叫我將那牛皮紙信封拿出來，拿去給老闆看。老闆看一看，說，司家營早就扒得底都不剩了。

那人還找得到嗎？

老闆說，要去瓦窯村碰碰運氣，這姓榮的，多半是開窯的。如今鎮上的龍窯，十有九廢。年前遷走了一批，差點動上了刀子。說不好，真的說不好。

旁邊的老者看一眼，道，榮癱婆家，做瓦貓的？

鎮上現今唯一一個做瓦貓的，就是他們家。聽說他們家二小子，給人做白事。神龍見首不見尾，得去碰碰運氣。

他又眨眨眼，說，要說難，可也不難，守著那幾座「一

顆印」。你敢過去動動土，他們可不就立時出來了。

　　走在路上，忽然下起了雨。我們緊走幾步，躲到了一處屋簷下避雨。這好像是個寺廟，因為門口的白牆上，寫著「南無阿彌陀佛」。門兩側各畫了哼哈二將。只是其中一側已經脫落了顏色，漫漶著曲折的污穢水跡，但我仍然可以辨認出那筆觸的精緻與細膩。門頭立有一紅匾，書「興國禪林，康熙丙申仲春之吉」。

　　門是緊閉著，看不到裏面的狀況。我才注意到建築的外側，不起眼的地方，鑲嵌了石碑，上面刻著「昆明市級文物保護單位，興國庵，中國營造學社舊址」。

　　與此同時，我發現了這幢建築的孤立。因為雨越下越大，四周的工地已暫時停止了勞作。大顆的雨點打擊在地上，竟然激起了一片煙塵。雨傾盆而下，將這些煙塵壓制，洗刷。視野慢慢澄淨了。沒有建設中的喧囂的干擾，原來我們已處在了一片空曠的中心。除了遠處的摩天大樓造就的天際線，和散落的零星的推土機，四周是沒有遮礙的。我們置身的這座庵廟，像是這荒涼原野中的孤島。

　　這場景未免有些魔幻。我的頭腦中忽然一閃，想起了宮崎駿的經典之作《哈爾的移動城堡》。

　　當雨停了，我們踩著泥濘走出去。當我回身望去，不禁有些瞠目。我在這座古廟的牆頭上，看到了一隻動物，那是一只瓦貓。它雖不大，在這敗落坍圮的圍牆上，雄赳赳地坐

立著。在雨水的沖刷下黑得發亮。我趕忙拿出了手機，打開圖片，確定這只瓦貓的模樣，和我在德欽看到的一模一樣。

我們輾轉找到了龍泉街道辦事處的負責人。這是個模樣恭謹、戴著眼鏡的中年人，臉色是腎虧的灰黃。他面前是一個巨大的玻璃水杯，裏面泡著枸杞與胖大海。他瓮聲瓮氣地問我們找誰。曉桁大約報了某個領導的名號，他立刻變得十分熱情。我們說明了來意，並將地址給他看。他確定半年前已經拆除。我問他是否認識地址上的人，他說，榮瑞紅……這就難找了。這裏幾條村都姓榮。

我就將剛才拍的照片給他看，我說，我想找做這只瓦貓的人。

他看了立即說，嗨，貓婆家的啞巴仔。

見我茫然，他打開了水杯，咕嘟地喝了一大口。我看見他吞嚥的動作，那口水順著他喉結的起伏，順利地流動下去。讓我也感到如釋重負。

他說，別看這個鎮上不大，卻有十多處文保。多是西南聯大時期的。

我問，西南聯大？

他說，對，別的地方拆遷，最怕釘子戶。這是最讓我們頭疼的。這裏從九十年代開始說搞開發說，因為這些文保，拉鋸了二十多年。去年算出台了方案，整體搬遷。

我帶你們去轉轉，就曉得怎麼回事了。

我得承認，接下來的這個黃昏，完全顛覆了我對這個小鎮的印象。

馬主任帶我們在泥濘中穿行，駕輕就熟。他時而回頭讓我們看路注意安全，時而碎聲抱怨，他說著話，因為周遭暫時的安靜，在這天地的空曠間，莫名有了回聲。

準確地說，是在他的引領下，我們在這古鎮的村落間穿行。儘管它們現今的面目，已是大同小異。不見荒煙蔓草，雨後空氣中蕩漾著濃郁的土腥，擊打著我們的鼻腔。在任何一個角度，都是無垠的黃色，將所有的舊掩蓋在了下面，伸展向了遠處霧靄中新的昆明城的輪廓。然而，如同此前所見的興國庵，我們看到了一些矮小頹敗的建築，間或其間，像是一些島嶼。我需要糾正方才孤島的說法，因為它們以奇異的方式，彼此呼應、聯結、伸延。形成了一張出人意表的網絡，有如瀚海中的群島。

在某個不起眼的角落，鑲嵌著式樣雷同的蒙塵名牌。上面分別寫著，「中央研究院歷史研究所舊址」「北平研究院歷史研究所遺址」「中央地質調查所舊址」「北大文科研究所和史語所舊址」「馮友蘭故居」「陳寅恪故居」……

我們在一處土木結構的小院前站住，門牌是龍泉鎮司家營 61 號。大約因為它難得的完整，讓我們駐足。馬主任說，這是「清華文科研究所」。當年是聞一多租了下來。你看他的眼光多麼好。「三間兩耳倒八尺」，典型的「一顆印」房子。他自己住在南廂房，北廂住著朱自清和浦江清。

並不意外的，我又看到了簷頭的瓦貓。是的，所有的，我們經過的這些老房子，都有一只瓦貓，或在牆頭，或在簷角。太過頹敗的，則在門口端正地立著。它們一式一樣。面目猙獰，勇武，似小型的虎。而寬闊的眼皮，又有一絲慵懶，彷彿是小憩後的猛醒。

馬主任說，貓婆家的瓦貓，在那裏，誰都不敢打這些房子的主意。也蹊蹺得很。之前中標的地產公司，讓人移走了這些瓦貓。經了一夜，第二天，新的就回到了原處。村裏的龍窯，早就扒掉了。誰也不知道是在哪裏燒的。說來也怪，那個公司的老總，當月就被雙規了；女兒在國外讀書，出了車禍。以後就沒人敢再動。

我說，這個貓婆，住在哪裏？

馬主任搖搖頭，他們家不屬回遷戶。拆遷時，也沒和政府談過條件，就簽了字。家裏也就和她孫子兩個，誰也不知道他們現在住在哪裏。

我說，我聽說，她孫子幫人做白事。

馬主任彷彿想起了什麼，說，對對，這小子也挺邪的。嘴巴不會說話，倒哭得一口好喪。說起來，現在村裏的老人十之八九，說沒就沒了。也是人心不古，外頭的年輕人，都不願意回來。沒個孝子賢孫摔盆打幡不像話，就讓啞巴仔頂上，他那一哭起來，地動山搖的，讓喪家還真是有排場。

我說，見怪不怪。現今的白事，禮儀公司都包這項的。

馬主任搖搖頭說，他哭不收錢，只求人買他紮的紙人紙

馬。倒是也不貴。紮得好，到底瓦貓手藝的底子在那裏，人是靈巧的。你這麼說，我倒想起來，明天下午棕皮營的郭大爺設靈。你們二位，要不怕忌諱，興許能在那碰上啞巴仔。

後來，我和曉桁交流過。都覺得，榮之武的模樣，和我們想像中的不太一樣。

其實，對於去參加陌生人的喪禮，我心裏有些障礙。但是曉桁告訴我，他們「龍泉」的人，喪事是當喜事來辦的。尤其是對年紀大的人，喪事的排場與敞亮，是生者的面子。他向我描述兩年前他祖父喪禮的場景，講各種規矩與程序，臉上並沒有哀戚之色，甚而有些眉飛色舞。聽他說完，我漸漸明白，或許對於已經都市化的昆明人而言，鄉下長輩的喪事，成為了他們長期壓抑的矜持之下釋放情緒的出口。所以各家各戶，會賽著大鳴大放，形成了某種新時代的風氣。

在這樣的心理建設之下，當我來到了郭大爺的喪禮現場，仍然有些驚心觸目。實在說，這麼個陌生的地方，並未讓我們好找。因為剛到棕皮村村口，便傳來響亮的《月亮之上》的歌聲。這支「鳳凰傳奇」的名作，實在熟悉不過，畢竟是每個小區廣場舞的神曲。我很快注意到，之所以有鋪天蓋地、繞樑三日的幻象，是因為喪家在從村口，到每個路口都架設了擴音喇叭。這樂曲便類似於無所不在的引路人，實在也是很聰明的做法。因此，沒費什麼力氣，我們就找到了喪禮的現場。

這應該是一個廢棄的小學校的操場。兩邊的籃球架上，掛著巨大的輓聯。而靈棚也正是因地制宜，有一根鋼索在籃球架之間牽引而搭建。

我們到的時候，正有幾個身著民族服裝的年輕漢子和女孩，和著這支流行曲的音樂在載歌載舞。曉桁說，這是白族的服裝，大概是呼應了老爺子的原籍。

他們的舞蹈並不算曼妙，但十分投入。民族服裝並沒有拘束他們，舞姿中有一種揮灑荷爾蒙的力量感，粗獷而磅礴。在擠擠挨挨的絢爛花圈的背景中，洋溢著怪異的歡騰的氣氛。

我相信了曉桁的話，是我多慮了，的確體會不到任何的哀戚。兩個同樣穿得花枝招展的小孩，將一些用五色的毛線紮好的點心，分發到來者的手中。他們臉上的喜悅與祥和，也讓我產生了婚禮花童的錯覺。

這時候，音樂忽然換了，換成了《小蘋果》。在缺乏思想準備的情況下，台上舞蹈的女孩，忽然齊刷刷地撕開了她們的民族服裝，將頭飾也豪邁地擲到地上。是的，我沒有看錯，她們搖身一變，成為了一群比基尼女郎。儘管環肥燕瘦，但的確是穿著整齊的、熒光的比基尼。人群中爆發出歡呼聲。她們在樂曲中抬腿、扭腰，向台下拋著香吻。

我感到了一陣暈眩。

待這一切都平靜下來時，比基尼女郎從兩側分開，出現了一襲黑衣的男人。他是喪禮的司儀。他的出現，讓我覺得

儀式終於進入了正軌。他站定，很瀟灑地揚了一下手。音樂便又響起來，是《二泉映月》。而他的臉色，便從泰然切換到了職業性的悲涼。他手中舉著一張紙，口中抑揚頓挫，我相信是在唸悼詞。用一種我完全聽不懂的方言。但是時而低迴，時而澎湃，即使不知內容，因為節奏的恰到好處，也足以共情。我感嘆這終於是個像樣的喪禮。他又一抬手，有一種很鈍利鄉野的樂器的聲音響起，那應該是本地吹鼓隊的嗩吶。嗩吶聲中，一些穿著重孝的人，簇擁著從人群中出來，然後一步一跪地爬向了靈堂。他們號哭著，女人們在哭聲中，發出了吟唱的歌訣一樣的聲調。站在最前面的，看身形是個壯實的男人，他忽然撲通一聲跪下。

當他開口時，讓我心下一驚。那是一種難以名狀的哭聲，不像是人發出的，初聽像是牛哞一樣。渾厚、壯烈，中氣十足。他哭得越來越響，像是在胸腔中的共鳴不斷集聚，放大、交響。這聲音漸漸蓋過了所有的聲響，吹鼓的樂聲，以及其他人的哭聲，讓這些聲音都顯得卑微與瑣碎。雖然不著一辭，這哭聲中的悲意，卻隨著些微的遞進式的節奏而益加濃重，如黃鐘大呂，以一種肅穆而深沉的方式，將所有在場者挾裹。我不禁有些發呆，無知覺間，情緒像在遲緩地墜落進了一個無底的黑洞。

當摔盆的儀式結束後，這哭聲才漸漸平息。我看到他回過頭來。這是一張無表情的臉。但是淨白、豐滿、端穆，五官有一種奇特的雍容與出塵。這張氣質古典的臉龐，將所有

的喧囂退後為了背景。彷彿喪禮成為了他一個人的戲台。

我看他慢慢地站起來，穿過了人群。他走到了剛才的司儀身旁，旁邊的壯大男人將一個信封遞到他手中，拍了拍他的肩膀，又讓了一根煙給他。他推開了，沒有說話，開始打起了手勢。手勢的匆促，讓他的模樣沒有方才從容。他的表情漸漸顯得有些執拗。男人，應該是喪禮的主家，搖一搖頭，臉上是某種寬容的笑。他似乎有些著急，一轉身擠出了人群。在不遠的地方，停著一輛三輪車。他抱起了車上的東西，又重新擠進人群。那是一些紙人紙馬。他抱著他們，艱難地擠過人群，走到了主家面前，以不容置辯的堅硬表情，將這些紙紮的喪儀在靈堂裏認真地次第擺開，絲毫不理會旁邊的人與聲響。擺好了，他又回到了主家面前，深深鞠了一個躬，便又轉身穿過了人群。

我遠遠望了一眼，跟上了他。我知道，他就是我要找的人。

在他要登上三輪車時，我攔住了他。

他臉上似乎並沒有詫異，是個處變不驚的表情。他做了幾個手勢，我們表示不懂。

他從懷裏掏出一個筆記本，拿出筆，在上面寫了幾個字。

「我收錢，是紙紮和元寶的。哭喪不收錢。」

字竟然是十分端麗工整的楷書。我明白了，他是將我們當作喪家的人了。我從包裹，取出了那個信封，給他看。

他看了一眼，只一眼，神情忽然變了。他愣住，良久，開始急切地打手勢，用質詢的目光看著我。我看出其中的焦急與熱切，但我不懂。他一把搶過我手上的信封，在信封上的名字上重重地點下去。然後拍一拍車座，又拉了一把，讓我上去。

我們會意，坐上了三輪車。他立即使勁地一蹬，穩穩地車就走了。

我和曉桁不禁有些面面相覷。看到前面蹬車的人，寬闊的肩膀，因為用力，透過衣服仍看見背上的肌肉在有規則地律動。我們都不再說話，彷彿對於這個天生無言的人，說話是一種冒犯。儘管載著兩個人，車卻行進得很快。在進入鄉野的路上，並無任何的景致，似乎綠色都很少見。偶爾遇到坎坷不平，或者是昨夜積雨的水窪，他會慢下來。我們可以感覺到他的細心。便也抓住了三輪車的兩邊，克制著顛簸帶來的不適。前面的人，在半途中脫下了夾克，我們看到裏面的白襯衫，已經完全汗濕了。

這樣也不知過了多久，路上已經不見人煙。三輪車終於停下來，在一處看上去像是倉庫的地方。

我注意到，四周並沒有其他的建築。除了近旁有一座寺廟，也是老舊的。但上面寫著「彌陀寺」三個字。沒待我看仔細，啞巴仔便對我們做了個「請」的姿勢。

我們走進去。倉庫的庫房，大半都是空的。空氣中飄蕩著某種濃郁的鐵鏽的氣味。我看見其中的一個打開著，黑黢

駿，能看見的似乎是大型的機床的輪廓。而庫房外的牆上，有業已斑駁的標語的痕跡，能辨認出，「要鬥私批修！」後面是個紅通通的觸目的驚嘆號。

我們一直走到了庫房的盡頭，是一個低矮了許多的、像是靠牆僭建的房屋。上面是鐵皮的屋頂。我注意到的，是在這房屋門口的空地上，晾曬著許多的黑色的陶罐。

啞巴仔在門口，「啊吧啊吧」地叫了一聲，這才推開了門。我們隨他躬身進去。

屋子裏的光線，十分黯淡。唯一的窗戶照射進了一束光，可以看見光束中有灰塵在飛舞。啞巴仔伸手拉了一下近旁的燈繩。

屋子頓時被不強烈的燈光充滿。我回了一下神，才看見面對著我們，端坐著一個人。

這是個十分老的婦人。她坐在輪椅上，膝蓋上裹著很厚的毯子。說她老，是指她的樣貌與姿態。那樣深刻而糾結的皺紋，幾乎令她的面目扭曲，整張臉像是植物失水的莖脈。她擺在膝蓋上的手，也是乾枯的。然而，她的神情柔和，面對我們，有一種和啞巴仔相似的處變不驚的儀態。她穿著一件陳舊但潔淨的夾襖，已不豐盛的頭髮，一絲不苟地梳成了髮髻，緊緊地盤在腦後。

她的眼睛並不混濁，甚至很明亮。她看著我說，你好。

我頓時注意到，她說的是十分標準的普通話。

啞巴仔熱烈對她打手勢。她微笑地看我們，一邊簡短地

對啞巴仔做了一個手勢。

啞巴仔立刻變得神情有些緊張。他看著我們，以抱歉的目光。他指指老人，又對我們指指外頭，意思是讓我們在外面稍等。我意會，趕緊出去了。

在外面，我又看見空地上的那些黑色的陶罐。不知是做什麼用場，但卻覺得似曾相識，它們整齊地排列著，在夕陽最後的餘暉裏，反射著沉厚的微光，像是肅然而列的兵士。

這時，遠方飛來不知名的群鳥，在這庫房的上空飛翔、盤旋，但遲遲都沒有落下來。我抬頭定定看著它們。

這時門響了，啞巴仔走了出來，臉上仍是抱歉的神色。他示意我進去。

這時，我看到老人坐在一個較矮的凳子上，那凳子顯然是特製的。有一根布帶將她的腰固定在了靠窗的一端。她的人，就恰恰被籠罩在了那更為微弱的一束光裏。那光將她的側影勾勒了出來，毛茸茸的一層，她的輪廓便因此而豐滿了一些，不再是乾枯的。我看見她的面前是一台轉動的機器。因為我上過速成的陶藝班，知道那是拉坯機。隨著輪盤的轉動，她的手靈巧地摩挲與動作，手中的泥坯慢慢形成了一隻罐子的形狀。

我注意到，她的腳邊，還有許多這樣的罐子。有的和門外的一樣大小，有的稍扁和圓一些。

我恍然，便試探地問，這些，是用來做瓦貓的嗎？

她笑了，說，後生，好眼力。大的是身子，小的是頭。

連在一起，就有了一個形。

她擦擦手，又說，剛剛怠慢了客。人有三急，老了就不中用了。不小心就是一褲子，全指望我這個孫子給拾掇。

她說得很慢，是對我方才等待的致歉，但其間並無面對陌生人的尷尬和難堪，彷彿只是在描述某一樁日常。她的手也並沒有停下，一邊將一小勺水加入了腳邊的瓦盆。

我這才看到這個屋子裏，幾乎沒有什麼陳設。除了沿牆擺了兩張床、一張方桌、兩把椅子和一個櫥櫃，便是窗台下的類似作坊的一角。一側放著一個水泥袋子，另一側擠擠挨挨地堆著紮好的紙人紙馬。

我說，老人家，我是從德欽來，有件東西，託我轉交給榮瑞紅。不知是不是您家的？

老人聽到了這句話，手停住了。她抬起頭來，看著我。

我從包裹拿出那個信封。再次問道，榮瑞紅，是您家裏人吧？

她咳嗽一下，用乾澀的聲音說，是我。

我把信封放到了桌上，但又拿起來，交給身邊的啞巴仔。啞巴仔走過去，彎下腰。老人將手，使勁在圍裙上擦一擦，才將信封接了過去。她慢慢地將信封一點點地撕開。伸手掏出的，是一本紅色的筆記本。

這一剎那，我看到她手的抖動。她打開了這個筆記本。本子裏掉出了一疊照片，落在了地上。我彎下腰，幫她撿拾起來，放在她手裏。我看到其中一張照片上，是一個青年和

仁欽奶奶的合影。他的目光沉鬱，但是手勢卻很活潑，對著鏡頭比出「V」字。他的身後，是那幢低矮的藏式民居，覆蓋著厚厚的雪，背景是飄著經幡的白塔。屋頂上隱約可以看到一只瓦貓。即使室內光線昏暗，我仍然看到這青年的面目，與啞巴仔有著驚人的相似。

老人將眼睛湊得很近，一張張地看著這些照片，忽而愣住了，大放悲聲。

待她終於平靜下來，她把筆記本遞到我手裏，問我說，後生，你能給我讀一讀，這本子上寫的字嗎？

三

2004 年 4 月 1 日，星期四，晴

> 我最喜愛的顏色是白上加上一點白，
> 彷彿積雪的岩石上落著一隻純白的雄鷹。
> 我最喜愛的顏色是綠上加上一點綠，
> 彷彿野核桃樹林裏飛來一隻翠綠的鸚鵡。
> 我最喜歡的顏色是紅上加上一點紅，
> 彷彿檀香木上歇落一隻赤紅的鳳凰。
>
> ——德欽弦子 [1] 摘錄

這是我來到德欽的第三天，高原反應漸漸消退了。村長大丹巴對我說，身體強壯的人，有時高反更嚴重；體弱的和女人，反而會應付自如。

大丹巴說要我住在村委會旁邊，好照應。我說，我還是想住在小學校裏，他就把一間倉庫收拾了出來，給我住。這間小屋旁邊，有一株梨花樹。很大的樹，我就想起，黑龍潭的唐梅、松柏和明茶。一樹的花，夜裏下了一場雨，第二天早上起來，就是掉了一地的白。一輛拖拉機開過來，開過去，白上就是兩

---

1 弦子是流行於康、藏地區的藏族歌樂，由於歌舞時在隊前多由男子用牛角胡或二胡伴奏，故稱弦子。

列車輪的印子。

從我的窗子望出去，能看見明永冰川，有點發藍。我知道冰川的事，我知道卡瓦格博的「扎吾」。

寧懷遠從蒙自剛來到昆明時，在翠湖邊上看到一株梨花。很大，風吹過來，就落了一地，好像雪一樣。後來，他無數次對榮瑞紅說起這株梨花樹。榮瑞紅說，我們龍泉鎮，什麼花都有，就是沒有梨花。

後來，寧懷遠在滇池邊上，聽一個拉胡琴的唱，「萬紫千紅花不謝，冬暖夏涼四時春」。他又想起這株梨花，想起滿天飛的白，卻怎麼也記不起樹的樣子了。

榮瑞紅倒記得清清楚楚。那年夏天，紫陽花開得正盛。黃昏時候，村裏頭來了一個人，敲開他們家的門。榮瑞紅應了門，見是高個兒中年人，穿著青布衫子。蠟黃臉，滿臉鬍鬚。這人操官話，有兩湖口音，口氣溫和，問榮瑞紅家裏頭有沒有要出租的屋子。榮瑞紅就喊她爺爺。榮昌德老漢走出來，敲著煙袋鍋，瞇眼看來人胳膊底下夾著兩本書，就問，先生，你是昆明城裏來的教授吧？

那人點點頭，說，小姓聞。榮老爹回，我們家的耳房剛租了出去。最近來我們鎮上問的，都是昆明城裏的教授和學生。日本人的飛機，把讀書人都折騰壞了。全城都在跑警報。走，我陪你去問一問。

　　榮老爹帶著這個先生，順著金汁河畔的小路，挨家挨戶一路問過來。天擦黑了，這先生在一戶人家門口停下，抬頭看看說，這房子好。「三間兩耳倒八尺」。榮老爹說，可不，正正經經的「一顆印」。

　　敲開了門，一看，小院乾淨開闊，房子也通透。用的石材、木料都考究得很，樓板和隔牆板還未裝柵，眼見是新起的房子。聞先生怕人家是不捨得，但還是說了來意。屋主說，好。錢不打緊，您看著給。這屋子剛建好，您不嫌棄，下周就能住進來。

　　聞先生看他爽快，也很高興。屋主說，不瞞您說，論起來，內人和袁嘉谷沾親帶故。我們雲南，就出了這一個狀元，可歷來愛重讀書人。都說昆明城裏造了新大學，來了許多教授。北方要是不打仗，我們請也請不來你們。

　　榮瑞紅才知道，這個聞先生，不是替自己找房子，是要替他們大學找個地方，蓋個研究所。後來，她問寧懷遠什麼是研究所。寧懷遠就說，是做學問的地方。教授做出學問來，他們跟著學。

　　要裝修這個房子，鎮上不缺人手。這些年，昆明城裏鬧得慌，人都不怕多走個十幾里，往北郊來。有住下做長遠打算的，也有那過一天算一天的。本來龍泉一帶多的是馬幫。滇越鐵路一開通，又多了來往的工人。一時間，鎮上起了什麼房子都有，兩層的木樓，土坯牆小院和因陋就簡的毛坯

房。可這聞先生，一個瓦匠窯工也不請。他和另一個姓朱的先生，擼起袖子，帶著幾個年輕人，自己幹。

榮老漢就說，他們開不了伙。紅妮，新燒的餌塊，給他們送些去。

榮瑞紅就拎著一只籃子，幾隻碗給他們送過去。聞先生客氣，要給她錢。她躲過去。現在炭火上細細烤了，香味密密地溢出來。年輕人們不客氣，拿起來就吃，不用筷子不用碗。其中有一個，說，你會做米線嗎？

榮瑞紅就說，怎個不會？

他就說，那有文林街上做得好吃嗎？

榮瑞紅就說，城裏的東西，減料偷工，好吃有限。

那青年也就看著她笑，笑得燦爛，明晃晃的。

當晚上，她便製了米線和卷粉。第二天，用清湯煮了，從菜地摘了西紅柿和白菜，擱上饢肉、蔥和香菜，用雞油封了湯頭，送過去。幾個年輕人正幹得熱火朝天，遠遠聞到香氣，大約也是餓了。打開籃子，捧起碗就喝。打頭的那個，燙得直吐舌頭。

榮瑞紅就笑，說，皮涼心滾，來了昆明這麼久，都不知米線的吃法。

幾碗米線下肚，榮瑞紅問，比那文林街的怎麼樣？

昨日那青年便遠遠地喊，朱先生，我們以後再也不跟你去「味美軒」了。

　　説完了，對她眨眨眼，又笑了。露出了兩排白牙齒，笑得明晃晃。

　　待裝修好了。聞先生請村裏的木匠，刨了一塊木板，刨得又平又光。他對青年説，懷遠，去龍頭村的彌陀寺，找馮先生，給咱研究所題個名。

　　半晌，青年回來了，説，馮先生不在，「史語所」的傅先生給題的。

　　聞先生便説，也好。他就拿一柄鑿子，照著那題字，一點點地鑴了上去。

　　黃昏的時候，「清華大學文科研究所」的牌子，就掛起來了。

　　屋主來了，看了又看，説，這字可真好。可這屋上了椽子，要住進人，其實還缺了一樣。

　　聞先生説，願聞其詳。

　　屋主笑笑，這得麻煩您，找榮老爹問一問。

　　當天後晌，寧懷遠第一次見到了瓦貓。

　　他看見榮家老爹，捧了一只黑黢黢的物件走過來。走近看，是個陶製的老虎。那老虎身量小，但樣子極兇。凸眼暴睛，兩爪間執一陰陽八卦，口大如斗，滿嘴利牙，像要吞吐乾坤的樣子。

　　老爹捧得穩穩的，神色也肅穆。寧懷遠記起朱先生講

應劭的《風俗通義‧祀典》，引《黃帝書》，裏頭有神荼鬱
壘執鬼以飼虎的一段，說虎能「執搏挫銳，噬食鬼魅」。他
想，這大概是一只和房宅相關的神獸。

他便大聲感嘆說，好兒的鎮宅虎啊。

旁邊的榮瑞紅手裏拿著紅綾子，本也是蕭然的，聽了懷
遠的話，倒噗嗤一聲笑出來，說，讀書人的見識大。阿爺的
瓦貓，變了老虎。

榮老爹回頭瞋她一眼，說，死妮兒，不說話當你啞巴嗎？

這時，在宅前的端公，是本地的巫人。穿玄色的長袍，
頭戴錦帽，手裏執了木劍。他捉來一隻毛色絢亮的雄雞，口
中唸唸。旁人聽不懂，大約是消災瑞吉的咒語。隨即出其不
意，低頭猛咬住公雞的雞冠。血便由肥厚的雞冠流淌下來。
端公喚來榮老爹，協他把住掙扎的雄雞，將雞血一一滴在瓦
貓的七竅，眼、鼻、口、耳等處，又在那大嘴裏放入松子、
瓜子、高粱、棗子、根子，所謂「五子」，同時燒祭黃紙，
一邊再唸咒語，在院落乾、坎、震、坤、兌、離、巽位一一
潑灑符水。畫地為野，點地為星，便在腳下的星位，置了一
只香爐。

這端公即刻手勢俐落，將雞宰殺了，在院內的鍋裏烹
煮。半個時辰取出，直立於鉢中，這雞頭須仰視屋宇簷角。
端公遂點香祭之良久。最後，踏梯上屋頂，恭恭敬敬，才把
瓦貓安在脊瓦上。

　　寧懷遠看這端公，一場「開光」下來，大汗淋漓，像是脫了形。瓦貓坐在房上，凜凜地望著他們，竟讓人有些敬畏。當地的人，經過了倒都要駐足，合掌默立。半晌，向主家道喜，才離去了。言語間皆輕聲細語，像是怕驚動了什麼。看得寧懷遠心裏，也穆然起來。屋主幫著他們一一安置好了，這才和聞先生告辭。一邊說，先生，這屋子就交給您了。臨走時，他又點上三支香，插在香爐裏，闔目拜了一拜，才道，這瓦貓既上了房，逢農曆初一、十五，點香祭供，先生莫要忘了。

　　陸續就將從清華輾轉運來的書，都安置在了正房。因為沒取道四川，直接從馬道入滇，書籍竟沒有什麼損失。滿滿當當的十幾架，看著也十分喜人。書架有的是從附近的人家徵來的，有的是小學校的奉獻。有木頭也有洋鐵製的，其間高低錯落。榮瑞紅沒有走，幫幾個年輕人擦洗擺放，不言不語的。旅途積在書上的塵土，這時終於飛揚起來，倒讓人打起了噴嚏，跟傳染了似的。大家都笑起來。打完了，榮瑞紅定定地看，嘴裏喃喃說，真像啊。

　　寧懷遠就問她，像什麼呢？

　　她就說，像你說的研究所。

　　寧懷遠就問，你又見過研究所是什麼樣子？

　　榮瑞紅說，我沒見過，可滿眼的書，就覺得這是研究所的樣子。

聞先生帶著太太孩子，就在這屋子的南廂房落腳。

當晚上，聞太太將馮太太從彌陀寺請過來，說一起包餃子，慶喬遷之喜。見馮教授沒有一起來，聞先生就問起，所長怎麼沒來？馮太太就說，抱歉得很。他說近來鎮上喬遷得太多，一個個賀不過來，自家人就不拘禮了。由他去吧。寫他的《貞元六書》，飯也不吃。寫到第四部了，說是停不下。我帶了些麻花卷，剛炸出來的，你們趁熱吃。

青年們都喜不自勝，說，馮師娘的炸麻花在鎮上可有名著呢。

馮太太擺擺手道，我是小打小鬧，如今鍾璞、鍾越都長大了，靠他那點工資是不成了。我也是為了補貼家用，好在近旁的小學生喜歡，賣得不錯。倒是梅校長家的詠華和潘、袁兩家的三位太太，製的「定勝糕」，名頭越來越大，現在都進了「冠生園」了。

聞一多在旁邊嘆口氣道，也真是為難您。慚愧得很，如今持家，要靠你們這些教授太太十八般武藝，也真是巾幗不讓鬚眉。

馮太太便說，我們既肯跟了你們來，這些都算不得苦。

聞太太便笑，對那幾個青年道，你們都聽好了。將來啊，娶妻當如任叔明。

寧懷遠說，那可好，天天有油炸麻花吃。

大家便大笑。說話間，一鍋餃子翻滾上來，熟了。聞太太盛上了一大碗，看著熱騰騰的水氣，裊裊升起，又在屋子

裏頭瀰散開來，也很感嘆。她聲音咽咽地説，東奔西走這些年，囫圇總算是有個家了。

馮太太説，大普吉還住著許多人呢，都説那附近不太平，鬧狼。走回城裏上課都膽戰心驚的。聞先生先前也是龍院村住著？

聞先生説，對，先住在惠我春家裏。後來舍弟家馴來了，到大普吉，兩家太擠，又搬去了陳家營。今年初，聽説華羅庚在昆華農校的房子給炸了。他腿腳不方便，孩子又小，日本人飛機來了，跑不了警報。我就邀他們一家同住。

馮太太説，這我知道，華教授還作了首詩。在學生裏頭傳開了。我只記得兩句「掛布分屋共容膝」，「布東考古布西算」。

聞太太笑道，可不就是「掛布分屋」嗎？兩大家子，十四口人，一間偏廂房，中間掛個布簾。到了半夜裏，兩個當家的，一個趴在黃木箱上考古，寫《伏羲考》；另一邊華先生騎著門檻，架張板凳當桌子，就著外頭月光，算他的「堆疊素數論」。倒也各安其位。

馮太太説，唉，也真是不容易。好在是過來了。

聞太太將一簸包好的餃子，又下到鍋裏，説，你那邊住得可好？等我這忙完了也去看看。

馮太太説，我本來不信鬼神，可那山坡上孤零零一座廟，住著總是不踏實。我們住的北房是個倉庫，東廂住一對德國猶太人，説是男的以前在德國外交部當官，被希特拉趕

出來的。我們相處得不錯，最近也搬走了。他們臨走，把護院的狗送給我了。白天孩子上學，家裏就我一個人。這個「瑪麗」也算陪陪我。

聞太太說，你還是常來走動，跟我作伴，也多個照應。

馮太太嘆口氣道，不是我迷信。我倒聽說，這村裏的房子除了廟，都要請尊瓦貓，才算清靜了。我剛一進門，看見你們房樑上坐了一尊，那叫個威風。

聞太太便將榮瑞紅推到跟前。馮太太說，呦，這是哪一家的姑娘，這俊俏，眼熟得很。

聞太太便笑說，我們家的瓦貓啊，就是從她爺爺那請來的。

榮瑞紅也笑，說，這整村的瓦貓，都是我爺爺製的呢。

朱先生和幾個研究生，就都住在另一廂房。裏頭有個廣東人，便給這房做了個雅號，美其名曰叫「一支公」。這其實是揶揄的話，在粵語裏是「光棍漢」的意思。幾個單身小伙子，都不善打理自己。聞先生拖家帶口的，太太再三頭六臂，也究竟照顧不周全。特別是伙食，以往在城裏，下館子打牙祭是常有的事。如今在鎮上，大約就是趕那「子」「午」日的鄉街子，究竟非長久之計。

幾個人合計，便用陳岱孫教授在北門街宿舍的「包飯」的規矩，找了個當地人，集了資叫他做飯。可這廚子以往是給滇越鐵路的工人做大鍋飯的，並談不上什麼手藝。每餐大

約就是兩樣，炒蘿蔔和豆豉。人又很剛愎，在烹飪方面，是不聽這些讀書人勸的。自己的口味重，無論葷素菜，都少不了要放茴香、花椒、辣椒，吃得小伙子們急火攻心。晚上睡覺輾轉難眠，起來水喝個不停。

後來，他們就對寧懷遠說，那個榮家的姑娘，菜做得好吃，不如請她來給我們做包飯。

聞先生聽見就說，你們少攛掇懷遠。人家姑娘家，來伺候你們一群單身漢，成何體統。實在不行，還是讓你們師母辛苦些。

聞先生走了，恰巧榮瑞紅上門，來給聞太太送滇綢的圖樣。懷遠就當真跟他說了。榮瑞紅搖搖頭，說，一兩頓飯可以。可我天天來做飯，誰幫爺爺做瓦貓。

小伙子們就起鬨說，寧懷遠啊。人家手藝都是傳男不傳女，榮老爹可缺個正經徒弟。

不知為何，榮瑞紅臉飛紅了一下，轉身就走。寧懷遠倒跟了出來，問她，榮老爹不肯收我嗎？

榮瑞紅輕聲道，你一個讀書人，哪裏做得來這個。

她步子便快了些。懷遠也不說話，倒跟著她。這時候是黃昏，太陽淺淺地照在石板路上，也不熱了。金汁河的水，潺潺地流。走到了拱橋，他們看到橋底下，有幾個婦人站在齊膝的河水裏，正在洗衣服，一邊說笑著。小孩子們在河裏，撲騰洗澡。寧懷遠看見有一個人捋起袖子，正舉著棒槌，在岩石上使勁搥打著衣服。這正是聞太太。經了這兩

年，她勞動的樣子，已經很嫻熟了。

懷遠站定就喊，師娘！

聞太太聽見，轉過頭，看他，一邊用手背擦一把汗。剛要說什麼，卻看見他前面的瑞紅，愣一愣。即刻便笑一笑，對他揚揚手，叫他莫要停。

寧懷遠抬眼一望，榮瑞紅的步子卻慢下來，目光落到了河對岸去。就見岸上有一對男女，肩挨肩走著，似乎在說著話。兩人衣著都是齊整體面。在這村子裏，像是一道風景。說實在的，經過這些年的紛亂。從蒙自到昆明這一路來，聯大上下，其實都有些入鄉隨俗。教授們多半穿著粗布大褂。有極不講究的，像是化學系的先生曾昭掄，半趿著一雙鞋，腳趾頭和後跟都露著，被學生們戲稱作「空前絕後」。女眷們也如聞太太，大多是本地婦人淨簡樸素的打扮。

而這兩個人，男的西裝革履，戴眼鏡，含著煙斗。他身旁的婦人，也像男人穿了襯衫和齊腰褲裝，舉止間，是極颯爽的樣子。

懷遠說，梁先生。

榮瑞紅便跟他說，旁邊的，是梁太太嗎？

懷遠想想說，對。林是她本姓，我們也尊她作林先生。城裏聯大的校舍，是他們倆合力設計的。

榮瑞紅眼裏有光，對懷遠說，這樣。女人嫁了人，還可以用自己的姓，真好。

懷遠說，他們夫婦兩個，都是很有本事的人。當年為校

舍的事，梁先生差點和校長吵起來，設計了好幾稿，從瓦頂到鐵皮，最後變成了茅草頂。

榮瑞紅喃喃説，是啊，茅草頂的屋子，怎麼上瓦貓呢？

懷遠説，我們 T 字班出來的，都知道這事。學校沒有錢，也是太難為他們。

榮瑞紅説，我常看見他們兩個在鎮上走，看村裏的老房子。你們的教授，來得久了，就和我們無分別。他們兩個，樣子還是他們的。當初卻落手落腳，在龍頭村自己建起了一幢房子。建得像我們這裏的房子，又像是洋人的房。有一次我遙遙地看，覺得那房子真好看，可是正對著大片的野地，缺個瓦貓吃邪啊。我就對爺爺説，我們送個瓦貓給那個眼鏡先生吧。可爺爺説，我們的瓦貓不能送，只能人家來請，是規矩。

懷遠説，我也聽説了。那幢房子，用去了他們所有的積蓄，每一顆釘子都是省出來的。

看兩個人漸漸走遠了。懷遠説，神仙眷侶。

榮瑞紅就茫然，問他，什麼神仙？我們村裏哪有神仙？

懷遠就笑説，怎麼沒有？最欠也有一對土地公和土地婆吧。

榮瑞紅知道被打趣了，便不理睬他，倒已經走到了家門口。

榮瑞紅便推了門進去，看見榮老爹正在當院兒。他彎著

腰，在院子裏擺著一排瓦罐，整整齊齊的。

　　抬頭看見懷遠，便説，後生，不在你們那個什麼所好好讀書，到老爹這裏尋熱鬧嗎？

　　沒等他答，榮瑞紅朗朗接口道，阿爺，是有人聽説你老了，尋思該收徒弟了！

四

2005 年 6 月 2 日，星期四，晴

不必刻意雙手合十，
滿山的香柏樹已在禮拜。
不必刻意供奉清水，
遍地山泉已獻上淨水。

—— 德欽弦子摘錄

昨天「六一」，送我的學生去縣裏參加歌詠比賽，居然得了個第一名。過些天他們就畢業了。我教的小學只能讀到三年級，他們以後就要去隔壁村的學校讀書了。

天忽然放晴了。回程的時候，在車上，就著落日，能清晰地看到卡瓦格博。孩子們都把臉貼到車窗上，放聲唱我教給他們的歌，把《水手》唱了一遍又一遍。唱累了，他們就偎在一起睡著了。陽光忽明忽暗，照在他們身上，也照在司機有點疲憊的臉上。他叼著根煙，漫不經心地開車。車子在瀾滄江山腰上盤旋，隔著玻璃，都能聽到山風的聲音。

一轉眼，我在這個小學，已經教了一年了。兩個老師調走了，現在三年級我一個人教，語文、數學和英語課。我帶來的手風琴，也派上了用場。前幾天，我寫了一份申請，託校長遞到縣裏去，希望他們撥些錢買兩台電腦。最好能夠順利批下來吧。

榮老爹看著寧懷遠，像望著件稀奇物。他索性在堂屋門檻上坐下來，將煙袋鍋使勁在鞋底上磕一磕，然後重新裝上煙草。點上，使勁抽了一口，咳嗽了兩聲，才開口道，你要跟我學做瓦貓？

懷遠點點頭，自然不好直接道出來意，便說，是啊，看了就是喜歡。

老爹便又問，是喜歡瓦貓，還是咱龍泉的瓦貓？

懷遠一聽，自然答得飛快，喜歡龍泉瓦貓。

老爹便笑，那我問你，咱龍泉的瓦貓，和旁的瓦貓，有什麼不同？

懷遠想想，便說，龍泉貓，威風了許多。

老爹站起身，將煙袋鍋望腰間一插，背過手去，說，妮子，送客。

懷遠這一聽，心說不好。趕緊老老實實，將「包飯」的事情和盤托出，說「一支公」既借了瑞紅的手藝，卻怕耽誤了老爹製瓦貓。

老爹沉吟一下，說，後生，不是真有心學，什麼也學不好。

懷遠說，我有心學。技不壓身，給老爹打打下手也好。

老爹冷冷地看他，說，下手？當年我給我爹打下手，錯一步，柴火棍子就在我手上抽一下。晚上吃飯，筷子都握不住，你可受得了？

懷遠一猶豫，輕輕點點頭。旁邊榮瑞紅搶道，阿爺，你可是一下都沒抽過我。抽個細皮嫩肉的書生，你下得去手？

這話嗆得老爹，一時沒個言語，半晌狠狠道，死妮兒，不說話沒人當你啞！

說完了，自己的口氣倒也緩下來，說，這下手活，那我就考考你，答得上再說，不然請回。

懷遠趕緊稱是。老爹就指指院兒裏頭，問他，這罐子是用來做什麼的？

懷遠看那陶罐，看得出是剛做成的坯，因為在牆的影子裏頭，有些還未陰乾，罐底便是一個濕印子。依著土牆擺成了兩排，排得整整齊齊的。一排長高，像是大肚瓶子，一排像球似的渾圓。

懷遠看了又看，說，這長的，是瓦貓的身子。圓的是腦袋。

老爹點頭道，對。

然後說，你就給我做個瓦貓腦袋吧。

他就跟老爹進了作坊。作坊的陳設很簡單，靠窗擺了一個青石輪盤。老爹便坐下來，將近旁的窯泥在一個木台上用拳頭砸了幾下，使勁地揉，再又摔打。那泥團在摔打間漸有了韌力。老爹看他一眼，說，加了黃沙的泥，上盤就出坯。

老爹便取了一支長木棍插進了石頭輪盤上的坑眼，使勁搖動，石輪便轉動起來，他將剛才揉好的泥團放在石輪上，

自己紮了馬步，抱住那泥團，在泥團上搲出一個窩來。一手窩邊，一手窩外，兩手四指裏外擠拉。在轉動中，那團泥漸漸站立起來，生長出優美的弧度。有了罐子的雛形。老爹粗大的手，此時與窯泥渾然一體，泥坯彷彿在他的手心舞蹈，越來越圓潤。這圓潤中，呈現出了一種光澤，在昏黃的光線裏，由呆鈍也變得靈動。

一切都太過迅速，讓懷遠看得也有些發呆。這時，石輪戛然而止。老爹從腰間抽出一根絲線，在泥坯底下一割，一個罐子便捧在了他手中。

他走到懷遠跟前。懷遠誠惶誠恐，伸出手，正要接住。老爹卻故意手一抖，那罐子遽然落在地上，剎那間，就是一攤泥。

懷遠心中一疼。只覺得成了形的一團希望，莫名便跌落在地了似的，不由衝口而出，可惜了。

老爹冷冷一笑道，這就可惜了？那日頭底下曬過了勁兒不可惜，出了窯燒裂了不可惜，上了房沒攔穩摔成了八大瓣不可惜？你倒是可惜得過來。真可惜，就將地上的泥拾掇起來，給我重做一個。

懷遠當真蹲下身子，將那團泥一點點撿起來，撿了滿捧，放在木台上，再去撿。撿淨了，便學了老爹，團成了一團，使勁揉。

老爹坐下來，點起煙袋鍋，看著他問，會？

懷遠笑說，小時候家裏蒸饅頭，幫我媽揉過麵。

可他越揉，那團泥倒好像扶不起的阿斗，鬆身打縷，不成個景。老爹冷眼看他，道，後生，我問你，這麵揉過了，要成形靠什麼？

懷遠說，得餳麵，靠酵母頭。

老爹說，餳好了呢？

懷遠說，得下鍋蒸，靠蒸汽。

老爹說，你手裏這團窰泥，是摻了酵母頭，還是要下鍋蒸？

懷遠手停住了。

老爹抬起手，用煙袋桿在他屁股上就輕輕打了一記，日膿拔翹！給我使力氣摔打啊，沒力氣怎麼站起來。泥不摔不成器！

待他真是摔打成形了。學老爹轉了石輪，將窰泥捧了上去，中間摳一個窩。眼見著在老爹手中輕輕鬆鬆地成了形。他倒也紮了馬步，全神貫注的。可那團泥在他手裏，卻是東歪西倒，跟個醉漢似的。懷遠越急越是不聽使喚。他身量又高大，漸漸膝蓋都打起了抖。一個不小心，那泥團便豁出了個口，一團泥竟飛了出去，恰落到他臉上。

他用手使勁在臉上一擦，卻忘了手上也是滿手的泥。這一上一下，狼狽勁頭兒，自然是別提了。寧懷遠沮喪得很。

榮瑞紅在旁邊站了半天，大氣不敢喘。看到這時，終於一橫心，從襟子上掏出手帕，要遞給寧懷遠。

豈料老爹伸出煙袋鍋子，在他倆中間一攔，說，死妮

兒，我教訓徒弟。你可別管閒事。

　　兩個青年人一聽，立馬都杵著了。榮瑞紅看著阿爺，眼裏有光，張一張嘴，卻無話。

　　老爹不正眼看她，對懷遠説，手莫停！

　　他又望望外頭的天色，對榮瑞紅道，還愣著幹什麼。閒先生屋裏整窩大肚蟈蟈等著餵。燒一鍋餌塊，昨天我釣了幾條鯽殼，做個八面魚，給幾個後生打牙祭吧。

　　此後，每個黃昏，榮瑞紅去為「一支公」的小伙子們做包飯。寧懷遠則跟著榮老爹學做瓦貓。

　　除了這勞力的交換，老爹始終未有説過收他為徒的原因。

　　他不是個笨人，甚至可以説，相當聰慧。在半個月後，榮瑞紅已見他可以手勢嫻熟地拉坯，再半個月，看他親手做出了第一只瓦貓。看他為它粘上上下眼皮、泥球樣的瞳仁。在瓦罐上挖出大口，安上四顆利齒；在腦袋頂上，粘一個「王」字，便有了虎似的威猛；在柚木的模具裏印出一個「八卦」。而上釉、入窯則還是由老爹來代勞。

　　榮瑞紅陪他，到金汁河下游的淺灘收塘泥和黃沙，又去河邊青晏山腳去挖陶土。這些都是做瓦貓的材料。野曠無人，他們一同體會著勞作的辛苦與快樂。開始是默默的，兩個人都沒有説話。金汁河上漾起的氣息，是泥土的淺淺的腥，混著水藻凜凜生長的味道，有些醉人。這時候，走來了一隊馬幫。人和馬都要歇息。人引了馬和騾子，到河邊喝

水。騾子不及馬聽話，打了個響鼻，擰著腦袋不肯喝。榮瑞紅便悠悠開了聲，唱起了一支「趕馬調」：

> 我頭騾要配白馬引中雪蓋頂，二騾要配花棚棚，
> 三騾要配喜鵲青，四騾要配四腳花，
> 前所街把騾馬配好掉，又到馬街配鞍架……

也是怪了。這騾子支起耳朵，像是聽了她唱。聽完了，往前挪了幾步，到了她近處。倒真的垂下頭，咕咚咕咚地喝起水來。喝完了，又打了一個響鼻，揚起腦袋使勁一抖。那鬃上的水花，便飛濺出來。猝不及防，落到了榮瑞紅的身上和臉上。榮瑞紅一邊暢快地罵著，一邊笑著擦。懷遠也不禁伸出手，為她擦那臉上的泥水。手指觸在她臉頰上，一陣涼滑，卻酥酥順他指間爬過來。他忙抽開了手。榮瑞紅愣一愣，低下頭，從河上掬起一捧水，洗洗臉。臉頰上的紅暈，便退卻了。

回來的時候，經過龍頭街，看到花花綠綠，是一片熱鬧。才想起了這是午日，擺了「鄉街子」。從這裏沿著金汁河岸，從麥地村、司家營一直擺到了龍頭村。這集市是鎮上的節日，四面八方的人，都趕了來。他們竟又看見了方才遇見的馬幫，正靠著驛站補給。馬鍋頭坐在木鞍上，夥計便卸貨，大約是鹽巴和碗糖。那大騾子吃著草，彷彿也認出了他們，長長地嘶鳴。

丘北的辣子，文山的三七，昭通的天麻，江津的米花

糖，騰衝的餌絲，武定的壯雞，宣威的火腿，似乎天下的好東西，都彙集在了這裏。

兩個人東張西望，榮瑞紅便在一處煙草的檔口停下來，細細挑揀，大約是為阿爺。她用彝語和那阿婆討價還價。寧懷遠便說，老爹的瓦貓要是在這裏，定可以賣個好價錢。

榮瑞紅聽了，望一望他，臉色倒沉下來，說，寧懷遠，你既做了阿爺的徒弟，還說這種話，瓦貓是能賣的嗎？

懷遠興沖沖的，這時卻語塞，見榮瑞紅卻是認真了。她煙草也不稱了。自己一個人直愣愣地往前走，不理人。寧懷遠跟著她，這時市集上飄來了香味。原來是到了食檔口。銅鍋魚、醬螺螄、竹筒飯、羊湯鍋，都是馥郁的味道，濃烈地勾引著人的食慾；寧懷遠這才覺得，腹中轆轆。榮瑞紅只管在湯鍋前坐下來，叫了一碗，看寧懷遠，默默又叫了一碗。一碗羊肉湯下肚，兩個人的心情便好起來。榮瑞紅問，羊湯好喝嗎？懷遠點點頭。她又問，有我熬得好喝嗎？懷遠一愣，又使勁搖搖頭。她便哈哈大笑起來。笑聲引得周街的人，都看她。

快走到麥地村時，他們看到一雙背影。儘管是背影，他們還是認出來，是梁先生夫婦。身形都很挺拔。梁先生穿了寬大的襯衫。林先生這日倒穿了裙子，是當地落靛的紮染。她頭上包了一塊頭巾，也是同樣的紮染。榮瑞紅見她在一個賣竹編的攤頭上停下，彎下腰，和攤主交談。談好了，便淺淺地笑，臉上是明亮的表情。攤主為她挑了一只籃子。又抽

出了一條竹篾，三兩下便編好了一隻蚱蜢，給她別在籃蓋上。林先生便又笑，望望梁先生，笑得孩子一樣。他們便挎上籃子走了，梁先生將那籃子從太太手中接過來。另一隻手，執上了太太的手。

他們走得很遠，榮瑞紅還引著頸子看著，直到快看不見了。兩個人往前走了幾步。她回過身，望一眼寧懷遠。懷遠覺得她眼睛裏頭有小小的火苗，目光熾熾的。忽然間他的手，就被牽住了。

三天後，寧懷遠又見到了梁先生。梁先生來找聞先生，求一枚圖章。

關於聞先生掛牌治印，算是聯大不得已的一椿美談。大約要說到教授們的處境，彼時昆明通貨膨脹得厲害，他們的工資，漸入不敷出，不免要各謀出路。最普遍的是去鄰近雲南大學、中法大學或昆明的中學兼課。像聞先生這樣，在昆華中學兼課的報酬，每個月可得一石平價米外加二十塊「半開」，按理還不錯的。但家中人口眾多，還要貼補「一支公」的研究生們，開支上遠遠不夠，猶復不敷。到頭來，終於重拾鐵筆，好在同事們幫襯，算是抬了轎子。「一支公」的老弟兄浦先生作了潤例。包括兩位校長在內的十二位教授，具名推薦。聞先生擅長鐘鼎，在美國又讀的美術，自然不同俗筆。人又很謙謹，用墨上石，皆自盡心。雲南地區素行象牙章，質地堅硬。聞先生刻得食指磨損出血，仍一日未輟。

　　梁先生看他手指間的厚厚老繭，也很感慨，便道，家驊兄，我聽說你難。倒不知是這樣難。前些天，盛傳貴系劉姓教授為人寫墓誌銘，得資三十萬，以為你們教文科的還稍好過些。

　　聞先生苦笑，這事不提也罷了。如今好過的，又有幾個。當年梅校長讓你用茅草頂蓋校舍，獨留了鐵皮屋頂給教室，如今連鐵皮都賣了去。人各有命，我除教書外，大約就是做個「手工業者」。

　　這時寧懷遠進來，手裏執著一枚信封，興奮地說，老師，《國文月刊》回信來了，劉兆吉的那篇文章，要發表出來了。

　　他見有人在，再一看是梁先生。梁先生看看他，說，小兄弟，我們見過的。

　　寧懷遠跟他問了好。他說，那天在金汁河畔，還有一個姑娘。內人說，你的樣子，是中古人相，和姑娘的骨相一樣好。

　　聞先生大笑道，還有這回事。懷遠，說的莫不是瑞紅姑娘？

　　又回過頭說，是我們這裏的大廚，做得一手好龍泉菜。

　　梁先生便道，有機會要領教下。我們到了雲南就東奔西跑，其實沒吃上幾頓安生飯。復社時候，原先在循津街「止園」，倒是有家館子不錯的，和劉敦楨他們幾個常去。後來去了山區，當地的鄉民做的菌子，真是美味。那陣子也是居

無定所，整天背著賬子，隨身帶著奎寧和指南針。回到昆明剛安頓下來，「史語所」就搬了，我們也就唯有跟著搬。前幾天，「學社」的章子落在地上，碎碎平安。這不是求您來了嗎？

聞先生道，這個好說。你後天跟我來拿吧。

梁先生謝過說，有空也來我們那裏坐坐。自從蓋起了屋子，慧音說又有了北平的沙龍的樣子。錢瑞升、李濟、思永、老金我們幾個常聚，也挺熱鬧的。

聞先生笑道，你們兩個設計房子的，倒真是第一次給自己蓋了一個。

梁先生說，可不是！樣樣要自己落手落腳，從木工到泥瓦匠，越到後來，錢越不夠用。你想，我們剛來時候，米才三四塊一袋，如今都漲到一百塊了。連根釘子的錢都要省，好歹費正清他們兩口子，給我們寄了張支票來，可真救了急。唉，慧音到底累倒了，在山區落下的病根兒。近來的身體大不如前。

寧懷遠驀然想起了榮瑞紅的話，便脫口道，梁先生，你要不要請一尊瓦貓回去？

梁家的瓦貓上房那天，是榮瑞紅親手給繫上的紅綾子。瓦底下除了放上了筆、墨、五子五寶，還有一本萬年曆，壓六十甲子。

梁先生攬著妻子。林先生靠在他身上，身著家居衣服，

披著披肩，笑盈盈的。雖笑得有些發虛，但人明亮。她抬起頭，看那瓦貓，眼裏頭有光。

五

2005 年 12 月 3 日，星期六，晴

在中甸的草原上駿馬成群，

一百匹馬配一百個寶鞍，

一百匹馬要離開，

馬鞍不帶走，留下做個禮物。

商人騎著駿馬，

他不會住下，他要離開。

把最好的衣裳留下，給你做個紀念。

——德欽弦子摘錄

今天認識了一個新朋友，山本長智。

雲南德欽這邊的藏人，管外族人叫「甲」。最早來這裏的「甲」，是傳教士，是個法國人。還有個探險家亨利王子，他從越南出發，從瀾滄江進入怒江流域，再上溯到獨龍江。我翻到一本《德欽縣志》，從一八四八年至一九五一年，共有十六個洋人來德欽傳教。其中有個穆神甫，溜筒江的鐵索橋是他設計的。他們還給當地人看病，藏人認為這是法術。說他們會施邪惡的法術，讓明永的冰川融化。我見到個英國的老傳教士，八十多了，聽力不好，但說很好的漢話，好到像個中國老頭拉家常。

我見過的「甲」，還有一個馬來人，穿一雙露腳跟的靴子，頭髮披散在肩上。見到他的時候，他說，今年轉山，轉了第三圈。他對我說，轉山要轉單數，雙數不吉利。還有個美國攝影師貝貝坎，走南闖北實踐他的拍攝項目，Repeated Photography。找來德欽的老照片，在同一個地點重拍，我想要和他學一學。他和我同一個屬相，他說，卡瓦格博也是這個屬相。

山本和他們不同。他們來了，就走了。山本每年都會來。每年來，他會帶來幾個那年山難登山者的家屬，來朝拜雪山。大丹巴說，山本在德欽的時候，會住在他家裏，跟他一起上山，搜尋遇難者的遺骸。

我今晚，開始重看《消失的地平線》。大丹巴給我講過一九三〇年代曾經有架飛機，撞在了卡瓦格博的岩石上。村民們把飛機的鐵揹回來，找村裏的鐵匠打了好多把刀。用到現在，都說鐵真好。

榮瑞紅這輩子，第一次看電影，就是在昆明最大的南屏電影院。

那是個外國的電影。他看見銀幕上出現幾個洋人，其實心裏有些慌。這幾年，鎮上有些洋人來了，手中都拿著相機，見人就拍照。她看見他們拿相機對著自己，也有些慌。

她心怦怦跳，想著將這慌張掩飾起來，故作鎮定地挺直身子，坐坐好。但黑暗裏頭，有隻手，握住了她的手。寧懷遠的手，手心很軟，暖乎乎的，讓她心裏安定了。

　　如今榮瑞紅想來，電影的內容，其實是不太記得。大約是個玩世不恭的美國男人重遇昔日情人的故事。外文她是不懂。「講演人」的翻譯，雖是入鄉隨俗，但又確實不著四六，令人摸不到頭腦。

　　那時的昆明上映的外國片子，是沒有英文字幕的。便出現了一種奇特的職人。他們多半是本地人，粗通英文，坐在銀幕前，給台下的觀眾現場翻譯。在聯大的師生沒有來之前，他們在當地算是權威。因為沒有人會質疑他們，便更為信馬由韁地發揮。他們會根據隻字片語去揣測，這樣翻譯出來，往往驢唇不對馬嘴。

　　這天的「演講人」是一個留著山羊鬍的長衫老先生，帶有很濃重的呈貢口音。他端著一杯茶，說幾句話，便呷一口，全場都能聽見茶水在他喉頭的激蕩。然後他咳嗽一聲，繼續往下說。他用很乾澀的聲音，在詮釋劇情，將男女主人公的對話，翻譯得如同在「鄉街子」討價還價。

　　和台下的觀眾一樣，榮瑞紅因此也看得一頭霧水。但是她有一種天賦，這種天賦或許來自於少女的想像。她用想像完善了這部電影的劇情，也因此體會到了它的美好。她想，這個故事一定是關於愛情的。這個女人背叛了男人，在異鄉重逢後，又得到了他的原諒與和解。這個男人雖然長了花花公子的模樣，但實際上是個情種。這樣看下去，她越發覺得電影好看了。

　　劇情發展到，這個美國人，看著另一個男人走進了他的

酒吧，明顯表現出了敵意。老先生拖著長腔，用呈貢話為他配音，「怪求嘍，你來做咋子？」

沒待他為另一個男人回答，台下響起了聲音，「我來培養一下正氣」。

話是用很不標準的昆明話說出來，卻引起了哄堂大笑。本地人都知道其中的促狹。因為正義路近金碧路西有一家店子，沒店號，門口掛了塊碩大的匾，上書「培養正氣」。這店子呢，其實是以賣汽鍋雞聞名。老昆明人，一說起，「我要培養正氣」，就知道是要吃汽鍋雞打牙祭了。

這一笑，卻激怒了演講人。他站起身來，扠了腰，叫將大燈打開，對台下道，哪個說的？！

台下的人噤了聲，卻還有竊竊的笑。這笑是榮瑞紅的。她自己沒想到，寧懷遠還能整了這一齣來。她的手，還在他手裏，此時出了薄薄的汗。懷遠倒是正襟危坐，面目無辜，好像個沒事人似的。

待燈重新滅了，寧懷遠悄悄拽一下榮瑞紅，引她出去。出來後，兩個人都深深吸一口氣，又呼出來。外頭剛下過雨，滌清車水馬龍的塵土，空氣中便是好聞的清凜凜的味道。懷遠說，我是真受不了這呈貢味兒的《北非諜影》了。

榮瑞紅說，那我們去哪兒呢？

懷遠嘻笑地，用半生不熟的昆明話說，要不，我們去培養一下正氣？

榮瑞紅朗聲大笑，笑夠了，倒正色道，我想去你們大學

看看。

榮瑞紅沒有想到，寧懷遠讀過的大學，是這樣的。

一色土坯房，上面蓋著茅草頂，甚至還不及龍泉臨時搭建的鐵路工人宿舍體面。地是沙土的，因為下雨而泥濘。一個洋人吹著口哨，身後跟著穿著短衫短褲的男孩子們。他們奔跑著，都是雄赳赳的。她又看到了許多的青年人。男的穿著寬鬆的土衫子、有些骯髒的飛行夾克，在校園裏走動。有一個先生模樣的，竟套了本地趕馬人的藍氈「一口鐘」，因為他步態的挺拔，便有一種俠客的感覺。

一些女學生，結伴經過。她們穿著陰士丹林的旗袍，外面罩著紅色或者深藍的線衣。手中則都攜了書。臉上表情一律是明朗而怡然的。其中一個，和寧懷遠打了招呼。她們便也望向了榮瑞紅。不知為何，面對這些女學生，榮瑞紅忽然感到有些羞慚，也竟不敢回望。倒是寧懷遠，大大方方地執起了她的手。一邊問她們是上誰的課。她們說，上金先生的邏輯課去。

寧懷遠便哈哈大笑，回頭記得在路上撿幾個金戒指。女學生們便都笑著走開了。

他們走到了鳳翥街上，林立著茶館。走進一個，人聲嘈雜。原來是有人在唱圍鼓，便退出來。走進另一個，也十分熱鬧，多了許多年輕人，都是大學生模樣。這一家牆上貼了「莫論國事」，老闆袖著手，靠在櫃枱上打瞌睡。倒是有個

白胖的女子，很殷勤地走過來，手裏是個食籃子。一開口，竟是江南口音，口氣倒與懷遠熟稔。懷遠便從她籃子裏拿出一碟芙蓉糕、一碟薩奇馬和桃酥，然後說，老例兒。待她走了，懷遠對榮瑞紅說，老闆娘是紹興人，遠嫁過來，這裏的點心都是她自己製的，好吃得很。

等茶湯端過來的工夫，有人遠遠喊懷遠的名字。待他回頭，是幾個小伙子，說，學長，來一局。

原來是在打橋牌。懷遠看榮瑞紅一眼，擺擺手。瑞紅便說，你去吧。難得進城來玩一玩。他猶豫一下，便過去了。

老闆娘過來，擱下茶，對瑞紅說，這個後生好。

瑞紅便笑問，怎麼個好法？

老闆娘便輕聲說，以往他來，只管看書、跟人打牌。有姑娘進來眉毛都不動一下。他現在，眼裏頭只有你。

瑞紅不語。老闆娘又說，這些孩子們，遠遠地過來，除了讀書不知以後的著落怎樣。聽口音你是本地人，就照應他多一些。

榮瑞紅愣一愣，說，往後的事，誰又知道呢。

老闆娘嘆口氣，也說，是啊，這一打起仗來，誰又知道呢。

這時候，外面有人進來，大聲喊，警報了。茶館裏頭的人，倒好像沒聽見似的，喝茶的喝茶，打牌的打牌。一個人撓撓腦袋，頭也不抬地問，五華山掛了幾個燈籠了？進來的

人便説，一個。那人便肩膀一聳道，不著急。

　　過了一會兒，又有人進來，大聲喊，警報了，警報了。

　　剛才那人又問，幾個燈籠了？

　　回説，兩個了。同時間，榮瑞紅聽到了外面的汽笛聲，一短一長，尖利地嘯響。茶館裏的人，才動起身，有的還將桌上的瓜子和點心，都有條不紊地包了起來，裝到了身上。跟老闆娘打了聲招呼，氣定神閒地出去了。榮瑞紅感到一隻手牽住了自己，快步望外走。

　　街上倒是人多了起來，寧懷遠兩人便跟著人群。看著沿途的店舖，三兩地關了門。也有不關的，老闆坐在門口，抽旱煙，饒有意味地看他們。這一路上有學生，有當地的老少，還有馬幫。這裏本就是他們的必經之路，聯大西門往前走，有條古驛道，石子鋪成的小路，通往鄉野。儘管空襲頻仍，鍛鍊了人們的心智，究竟還是慌亂的人多。馬幫有他們自己的節奏。人不亂，馬便不亂，任憑人流在身邊穿梭、奔跑。馬鍋頭唱起呈貢調子。有人一愣，剛駐足來聽，繼而便被人流挾裹著往前去了。

　　就這樣跑了一會兒，人越來越多。驚起了近旁松林的一群休憩的飛鳥。牠們使勁地望天空中飛去，繼而盤旋，卻不敢再落下來。有風簌簌地刮起來，空氣中飄蕩著清凜的松針的氣息。然而周遭的人，熱浪一樣，將這氣息霎時間吞沒了。

　　經過了一處荒塚，寧懷遠拉著榮瑞紅，和其他一些人都

跑了下去。他跑得很快，在墳塋間穿梭，齊膝的野草與亂石，都絲毫沒有讓他猶豫，像是駕輕就熟。他跑了許久，才停下來。在背陰的地方坐定，頭竟就靠在了墓碑上。榮瑞紅到底是有些忌諱，他便一把拉著她坐下。說，怕什麼。以往跑警報，我都到這裏來。這個墳頭就是我的，叫賓至如歸。

榮瑞紅坐下來，覺得身下涼絲絲的。更多的涼意，順著身體蔓延上來，讓她倏然一個激靈。看寧懷遠，倒是坦然的樣子，口中銜著一莖草梗，遠遠地望著山外的夕陽。夕陽沉降，在血紅的落照裏頭，還可以看到擁簇的人群，像連串的黑點一樣移動。

榮瑞紅站起來。寧懷遠說，別動。你不動，日本人的飛機，就不會炸這裏。

榮瑞紅說，我沒跑過警報。但我們龍泉能聽到昆明城裏頭的警報聲。有一次趙太婆家的枝子，到城裏頭置辦嫁妝。遇到警報，捨不得頭裏買下的杭綢。回去拿，跑慢了，就給炸死了。屍首發現時，還把自個的嫁妝抱得緊緊的。

寧懷遠說，我們從蒙自跑到了昆明，也跑累了，跑疲了。我同學裏頭，有不跑的。別人跑，他們在開水房洗頭，煮紅豆湯。也都想得開，說要是真給炸了，就乾淨地做個飽死鬼。其他人也不知道為什麼要跑，只是跟著跑。教授也有不跑的。剛才遇到那些女生，說上金先生的邏輯課。那年昆師被炸，別人都跑了，金先生不跑。南北兩座樓都給炸了，死了好多人。警報完了，他一個人愣愣地站在中間。後來就

跟人一起跑，每次跑都帶著自己的書稿，就像是閨女抱著嫁妝。有次跑到蛇山，警報過去，一陣風幾十萬字的書稿就全沒了。對他來説，那還不如丟了命。

這時候，一隻野兔，貿然地闖入了他們的視線，晶亮的黑色眼睛，定定望著他們。忽然豎起耳朵，站起來，是對峙的姿態。寧懷遠倏地也站了起來，那野兔猛然地被嚇著，倉皇地逃走了。寧懷遠狠狠地説，我不明白，在咱們自己的地界上，為什麼要跑？

榮瑞紅説，你得好好活著，仗打完了，就回家去。你爹媽，都等著呢。

寧懷遠苦笑一下，蹲下身，問榮瑞紅，你説，我為什麼每次跑警報，專揀了這座墳來躲？

榮瑞紅望那墳塋，周邊長滿了萋萋的草，墳頭上倒是乾乾淨淨的，好像被人打理過。她想，在這兵荒馬亂的年月，倒是還有孝子。

她説，這墳排場。

寧懷遠便執起了她的手，沿那墓碑上的一個字，一筆一畫地寫過去，問她，這是個什麼字？

榮瑞紅瞋他，你知道我不識字，來觸我的霉頭。

寧懷遠説，你記住，這是個「寧」字，是我的姓。這上頭寫的是，「先考　寧若成，先妣　寧胡氏」。這是夫婦兩個，底下有生卒年。男的比我爹大一歲，女的比我娘小兩歲，兩人比我爹娘晚死了十幾年。我第一次跑警報，跑到這

個墳頭。有個炸彈落下來，落在另一個墳頭上，把我同學炸死了。我被這墳頭擋著，一點兒事也沒有。從此我就當這墳裏頭的，是我爹娘。每次跑，都憩在這裏。每次來，就給他們清清草，掩掩土。

聽到這裏，榮瑞紅直起身，一把將寧懷遠的頭，攬入自己懷裏。緊緊的，她只覺得心裏疼得慌，疼得錐心。這男人毛叢叢的頭髮帶來的溫暖，讓她好受一些了。

回到鎮上，榮老爹等得望眼欲穿。

他閂上大門，將寧懷遠關到外頭。他叫榮瑞紅跪在地上，拎起了煙袋鍋卻打不下去。他一轉身，從地上拎起一只陶罐，摔在了地上。這陶罐因為只晾得半乾，落在石板地上，聲音並不脆響，反而是沉鈍的，像是個生悶氣的人。

榮瑞紅見老爹胸腔裏呼哧呼哧的，便想站起來，給爺爺順順氣。老爹只喝一聲，跪著。

她便跪著。老爹說，你一個姑娘家，和群小子整天混在一起。鎮上的風言風語我不管，可是，飛機炸彈不長眼！連命也不想要了嗎？

榮瑞紅嘟囔說，姑娘怎麼了？我在城裏看見的女學生，都是姑娘，都跟後生們在一起。

老爹說，那都是在學堂裏讀書，學識了幾個字給害的。你爹就是因為進昆明讀了書，才認識了作孽的女人。

榮瑞紅抬起頭，目光灼灼的，說，爺爺，我就是我娘這

樣的女人，就喜歡和讀書人在一起。

老爹説，一個外鄉後生，你難不成要嫁了他，還是他能做上門女婿？長了翅膀的雀子，説飛就飛。

榮瑞紅説，我憑什麼不能嫁給他？

老爹也氣，喝她道，你憑什麼嫁？

榮瑞紅一咬嘴唇道，就憑我和他一樣，無爹無娘。

老爹被他説得一愣，焦黃的臉泛起了青，張開嘴卻説不出話來。榮瑞紅站起身，一聲不吭地，自己走進了小作坊，關上門不出來了。

以往只有犯了大錯，榮老爹才將瑞紅關在作坊裏。小時候，一關她，作坊裏沒有燈，烏漆麻黑。榮瑞紅怕黑。怕了，就哭。哭上一陣，老爹心軟，就放她出來。可她長大了，再關，坐在黑暗裏頭，擰著頸子不哭。老爹也倔，不放她出來。久了，彼此都覺得沒意思。

老爹就問，妮兒，想不想出來？

她在裏頭答，不想，裏頭陰涼，舒舒服服，好著呢。

老爹想想，得有個台階，就説，你也別閒著，在裏頭給我做六只瓦貓。就放你出來。

瑞紅便答，六只太少了吧。我還想再待上一時半會兒呢。

老爹吹鬍子道，美得你！你以為我讓你做咱自家的瓦貓嗎？除了龍泉的，各地統共給我做六只。有一分不像，不許出來。

　　瑞紅在暗處扁扁嘴，不聲不響，開始和陶泥。泥巴摔在木台上，摔得地動山搖。老爹聽了，狠狠吸上一口旱煙，心滿意足地走了。

　　說起來都是瓦貓，但雲南之大，各族紛紜。這貓也是一貓一態。榮瑞紅從小，老爹便帶她去周邊看人家的瓦貓。要看的，自然是和自家的不同。榮老爹打四十歲起，便連續在五年一度的瓦貓賽上稱霸，業界以「貓王」譽之。後來老了，便有些隱退江湖的意思，但仍然帶著榮瑞紅看，看人家怎麼做，有什麼長進。這也是教她「知己知彼，百戰不殆」的道理。

　　有一次，榮瑞紅說，這只太醜，我不要學。

　　老爹說，你覺得醜，為什麼別人要放在屋瓦上敬著？你眼裏的醜，是人家的光鮮。說到底，是你眼界淺。

　　這時候，榮瑞紅坐在黑暗裏頭，手在嫻熟地動作。作坊裏有蠟，她不點。一團泥，像是長在了手上。手指動作，跟著心走。心想到哪裏，手就跟到哪裏。她想，原來眼睛是多餘的。眼睛有用處時，是因為心未到，手也未到。

　　待兩個時辰過去，作坊裏頭沒有一絲光線了，漾著泥土溫暖後冷卻的氣味，砥實而清洌。她順著這些做好的瓦貓的輪廓摸過去。圓潤，部分有稜角，也有著陶土特有的細膩的顆粒。她一個一個摸過去，用手指辨識，在某個細節上停住

了。老爹常說，做手藝人，便是一藝在手。手比眼準，用手觸，便是看。任何一處不對，在手指間便會放大，你便知道不是拾遺補缺的事兒，是從根兒錯了。

她便重新製了一只瓦貓。這才點上蠟，眼掃過去，舒了一口氣。爺爺說得對。眼看見的，都是相，方才在自己手裏，到最後合為一個。現在通亮的，卻是百態。哪怕都是出自呈貢的，也因族而不同。彝族無釉貓，背部有龍刺，身為鱗紋，尾長盤向身前，耳朵高豎，眼睛大而外凸，是個機警的樣子；漢族黑釉貓，身如筒，尾巴上翹捲曲，胸前有「八卦」，耳尖立，鼻成三角凸於面，鬍鬚貼在左右臉頰，口大張，牙齒突出，仰天狀；鶴慶白族貓，四肢粗壯有節，橫站於脊瓦，尾巴直立上翹，嘴大如斗，上顎出奇大，下顎小，口內有四齒，舌頭外伸，眼睛鼓暴，耳朵豎立，怒目而視，兇煞十足；文山壯族的上釉貓，身子似小陶罐，頭呈倒三角，耳尖直立，眼睛大睜，瞳仁點黑釉，嘴高闊，上下牙齒四顆，脖子繫有銅鈴，前腿合併，後腿分開，倒算是一副乖巧模樣，是最接近家貓的樣子。

榮瑞紅看著它們，穩穩地坐著，心想，說是萬變不離其宗，但爺爺這麼多年，帶她雲遊，要看的，卻是各種「變」。看多了，看久了，便越發守住了自家龍泉貓不變的根本。

這時候，外頭響起了一陣咳嗽聲。有人駐足在作坊的門口，在門上似乎敲了一下。榮瑞紅站起來，也走到門口，可

忽然心裏發了堵，梗了梗脖子，不吭聲，仍是一動不動地坐
在了黑暗裏頭。

六

2006 年 1 月 7 日，星期六，晴

我親手栽下一株樹苗，
等小樹長大，我用它建桑耶寺。
沒有吉祥的桑耶，
那麼多樹怎麼聚在一起。
我親手搜集各種石子，
我用它鋪一塊黃金地。
沒有吉祥的桑耶，
那麼多石頭怎麼聚在一起。

——德欽弦子摘錄

今天去看望謝老師。

謝老師退休兩年了。我去的時候，他在屋頂上堆柴火。他請我去他的書房。他桌上擺著一幅花鳥，還沒乾。牆上有四君子條屏。他說小時候，他阿爸給他買了冊《宣和畫譜》，他就臨著畫，所以墨竹他最拿手。後來做生意，教書，就擱下來了。現在退休了，沒事就撿起來。每天就畫畫，看書，幹幹農活。

謝老師是我們小學的老前輩，教了幾十年書。祖輩是巍山彝族。他爺爺輩從西藏跑蟲草買賣。阿爸在芒康認識他阿媽，他媽是藏族。後來他們家就在德欽做起雜貨生意。李老師其實

只讀過完小，但他古文底子極好。我在我們小學看過一些漢文文件，用字很講究，都是他寫的。大丹巴說他是縣裏的秀才。我在他家裏看到版本很老的《昭明文選》和《尺牘清裁》。他對我說，是他阿爸留下的。

我問他，那你怎麼做起了老師來？他說解放後改國營，家裏生意做不下去了。他先是參軍，後來轉業回來，縣裏的代表來讓他當教師，幫著辦小學。那時候啥也沒有，就在明永的公房裏上課，自己編教材，還得幫孩子們燒飯，工資一個月十八塊。他因為寫了封信，給打成了右派，快五十歲了才摘帽。

他說現在他們全家都在當教師，姑爺用的，還是他當年寫的教材。我給他看照片，問他，認不認識一個做瓦貓的人。他搖搖頭說，你在哪裏看到這只瓦貓，德欽怎麼會有瓦貓呢？

寧懷遠在馬頭橋邊，遇到了梁先生夫婦。

當時他正走得失魂落魄。暮色裏頭的金汁河，凜凜發光。河邊上飄起了水藻的腥氣。他不禁站定了，呆呆地望。

這時聽有人喚他，小兄弟。

他回身，看是梁先生。

他勉強笑一下，梁先生將他介紹給了自己的妻子，說是聞先生的研究生。因他臉色是青白的，就問他可好。

他說，還好。下午從昆明城裏回來。

梁先生說，聽說午後城裏又有了空襲，飛機從海防過來，轟隆隆地，我們這裏都聽得到。你安全回來了就好。同行的人都沒事吧？

他衝口而出，我是和瑞紅一同去的。

梁先生關切問，榮姑娘也回來了？

他沉默了，半晌，跟著就將來龍去脈跟梁先生説了，説瑞紅回去，老爹讓她跪在地上，兇神惡煞的。大門一關，不讓他進去。他在門口站了兩個鐘點，叫門又不開，不知道裏頭發生了什麼。

林先生問，可是和爺爺送瓦貓給咱們的姑娘？

梁先生説，是啊。

林先生眨眨眼睛，説，那就好了。你放心回家去，明天黃昏，我保準你能見著她。

第二天後晌，老爹聽到有人敲門。他仔細聽，敲門聲音斯斯文文，慢悠悠，可不是那小子的莽撞。

他開了門一看，原來是龍頭村住著的先生。他想，這梁先生是洋派的白面書生的樣子，架著金絲眼鏡。那天瓦貓上房，他一個人抱著，順著梯子往上爬，倒比猴子還靈巧。老爹看他穩穩地將瓦貓放在了屋瓦上，一顆心落了地，想，都説人不可貌相，這先生看著文弱，其實是個練家子。

梁先生身旁的女先生，今天的精神似乎好了許多，笑吟吟地看他。他想，這女先生不是村裏女人形貌，那天自己抽洋煙，也請他抽。他説他抽不慣。

他呆愣愣的。梁先生説，老爹，那天辛苦您過來送瓦貓。我們是來回禮的。

榮老爹才恍然，讓開了身子，請他們進來坐。

三個人在院子裏坐下來，梁先生手裏舉著一個紙包把他，說，老爹，知道您抽旱煙，我們前幾天趕「鄉街子」，給您帶了些來。

老爹接過來，也不客氣，打開聞一聞，笑了說，青馬壩的烤煙，正宗得很啊。

他臉色也就好了些。林先生望望院子裏，整整齊齊地晾著兩排瓦罐。她便說，老爹的陶燒得好。我常愛去瓦窯村，看那裏的老師傅製陶。有個建水來的師傅，說是燒三百個陶罐，只裂過一只。

老爹磕下煙袋鍋，清清喉嚨，你說葉三器嗎？外來的和尚好唸經。我們龍泉的龍窯建得好，誰製的陶都燒不壞。

這話噎人，兩下未免有些話不投機。梁先生與太太對望一眼，笑笑說，聽說您最近收了個徒弟。

老爹臉上些微的笑容也收斂了，面色冷下去，將那包煙葉子，往梁先生懷裏一杵，說，是那小子讓你們來的？

林先生見他擺出了要送客的架勢，忙說，是我們自己要來，又要央您件事。我們呢，晚上家裏來客人，要置些菜。可您知道，我這笨手腳，哪裏應付得來。瑞紅姑娘可是遠近都知的好手藝，想請她來家裏幫忙，不知合不合適。

老爹一梗脖子道，我訓她的手藝，都用來做瓦貓了。她給我做那飯菜，也就毒不死個人，談得上什麼好！您二位請回吧。

這時候，作坊的門，「呼拉」一聲開了。瑞紅從裏頭走出來，眼睛望都不望她爺爺一下。她撣撣身上的塵土，大聲道，瓦貓我擺在窗台上了。林先生，我跟您去。

榮瑞紅挎了一只籃子，沿著長堤，一直走到了棕皮營。堤上一路都是桉樹。桉樹的葉子散發著濃郁清澈的味道，與金汁河裏水草的腥香，混為一體，讓人醒神。夕陽遠遠地下沉，一點一點的，是紅透了的顏色。由遠及近，餘暉灑在河面上，也是金粼粼的。

鄰近水塘，有一片修竹。梁家的房子，正在這修竹的掩映中。瑞紅老遠，便看到屋上的瓦貓，這是她自家製的。此時它穩穩地坐著，目望著遠方的田疇。這屋也是「一顆印」的樣式，坐西朝東，清瓦白牆。下段用碎石土夯築而成，上段用土坯砌築。但與鄰近鄉間的其他屋宇，還是不同的。它有兩扇闊大的菱形花窗，從外頭看，能瞧見裏面的人影。從裏頭望外看，遠山近景，便是如畫了。

此時，林先生引了瑞紅在屋內參觀。看她呆呆立在窗前，不動了。瑞紅說，以前不覺得，透過這窗子看，原來我們龍泉竟是這樣美的。林先生說，是啊，我和斯成兩個，平日看書寫字，都搶著要在這窗子底下。寫累了，往外頭眺一眺，整個人的心都亮敞了。

瑞紅說，聽寧懷遠講，這整間屋子，都是您和梁先生蓋的。

　　林先生説，是啊，我們兩個一起設計，落手落腳地蓋。後來他帶隊去了四川看古建，就我一個人來。你看看，這個壁爐，可是西式的呢。用青磚砌好，我得意了許久。等你冬天再來了啊，我們就可以對著它烤火了。

　　瑞紅望一望林先生，看她可親地對自己笑。覺得她瘦弱的身體裏，有一種能量，吸引了她，讓她們之間又近了一些。

　　這時間，一個小男孩歡笑地跑進來，身後又跟著個小姑娘。他們一進門就脱掉了鞋，撒丫子跑。倒是小姑娘，看到瑞紅，停住了腳，眼睛晶亮地看著她。林先生從門邊拿過拖鞋叫他們穿上，説，快穿上，地板涼腳心。

　　她又追上男孩子，給他擦鼻涕，笑著説，他們爸爸老在外頭，我一個人真管不了。滿山遍野地跑，以後回了北京，想野也野不起來了。

　　瑞紅聽到「北京」，覺得是個很遙遠而盛大的地方。她其實很想問一問，因為那裏是寧懷遠以往上學的地方。但終究沒有好意思問。這時，小姑娘很好奇地看著她手中的籃子，問，姐姐，這裏頭是什麼？

　　小姑娘的聲音脆亮的，很好聽，用的也是國語，和寧懷遠一樣。

　　瑞紅説，是乾巴菌。

　　小姑娘又問，乾巴菌是什麼呢？

　　瑞紅説，是一種菌子，不好看，但是很好吃。生在松樹

底下，要清早去採，太陽出來就萎了，看不見了。

小姑娘問，有沒有雞樅好吃？

瑞紅就笑著點點頭。小姑娘興奮地說，姐姐，那你下次去採菌子，要叫上我一起啊。

林先生便摸一摸她的頭，說，姐姐到咱們家作客，還要給你們燒菜吃。還不快謝謝姐姐。

小姑娘正正經經，給瑞紅道了個萬福。

林先生笑說，我這個丫頭子，嘴巴可刁著呢。你這麼好手藝，怕是往後都不願意吃我做的菜了。

榮瑞紅也笑。看這個小姑娘，和林先生一樣，生著圓潤寬闊的額頭，和略尖的下巴，已初具了美人的樣子。她和她的母親一樣，也有著明澈爛漫的眼神。她看母女二人的眼睛，彷如復刻一般。這無關年紀，似乎是自身在歲月中的定格。一剎那，她覺得自己生出了盼望，也想有一個女兒了。

原來，林先生在屋後墾了一畦菜園，種著時令的蔬菜。說是時令，昆明四季如春，果蔬本是可以長種的。園子雖不規則，但是因地制宜。什麼都種了一些，豆類、青椒、韭菜。瑞紅陪林先生割雞毛菜，看她戴著圍裙，擼起袖子，是俐落落的農婦形容。夕陽最後的光線，照在了搭架絲瓜的老藤上。絲瓜老了，乾了，在微風裏頭微微擺動，滲著金燦燦的光色，竟有些豐收的景致。另一些，透過葉子照在了林先生的面上，是個毛茸茸的輪廓，有著優美的弧線。看得瑞紅

屏住了呼吸，她不禁再次地想，這個女人多麼美啊。

她們便在廚房裏頭忙碌，一個擇菜，一個洗菜，竟然配合得天衣無縫。林先生說，前些天，老金從城裏帶來一隻宣威火腿，炒你的乾巴菌正合適。一邊說，我再去園裏摘些青椒來。

瑞紅掌勺，這乾巴菌下了鍋，混了火腿的鹹香，滿廚房竟然都是馥郁鮮美的味道。林先生不禁感慨說，用我們北京話，這東西生得寒磣，可真是菌不可貌相。瑞紅說，入了口，才知道它的好。就像是人，哪有一眼就看出來的呢。

她便做了一個素菜。是昆明人極喜歡的，青蠶豆和蒜苔放在一處清炒，青翠欲滴，有個好名字，叫「青蛙抱玉柱」。園裏的蠶豆很鮮嫩，連著豆皮炒，更為入味。林先生笑問，寧懷遠喜歡吃什麼菜？瑞紅臉一紅，想想說，他們「一支公」的幾個後生，飯量大，最愛能下飯的。那我就再做個「黑三剁」吧。

這三剁呢，說的是剁肉末、剁辣椒和剁玫瑰大頭菜。鹹中帶甜，開胃得很。

待她利索做好了這一道，林先生說，你先幫我把菜端進屋裏去。

她一進屋，就看見了寧懷遠。懷遠站在窗邊，也愣愣看著她。梁先生便在旁說，傻小子，看著瑞紅姑娘忙不過來，也不搭把手。

懷遠趕緊才過去，幫著榮瑞紅端菜。兩隻手卻碰上

了，險些碰掉了盤子。榮瑞紅連忙閃了一下，瞋他説，越幫越忙！

屋子裏的人，便都笑起來。梁先生便給他一一介紹，看起來都是面貌很體面莊重的先生。一個是梁先生的弟弟，一個姓錢，是法學院的教授，姓李的，是考古學的教授。瑞紅對這些「學」，自然似懂非懂。但又介紹一個，説是姓金，戴著一副眼鏡，自報家門自己是教邏輯學的。瑞紅便笑道，先生我知道你。

眾人皆驚。梁先生便道，不得了啊老金，你的大名是傳到龍泉來了。

瑞紅便接口道，你就是那個金戒指教授。

大家會心，便哈哈大笑起來，屋子頓然有了快活的空氣。金先生便也明白，和自己有關的掌故被懷遠説給了這姑娘。金先生教的研究生中，出了一位別出心裁的有趣人物。聯大常常要跑警報。這位仁兄便作了一番邏輯推理：「跑警報時，人們便會把最值錢的東西帶在身邊；而當時最方便攜帶又最值錢的要算金子了。那麼，有人帶金子，就會有人丟金子；有人丟金子，就會有人撿到金子；我是人，所以我可以撿到金子。」根據這個邏輯推理，每次跑警報結束後，這研究生便很留心地巡視人們走過的地方。結果，真的給他兩次撿到了金戒指！他便將這收穫歸功於金先生的邏輯課。

金先生聳聳肩道，我自己倒是一次都沒撿到過。可見這課是益人誤己。

　　這時候林先生進來，說，我一時不在，你們倒是說的什麼好笑話。梁先生掃一眼她手中的盤子，說，你們幾個可有口福了。內人輕易不下廚，這是拿了看家本領出來。當年這道「豉油煮筍」，連我老丈人都讚不絕口。

　　林先生便道，我們可真是靠山吃山了。門口這大片竹林子，是既飽了眼福，又飽了口福。這炒雞丁的菱角，是隔鄰的大嫂採了送過來，還帶著水清氣呢。一同還送了一條烏魚，我們前些天吃了「東月樓」，正好學著做一做「鍋貼烏魚」。老金，你的火腿排上了大用場，正在平底鑊溫著。

　　李先生就說，我可是也有貢獻的。這景谷酒，我跋山涉水從民樂鎮帶過來，也算是美釀配佳饌了。

　　梁先生便說，老李，你倒是好意思說！哪有送人的酒，自己先打開喝的。

　　李先生便投降道，是真的沒忍住。沒有功勞，也有苦勞吧！

　　大家哄堂大笑。林先生看著也笑，她對瑞紅嘆一口氣，輕輕說，這真讓我想起在北京的日子，大家聚在一起。現在能說話的人，都天各一方了。前段正清和慰梅寫信來，我一時都不知怎樣回。

　　這時的林先生，換下了家常的衣服，著一件絲絨的旗袍。在這裏，本是有些隆重的。她坐在桌前，卻將這屋中的氣氛，帶出了幾分先前未有的情致。

　　大家有些沉默。金先生說，今天高興，說什麼天各一

266

方。我們幾個在，都住在這龍頭村，不就是天涯若比鄰。

還有我們呢！外頭響起洪亮的聲音。眾人循聲望去，走進來一隊青年，皆是英挺的模樣。一色都穿著空軍的軍裝，臉上明朗的笑容，將屋子頓然點亮了。走在前頭的那個，手裏舉著一瓶香檳，遙遙地便對林先生展開了臂膀，喊了聲「姐」，兩人便緊緊擁抱在了一起。

榮瑞紅看出，這個青年在一班孔武的同伴中，眉眼是清秀些的，與林先生有些相似。林先生回過頭來，將他推到眾人面前說，這是我小弟若恆。這些，都是我的弟弟。今天是個大日子，聚會的主題，是為他們的。他們從空軍軍官學校畢業了。

林先生此刻，臉上的表情與平日的寧靜不同，是有些激昂的。

這些青年面對著她，站定，立正。其中一個領頭的，大聲說，敬禮！他們便齊刷刷地叩了軍靴，端正地對林先生敬了一個標準的軍禮，一邊說，家長好！

這話在旁人聽來，似乎是諧謔之語，但看他個個面容肅穆，才知道是實情。原來，這些青年在昆明都沒有親屬。梁先生夫婦，是他們的「名譽家長」，方才還在空軍軍官學校的畢業典禮上，為他們致詞。

倒是林先生連擺手道，吳耀慶，怎麼到了家裏，還這麼多規矩呢？

這領頭的青年，這才讓同袍們脫了軍帽，在席間坐下

來。坐下來了，仍是筆直的。倒是金先生舉起了酒杯來，說，斯成，你倒說句話。對著這兩排兵馬俑，我可真是動不了筷子。

大家一陣哄笑，他們這才鬆弛下來，恢復了年輕人該有的樣子。梁先生倒上一杯酒，說，我今天上午已經說過。明天，你們就要上戰場了。這杯酒是我做家長敬你們的，等你們凱旋。

錢先生便道，斯成，哪有上來就喝送行酒，「風蕭蕭兮易水寒」嗎？既然是慶賀畢業，應該要喝香檳！

聽到這裏，這些士官生有了大男孩們的活潑，忙著開香檳，看瓶塞「噗」的一聲射出去，都興高采烈起來。

菜都端齊了，吃到一半，上來了一盤油淋雞。雞是林先生自家養的。今天早上現殺，十斤的雞公剛貼了一季的膘，正是好吃的時候。大塊地生炸，高高堆一盤，也是蔚為壯觀。這群小伙子，可是放下了剛來時的矜持，你爭我搶地，蘸花椒鹽來吃，頃刻盤子便見了底。林先生問他們好不好吃。有一個便嘆道，比「映時春」的還好吃。這「映時春」，是武成路上的一家館子，做油淋雞是最出名的。

林先生說，今天你們有口福，我請來了咱龍泉的大廚來。她就也端了酒杯說，我們也該敬瑞紅姑娘，為這一餐畢業飯，陪我忙活了一個後晌午。

榮瑞紅不羞不臊，倒也爽利利地站起來，端起酒，一飲而盡。一個男孩見了，拍起巴掌，說，真是個女中豪傑。比

我們翻譯科那些小姐們，扭扭捏捏的強多了。

林先生說，那大家說，我們瑞紅手藝好不好？

眾人道，好！

林先生又問，那人生得俏不俏？

有人又用雲南話大聲答，老實俏！

剛才那個男孩，帶著幾分醉態道，這就是人常說的「入得廳堂，下得廚房」。姑娘，等我把小日本的飛機都打走了，就回來找你！

林先生將一塊滷牛舌放在他碗裏說，樊長越，就你口甜舌滑。這塊「撩青」當給你吃。我們瑞紅名花有主，等不得你。

剛才還沉浸在這快活的空氣中，瑞紅此時心裏忽然輕顫了一下。她不禁抬頭，望一望寧懷遠。林先生對著寧懷遠說，懷遠，我人給你帶到了，你可是要爭一口氣。

剛才那個叫長越的男孩，顫悠悠地站起來說，說，秀才，你遇到我們這些當兵的，是要比文，還是比武？

林若恆拉住同伴。他卻一把掙脫開，說，我們這一去……你們，有幾個還準備從天上回來的？怎麼，還不許老子過過嘴癮……

這戲言，忽然讓在場的人都沉默了。每個人，似乎都靜止在了方才刹那的言行中。這沉默，在每個人心裏都似乎過於的漫長。在沉頓了數秒後，他們都聽到了一陣音樂聲。是，莫札特的《小夜曲》。這聲音開始彷彿是幽微的，似乎

在微妙的節點上試探，滲入這沉默。慢慢地，延展、寬闊、豐盈，漸漸將這房間填充起來。是那個叫吳耀慶的年輕軍官，手中持一把提琴，在靠近壁爐的角落裏，旁若無人地演奏。

眾人無聲地聽，看這軍裝青年，側著臉龐，沉浸在他自己的動作中。那臂膀屈伸的優雅，彷彿軟化了軍人堅硬的輪廓。而他身軀的剪影，被燈光投射在了壁爐上，也是高大而柔軟的。

一曲奏罷，他輕輕躬身向他的聽眾行禮，彷彿在樂池中的鄭重。

眾人鼓起掌來。榮瑞紅説，真好聽。

林先生説，我許久沒聽到耀慶奏這一支了。這是我和這些弟弟們結緣的曲子，我從未和人説過這個故事。

林先生在椅子上慢慢地坐下來，説，日本人轟炸長沙的時候，我們乘汽車取道湘西，到昆明來。走到晃縣，已經沒有車了。我的身體不爭氣，又得了急性肺炎，發著高燒。這一個小縣城，到處都是難民。我們抱著兩個孩子，一路探問旅店，走街串巷，竟然連個床位都找不到。天下起雨，越來越大，我止不住地咳嗽。這時候，忽然聽見，在雨聲裏頭傳來一陣小提琴的聲音，正是這首《小夜曲》。在這邊城，有這樣的樂曲，讓我們心裏都安靜下來。斯成冒著雨，循著琴聲找到了一所客棧，敲開了門。裏面是一群穿著航校學員制服的年輕人。那個拉著小提琴的正是耀慶。他們趕緊將我們

迎進來，給我們騰出了房間，又給我找來了醫生。我們這才
安頓下來。

所以往後，我聽到這首曲子，就會想起那個雨夜。我和
這群弟弟，是以琴聲相認的。後來，我們來到了聯大，他們
也來了昆明，大約注定是要重聚。他們給孩子們做飛機模
型，還帶來子彈殼做的哨子。再後來，我將若恆也送進了航
校。他們現在，都要飛走了。

瑞紅看出她有些傷感，便逗她說，他們都是老鷹，老鷹
就是要望高處飛的。不飛走，難道留著下蛋嗎？

林先生聽了，勉強地笑了笑，說，是啊。他們駕駛的是
「老鷹式七五」。他們都是老鷹。

看著耀慶舉著琴弓，遙遙地抬一抬手，樂曲便又響起
了。在這低迴婉轉中。林先生站起來，吟誦道：

> 別說你寂寞；大樹拱立，
> 草花爛漫，一個園子永遠睡著；
> 沒有腳步的走響。
> 你樹梢盤著飛鳥，
> 每早雲天，吻你額前，
> 每晚你留下對話，
> 正是西山最好的夕陽。

梁先生走到了太太的面前，將手背到了身後，屈下身，
做了個邀舞的動作。林先生便將手放在他的手中，兩個人便
在樂曲中起舞。這舞的好看，是榮瑞紅從未見過的。不同於

雲南的各種舞蹈，它既不慨然，也不激揚。而又說不出的曼妙，讓兩人渾然一體。林先生此時，大約將一個女人的美，體現到了極致。而她卻又覺出了樂曲的似曾相識。她回憶了許久，終於想起，這正是她和寧懷遠在城裏看的那齣電影裏的歌曲。她記得非常清楚，唯有那時，因為沒有「講演人」的打擾，她完整地聽完了這支歌曲。

這對主人舞蹈著，漸漸走出了屋外，走進了更為廣闊的園地裏。樂曲便也追了他們出去。這時竟然有很好的月光，灑落在他們身上。他們的背景便闊大了，近處的竹林，在微風中簌簌作響。遠處的山巒，幽深的輪廓，似乎也在跟著音樂起伏。榮瑞紅想，他們多麼美啊。

這時，一隻手牽上了她的手。是寧懷遠，將她的另一隻手放到自己的肩膀上，然後輕輕摟住了她的腰。她低聲斥他，我不會跳，你讓人看我洋相！

他輕輕說，跟著我。

她便跟著他，聽著他輕聲地在她耳邊打著拍子。她漸漸地跟上了，她覺得自己也舞起來了。身體變得輕盈，像是被這夜裏的風托舉起來。她跟著音樂，而耳邊的其他聲音也因此而放大。金汁河潺潺的水聲，草間的鳴蟲，不知何處歸家的牛低沉的哞叫。她將眼光收回，看著眼前青年，此時也正專注地看著她，似乎有些憂心忡忡。她抬起頭，猛然看見，屋瓦上還有一雙眼睛。那是阿爺親手製的瓦貓，在暗夜裏，守護著這房子，也看著她。

　　他們將這些空軍畢業生送走了。青年和梁先生夫婦，一一擁抱作別。除了那個叫樊長越的男孩，已經不省人事。李先生帶來的景谷酒，後勁是很大的。眾人目送他們，看他們遠遠地走入了鄉間的小路，消失在了夜色裏。但是忽然，從遠方傳來了響亮的歌聲。開始是齊整的，但後來，有的小伙子唱得聲嘶力竭，彷彿還帶了哭音。但這聲音仍然穿透了暗夜，也洞穿了榮瑞紅的耳鼓，在她頭腦裏久久不去。

　　「得遂凌雲願，空際任回旋，報國懷壯志，正好乘風飛去，長空萬里復我舊河山，努力，努力，莫偷閒苟安，民族興亡責任待吾肩，須具有犧牲精神，憑展雙翼，一沖天。」

　　林先生說，這是他們的校歌。

七

2006 年 6 月 25 日，星期六，雨

念青卡瓦格博多吉祥
神山扎那雀尼多吉祥
紅坡護法神靈多吉祥
房頂五彩經幡多吉祥
灶神如意寶貝多吉祥
日松貢波三角多吉祥

——德欽弦子摘錄

今天，他們告訴我，最後一具登山隊員的遺體被發現了。

我趕到的時候，正看到大丹巴和山本長智從冰川上下來。他們手裏還拿著塑料袋和釘鎚。大丹巴在水渠邊用水沖洗解放鞋上的泥。山本將鐵釘的腳掌從高幫的登山鞋上取下來。

我問山本，確定身份了嗎？他點點頭。他說，遺體已經送去大理火化了，已經通知了家屬。他從口袋裏取出一張照片，上面是個戴著黑框眼鏡的年輕人，對著鏡頭微笑著，笑容十分純淨。山本說，柳上健吾。最後一個失蹤的日本隊員找到了。他的任務也完成了，要回去日本了。

從 1991 年的那場「扎吾」發生，七年後，遇難者遺體才陸續在明永冰川上被採草藥的藏民發現。在當地人眼中，冰川

是聖域。他們說，「扎吾」是因為登山的人觸怒了山神帶來了災難。即使山難之後，還連年出現雪崩、塌方與洪水。登山者以忌諱的方式侵擾了雪山，但死亡消弭了對大山的餘孽。卡瓦格博收留了他們的靈魂，將身體還給了他們的來處。

我問大丹巴，有沒有其他的發現。他搖搖頭說，年輕人，這不是我們的發現，是卡瓦格博的饒恕和交還。

多年以後，榮瑞紅收到了那張照片。她未想過，這會是那個聚會最後的定格。照片是林先生的女兒寄來的。每個人都笑得如此粲然，帶著一種坦白的明亮。除了林先生的兩個孩子，寶寶和小弟，他們在大人們中間，似乎有些不知所措。孩子臉上的茫然與遲疑，是面對鏡頭的，或許也是面對他們所難以預知的未來。

收到照片時，恰逢鎮上的野百合盛放，一如她遇到寧懷遠的那個夏天。她想，很多事情，早一些或者遲一些。大概都會不一樣了。

在那次聚會半年後，榮瑞紅覺得，寧懷遠忽然有些不一樣了。

他似乎經歷了一些成長。以瑞紅的見識，不足以判斷這成長的性質。但是，這卻是來自於一個女人的直覺。

此時的清華文科研究所，搬來司家營後，已取得了很大的建樹。聞先生所帶的研究生裏，有季鎮淮、施子愉、范寧、傅懋勉等人。而這群「一支公」裏，大約最受其器重

的，便是寧懷遠。跟聞先生習學，需要一股子倔勁，每日孜孜同上古文獻打交道，這寧懷遠有。但寧懷遠對榮瑞紅說，僅僅這樣還不夠，還要有科學的精神。榮瑞紅問他什麼是科學精神。他便同他講了「賽先生」「人類學」與「理性」。榮瑞紅就更加聽不懂了。他便說，他很佩服聞先生，說聞先生寫過一篇《伏羲考》，考證出龍是由蛇變來的。他滔滔不絕地說了很多。榮瑞紅便有意扁扁嘴，說，這也需要考證嗎？就好比我們的瓦貓，這樣兇，一望即知是老虎變來的。懷遠並不生氣，只笑她婦人之見，說倒是給了他靈感，將來自己要寫一篇民俗學的文章，研究研究瓦貓。他又說起聞先生的博學與寬容，說自己曾經想寫一篇文章，證明屈原在歷史上的不存在。這有點冒天下之不韙，沒有了屈原，《離騷》《九歌》便沒有人寫了。聞先生並不斥他，這是開出了一系列文獻，說，你先讀了這些，讀完了再決定寫不寫。他讀完了，汗顏自己的學問淺薄，也打消了念頭。榮瑞紅聽了，惱他道，還虧好有了聞先生，你若是敢寫，別說是我阿爺，連我都不讓你進家裏的門。

屈子在滇地的名望，並不輸於三湘。榮瑞紅說，若是沒有了屈大夫，每年端午時候，那千百個投到河裏的粽子，不是都白投了。你一篇文章，就毀了這麼多人的念想，難道不是罪過嗎？

懷遠便望著她笑，眼光卻是鄭重的，不當她是無理取鬧。而瑞紅，鎮日聽他說著自己聽不懂的話，內心裏卻是歡

喜的。她覺得，他明知道她聽不懂，還要説給她聽，便是心意了。

然而，近來，懷遠卻不和她説這些了。他甚至不怎麼到家裏來。連榮老爹都忍不住，説，什麼有心跟我學瓦貓，三天打魚，兩天曬網！

榮瑞紅便跟他辯白，説，懷遠要畢業了，要寫論文。

榮老爹説，什麼文，能厲害過我們袁狀元的文嗎？寫出來，能有人給他頒個「大魁天下」的牌匾，掛在聚奎樓上？

瑞紅心裏頭很不服，覺得爺爺倚老賣老，拿前朝説事。剛想辯，又怕他説自己胳膊肘子外拐，便哼一聲道，厲不厲害，寫出來才知道！

這一日，瑞紅黃昏過去給「一支公」做飯，卻聽見了堂屋裏頭的爭論。竟是聞先生和懷遠。聞先生是個嚴師，口氣一向剛硬。可懷遠歷來都是個面脾氣，何曾説話這樣火氣過。

她終於忐忑起來。旁邊的一個研究生就説，我這個師兄，怕是瘋了。紅姑娘，你可要好好勸勸他。

説起事情的原委，原來懷遠將畢業。聞先生專程致信梅校長，在聯大為他爭取到了講師的位置。信中寫「寧君畢業成績，為近年所僅見」，可謂是力薦了。但是聘書下來後，懷遠卻自作主張，報考了昆明的「譯員訓練班」。

瑞紅喃喃問，這訓練班是做什麼的？

那人便説，是為了飛虎隊吧，也幫忙訓練中國軍隊。譯

訓班是國民政府軍委會設的，在昆華農校，辦了許多期了。不知師兄怎麼忽然報了名。學完了，一批到前線，聽說還有些發往了印度去。

　　這時候，就見堂屋的門響了，懷遠急急走了出來。走到了大門口，嘴裏狠狠地迸出一句，「百無一用是書生」。

　　榮瑞紅的心，倏地一緊，然後一點點地涼了下去。她想，這麼大的事情，寧懷遠從來都沒有和她說過一字半句。原來，他，就要離開了龍泉了嗎？

　　榮瑞紅便追出去，將自己攔在寧懷遠身前，定定看著他，也不說話。寧懷遠也看著她，不說話。兩個人就這樣對望著，不知過了多久，寧懷遠臉上因激動而泛起的紅，這時一點點地消退下去。

　　他忽然執起了榮瑞紅的手，拉著她，快步地往前走了幾步。忽然間，他跑起來。他拉著她，跑得越來越快。他們沿著金汁河岸一路向前跑。漸漸地，瑞紅看見，沿途人和風景都模糊了。人們看著兩個青年人在跑，前面是個學生裝的後生，後面竟是榮老爹家的孫女。有些小孩子，歡呼著，跟他們一起跑。終於跑不過他們，被遠遠地甩到後面了。他們就不知疲累似的，越跑越快。瑞紅聽到耳邊的風呼呼地響。高大的槐樹，結著成串的槐花，那清澈的味道也在空氣中飛快地流動，好像在跟隨著他們一起奔跑。

　　他們的眼前，終於開闊了，看見了青晏山。金汁河也在這裏寬闊了，有了浩浩湯湯的樣子。他們還是跑，山起伏

著，遠遠地被他們甩在了身後。水流淌著，高低、彎折、騰挪，不放過他們似的。此時正是雨水豐盛的時候，在下游形成了一個瀑布，瀑布跌落的盡處，便是一汪清潭。他們終於在潭邊，停了下來。氣喘吁吁地，你看看我，我看看你，不禁大聲地笑了起來。

他們在潭邊的草地上躺了下來。兩個人，面朝著天空。天上有遊雲，那樣的大而白，一層疊著一層。瑞紅辨認著它們，那前後相接的，像是馬幫的隊伍。打頭的是手持馬鞭的馬鍋頭；那點著腦袋的，舉著煙桿的，像是麥地村專幫人說媒做營生的六婆；那在雲裏隱現的陽光，忽然變得渾圓，像是滾動的龍珠；端坐在雲端的，有些兒得像老虎，將這龍珠銜在了嘴裏。不是，哪裏是什麼老虎，這就是我家自己的瓦貓吧。

風吹過來，是青草味，是草被晾曬了一天冷卻下來的清爽。身下的草地是毛茸茸的，隔著衣服密密地瘆著皮膚，有些舒適的癢。她深深地吸了一口氣，然後將眼睛閉上了。這時候，她的唇忽然被捉住了。她在慌亂間張開了眼睛，看見了寧懷遠也在看著她。他眼中，並沒有焦灼和慾望，是牛一樣溫厚的目光。這讓她安心了。她忽然捧起他的臉，也吻了回去。這男人的唇，很柔軟，有一種令人心醉的暖意。她覺得她的身子，也軟了，甚而骨骼也一點點地化了下去。在融化的邊緣，她忽然打起精神，掙扎地問他，你，不會走吧？

男人愣住了，有些緊促的呼吸，一點點均穩了下來。他

翻過身子，像方才一樣，和她並排躺下來。他們仰面躺著，不再說話，看著天一點點地黯淡下去。然後暮色濃重地，將二人包裹進去了。

是這個秋天，林若恆的中正劍，被送回了梁家。

龍泉人，不喜熱鬧，各家各戶都安靜地過日子。對於白事，他們卻看得很重。「嚎喪」是一種傳統，是對逝者的敬。說是嚎，其實是唱，大聲地唱，唱得一波三折。生人唱，唱給去的人，也唱給自己。唱去的人的一生，唱完了，便是斷了陽世因緣。從此生者平靜地過自己的日子。

還有的，就是要在去者的碑頭，安一只小的瓦貓。保佑他陰宅德厚，不受魍魎牽繞。貓頭要向著他生前所住的方向，在泉下庇蔭在世親人。

榮瑞紅從未經過這樣樸素的喪儀。

她看著屋瓦上的那只瓦貓，也望著她。大約經歷雨水與風化，顏色竟已有些蒼青了。秋風吹拂過屋頂，將焦黃的葉子掃下來。這些枯葉又被風揚到了空中，飄幾下，終於還是落在了地上。

一隻白燈籠，吊在屋簷底下。那菱形的窗格上，綴著白色的流蘇。她捧著瓦貓走進去，不見設靈。在壁爐的方向，有一叢菊花，是極淡的青綠色。兩邊掛著一副篆書輓聯，「星沉翰海，風逐青天雨落淚；月冷關山，露沾碧嶺竹

吟聲」。

這聯是金先生的手筆。寧懷遠手中抱著一只相框，瑞紅走過去，見是一幅炭筆的畫像。畫像上的人，正是那個僅謀一面的青年人。有著和林先生一樣寬闊的前額，與一雙典秀的眼睛。這些飛行員，首次上天前，已經拍好一張照片。大約是做好了準備。此時你便在這眼睛裏，可以看到許多的東西，甚至還有一分不捨。

梁先生看了看，終於說，罷了，還是別掛了。我怕慧音受不了。

幾個人，便都在堂屋裏坐著。屋裏極靜，除了一只西洋座鐘的聲音。鐘擺左右擺蕩，大約到了正點，忽然「噹」的一聲響。在所有人的心頭，猛然擊打了一下。

金先生站起身說，還是叫她起來吧。

梁先生說，再讓她睡一會兒。天矇矇亮的時候，才睡著。

這時，他們卻都聽見臥室的門開了。林先生站在門口。她的臉色虛白著，眼睛有些浮腫。人們不知她是何時裝扮停當的，穿了黑絲絨的旗袍，頭上梳了很緊的髮髻，胸口別了一小朵白絨花。她將自己的身體挺得直一些，但大約撐持不住，手扶住了門框。榮瑞紅連忙迎過去，想攙住她。她對瑞紅說，不要緊。

她走向壁爐。那叢菊花遮蓋下的，是一只黑檀木的盒子。她愣愣地看著，然後說，斯成，再打開給我看看吧。

梁先生猶豫了一下，說，慧音，你答應我的。送上路

前，不再看了。

林先生不說話，只是徑直自己伸出手，要將那盒子拿下來。

梁先生攔住她道，這又是何苦？

他卻終於小心翼翼地將那盒子捧住，然後端在了桌子上，打開。

榮瑞紅看見，盒子裏，擺著一摞信封，還有各式琳瑯的物件。

林先生的手撫摸上去，在這些物件上流連，最後落在了一本英文的詩集上。她抬起頭，望著眾人，竟然牽動了嘴角，有一絲慘淡的笑意。她說，自打咱們離開北京，我時常說，人總是聚不齊。這不到一年，他們兄弟八個，倒是聚齊了。

她轉過臉，看著瑞紅，說，紅姑娘，這支鋼筆，是樊長越的。就是說勝利了要回來找你的人，你還記得嗎？他是第一個走的。飛機剛上了天，「轟」的一聲，人就沒了。這副羊皮手套，是路易南的，湖南人，那天可愛吃你做的「黑三剁」了。一個個的，都走了。走一個，就寄給我一回。我的心就死一回，沒等活過來，下一封就又到了。這張威爾第的唱片，還是我送給耀慶的。他和阿恆搭著伴兒走的。一前一後。兩架飛機墜到了一處，還分得清誰是誰呢。

阿恆，你有這群兄弟陪著，姐放心一些。你從小就怕孤單，怕黑，我們都說你像個小姑娘。我問你在天上怕不怕。

你説不怕，我所有的膽量，都留給天上了。

　　林先生舉起那把中正劍，忽然緊緊地貼在臉上，久久的。然後，她臉上的肌肉，忽而抽搐了一下。她將這柄劍，鄭重地放回到盒子裏，將盒子蓋好。瑞紅看到，她眼裏頭方才有的一絲光，這時也一點點地熄滅了。

　　林先生説，不早了，我們走吧。

　　一行人，捧著這只黑檀木的盒子，走向青晏山腳下的墓地。彌陀寺的方丈，請來堪輿師傅，在面陽背陰地尋了一處良穴。除了樊長越，青年們都沒能找到完整的遺體，這便只是一個衣冠塚。方丈説，我龍泉，也算是有幸，青山埋忠骨。

　　嵐氣襲人，催著他們的步伐，不禁也就快了一些。

　　瑞紅遠遠地看見爺爺，原來在等他們。他捧著雲石雕的一只瓦貓，沉甸甸的。

　　安葬好後，他們仍在原地站著。看榮老爹將瓦貓小心地鑲嵌在墓碑上。碑上有四列方塊字，是八個人的名字。瑞紅認真地看，卻無從辨認。她從未為自己不認識字而懊惱過，此時卻覺得心裏無端地一陣空，空到竟至疼痛。她只認識自家的瓦貓，雖然小些，看上去卻是一樣的勇猛，會長久守著這些名字。

　　第二年的秋天，寧懷遠報名參加了青年軍。

　　這一年，日本在太平洋戰爭中已處於劣勢。為支援被困在東南亞和滇緬邊境的軍隊，日本急需打通從中國大陸到越南的交通線，因此在豫、湘、黔、桂發動迅猛進攻，從五月開始，洛陽、長沙、梧州、柳州、桂林相繼淪陷。入冬，日軍又攻陷貴州獨山，直接威脅貴陽，重慶、昆明均感震動。同時間，羅斯福對蔣介石保留自己實力的避戰態度相當不滿。為在中緬印戰區夾擊日軍，羅斯福致電蔣介石，敦促他加強在緬甸薩爾溫江的中國兵力和攻勢，如若貽誤戰機，需蔣承擔責任並將斷絕對蔣的援助。在這雙重壓力下，國民政府於一九四四年十月提出「一寸山河一寸血」的口號，發動十萬青年從軍運動。

　　聞先生和錢先生在校內發表了動員演講，有兩百多名聯大學生報名參軍。

　　年底時學校舉行歡送同樂會，聯大劇團演出夏衍、于伶、宋之的三位合作的話劇《草木皆兵》。

　　榮瑞紅跟懷遠看完了劇，對他說，聞先生告訴我了，你要走。你帶我來看這齣劇，是告訴我，我想攔，也是攔不住的。

　　懷遠問，你不想讓我走嗎？

　　榮瑞紅向前走了幾步。她想，兩個人，怎麼就來到了翠湖岸邊了呢？

　　那闊大的水上，升起了一輪巨大的圓月，靜得不像真的，倒像是方才舞台的佈景。有些捕魚的水鳥，翅膀在水

面上掠過，激起了漣漪，一圈圈的。這靜中的動，卻又是真實的。

　　她想起了寧懷遠的話，便問，你說翠湖邊上，有一棵老大的梨花，是在哪裏？

　　寧懷遠說，等著我。等我回來了，我們一起去看。

八

2006 年 7 月 2 日，星期日，晴

> 我往高高的山上走，
> 遇見小小的菩提樹。
> 樹兒發出淡淡清香，
> 我點燃香火燒得旺，
> 大地才能風調雨順。

──德欽弦子摘錄

　　十點多鐘，我到了九龍頂。在藏語裏，意思是「有很多楊柳的地方」。可是，我並沒有看到一棵樹。這裏位於瀾滄江邊的山崖，夾在卡瓦格博和四千多米的扎拉雀尼雪山之間。峰巒疊嶂，直插入江。這裏是茶馬古道上聯結德欽和雲南內地的通道，也是去卡瓦格博的朝聖者外轉經的必經過之路。

　　到了朝陽橋，那裏有個轉山接待站。我放下東西，跟轉經人去支信塘。在小廟裏燒了香，點了酥油燈，取了進山鑰匙。接待站的人說，這回來轉山的，多半是本地的藏族，還有四川甘孜來的。我看看他們帶的東西，其實很少。主要都是食物，酥油、糌粑、琵琶肉、青稞酒。有個康芒來的老人看我一眼，說，你的鞋子不行。我看他穿的是高幫的解放鞋。他說，現在是雨季，上山到處都是水坑。你的皮靴濕透了，重得走不動路，

解放鞋走走就乾了。他看看我的腳，從自己的背囊裏頭，拿出了雙解放鞋叫我換上。我一穿，居然正好。我要給他錢，他擺擺手，好像生氣的樣子，很快地跑走了。我走了幾步，腳下果然輕快了不少。

寧懷遠再回到龍泉時，是大半年後了。

他是悄悄回來的，沒有告訴榮瑞紅。

這時候日本已經投降。聯大的學生們，大多都回來了。他們所屬的青年軍二〇七師炮一營，就此解散。這個營隸屬輜重兵第十四團。在印度東北部阿薩姆邦密支那附近的蘭迦基地，他學會了駕駛。然後上史迪威公路施行運輸任務，這也是他執行的唯一一次任務。

因為聞先生全家與朱先生，已經搬回了城裏。司家營的文科研究所，忽然空下來了，只餘下「一支公」幾個還未畢業的兄弟。他們將寧懷遠安置在了北廂房的閣樓上。那裏很僻靜，擾不到人，也沒有人擾。

但一周之後，榮瑞紅便知道了。她跑去北廂房，幾個箭步便上了閣樓，使勁拍門，大叫，寧懷遠，你給我出來。

廂房裏沒有動靜，她又說，好好地，「一支公」誰會讓我在黑三剁裏多放辣子。我知道你在裏頭，是人是鬼，你應一聲。

裏頭還是沒有回應。她卻聽到「吱呀」一聲，像是床板

的響聲。

她便推開門進去了。

閣樓只有一扇很小的天窗，光線昏暗。大約因為剛才推門掀動了空氣，那束光裏邊有許多塵土在飛舞。只片刻，這些塵便紛紛落在了地上，光束便又通透了。她的眼睛，已經適應了房間裏的幽暗。穿過這光束，她看到床上坐著一個人。

她遲疑了一下，慢慢地走過去。這個人，留了一口大鬍子。但是她還是一眼就認出，是寧懷遠。刹那間，這男人用胳膊肘擋住眼睛。

榮瑞紅想，他是不想看得到光，還是不想看到自己？

她走到床邊，説，寧懷遠，你看著我。

寧懷遠沒有動，但他的嘴角抽搐了一下。

榮瑞紅忽然間捉住了他的胳膊，要拿下來。這男人將身體縮一縮，蜷在床頭，同時間更緊地護住了眼睛。

榮瑞紅拖著他，將他往床底下拖。她不知道哪裏來的這把子力氣，狼一樣。她不管不顧，將這男人硬是拖下了床。寧懷遠一個趔趄，高大的身形，曲折地晃了一下，摔到了地上。他艱難地想要站起來，卻徒勞。榮瑞紅看到，他的右腳已變了形，翻轉著，在地上輕微地抖動。寧懷遠在掙扎中，胳膊落了下來。他用手撐著地，同時在右腳上使勁砸下去。

榮瑞紅看見了他的臉。這時候，懷遠恰好身處在從天窗投射過的那束光之中。瑞紅看見了他的臉。

她捧起了這張臉。

寧懷遠下意識地又要擋住，被榮瑞紅死死地壓住了胳膊。

這張臉上，一隻眼睛，在瑞紅的目光裏躲閃。另一隻，只有一個黑洞。

這黑洞，已經乾涸了。能看見一絲醜陋的黑紅的肌肉，纏繞著，從眼睛裏貫穿下來，到鼻樑，便成了漫長的疤痕。蜿蜒著，如同一條在皮膚下爬動的蚯蚓。

漸漸地，寧懷遠不再躲，他終於迎上了瑞紅的目光。他輕輕説，一車人，就活了我一個。當時要是選了另一條路，就不會碰上那些地雷了。

瑞紅看見這隻眼睛裏，流出了一滴淚。也僅有一滴而已，沿著臉頰流淌下來，沿著粗糙的皮肉，卻在另一處嘴角的疤痕停住。

瑞紅伸出手指，將這滴淚拭去了。她將男人的頭，慢慢攬在自己懷裏。她沒有再説話，他也沒有。這時候，他們頭頂的那束光，因為夕陽的移轉，也黯淡下去。黑暗濃厚了，將他們包裹了進去，藏得一星也看不見了。

榮瑞紅，把寧懷遠接到了家裏來。

她在瓦貓作坊裏，架了一張床，讓他睡。

榮老爹終於氣得説不出話。瑞紅站在跨院裏，和阿爺吵，吵得驚天動地。

他用煙袋鍋子點著瑞紅，説，一個沒過門的黃花閨女，

將個男人養在家裏頭。你讓我老臉往哪裏擱？！

瑞紅聽到了外頭有聚集的人聲。她索性打開了門，走了出去。看到她出來，人們便退後了一些。她站定了，面對烏壓壓的人群，大聲地說，我榮瑞紅，要跟這男人結婚了。來看熱鬧的，都說句道喜的話吧！

又過了一年，懷遠的腿，能在村裏走動了。

雖然還是一瘸一拐，但外翻的腳，硬是給瑞紅矯過來了。她學了洋大夫打石膏的法子，用陶土為懷遠打了副，給他固定在床上。隔半個月就換一副，開始時鑽心地疼。寧懷遠不喊不叫，瑞紅便讓他攥著自己的手。一個時辰下來，再看她的手，沿著虎口到手腕，都是青紫的。這樣一副，又一副，慢慢地就養好了。可是腳踝已經變了形。能下地走路了，就是身子有些撐。

老爹也去了，已有小半年。沒病沒痛，就是有一天，瑞紅早上起來喊不應。走進去，人已沒氣了。臉相很安穩，壽終正寢。

算起來，虛歲八十五，也是喜喪。村裏老人搖頭，這一家人，一年裏頭先辦喜事，又辦喪事。喜事辦了個不倫不類，沒按公序良俗，在村裏頭落了說法，喪事也就不好鋪張。有人議論說，榮老爹規矩了一世，行善積德，就為個好名聲。臨到了，自己卻沒個風光的後事，也是各家人各家命啊。

到了寧懷遠能跟上自己的步子，瑞紅便硬將他推出門去。帶著他，見人就打招呼。懷遠有些閃躲，打招呼的人便也很不自在。但是瑞紅便還是要他出去，一句句地教他龍泉的地方話，要他自己開口喚人。

這樣久了，他似乎已沒有了名字。鎮上的人，都叫他瑞紅家的。他走到街上，後面有小孩子跟著，學他走路的樣子，跟著他大聲喊他「躓子」和「瞽子」。龍泉這個地方頗奇怪，民間的語言是極為古雅的，就連罵人也是如此，卻不會減輕攻擊的份量。「躓子」是笑他瘸腿，不良於行，這個字的狠惡之處是多半用來形容牲口。而「瞽子」，自然是説他瞎了一隻眼。

自小到大，他未感受過這樣的惡意，於是感到屈辱，不願意再出去。但是瑞紅倒不為意。她問，他們説錯了嗎？你自己説，你是不是又瞎又瘸？

懷遠猛然被將了一軍，有些吃驚地看著瑞紅。瑞紅將一塊泥坯狠狠地摜在木台上，用胳膊肘擦一下額頭的汗。她説，待他們説煩了，説膩了，説到舌上生繭了，自然就不説了。

不管這其中的是非臧否，老榮家的龍泉瓦貓，依然是一塊招牌。這是榮老爹留下來的好基業。鎮上的人，漸漸知道了瑞紅一個年輕女子，可以獨當一面。龍泉這地方的人，內裏是厚道的。這體現在不計前事，看的是眼前的理兒。他們想，這一家做事雖不循例，但並未傷到誰。如今難了，是應

該幫一幫的。

於是，跟老榮家訂瓦貓的人，又多起來。誰家開宅起基了，做白事了，甚而老人合葬遷墳了，便都找他們。漸漸地，生意甚至比先前老爹在世時，還更好了些。

瑞紅呢，就將這送瓦貓的活，都讓寧懷遠去。寧懷遠不想去，她就逼他去。鎮上的人，開始時有説法。他們看他瘸著腿，端著瓦貓，顫巍巍地在路上走。身形從背後看，也是扭曲的，多半覺得有些淒涼。那瓦貓上的紅綾子，有次纏住了他的腿。按規矩，送瓦貓的人，半路上是不能停的，更不能將瓦貓擱下。他整個人就更為狼狽，路過的人幫他，心裏也説瑞紅有些狠。這樣的人，怎麼能當個人用呢？更擔心的，是他手腳不利索，將那瓦貓給摔了。這在當地，是很不吉的。

但是過了段日子，他們發現寧懷遠走得雖慢，步伐並未有懈怠與毛糙。甚至經過了時日，走得越來越穩了。他們就看出這人，內裏是很要好的。對他也就和善了起來。説到底，對有難的人，心裏總是不忍的。人們便想，亂世裏頭，龍泉留下這麼個外鄉人，也是造化吧。

有不懂事的小孩子，仍然跟著寧懷遠，恥笑辱罵他。倒是旁邊的大人追過來，作勢打孩子，給他賠禮。此時，寧懷遠倒真的也不在意了，竟然回過頭，衝孩子們做了個鬼臉。

斗轉星移，誰説時間不是個好東西呢？寧懷遠漸漸也明白了，日子是過給別人看的，最終還是過給自己。這樣樸素

的道理，寧瑞紅早就看得比他明白了。他再去送瓦貓，脊樑
便挺得直直的。「自重者人恆重之。」讀書讀來的話，他也
才算真正懂了。請瓦貓的主人家，對他客客氣氣的。他本來
就是個有禮數的人，又有讀書人的書卷氣，是很讓人生好感
的。瑞紅經了歷練，風風火火，有了家中主婦的樣子。鎮上
的姑娘和小伙，便叫懷遠「姐夫」，是帶著親熱的。但瑞紅
卻不滿意，逢人便說，我們家懷遠幫教授做事，是做過先生
的。這時，聯大北歸，鎮上的教授們已經次第離開了。但人
們還都記得這份淵源，便將寧懷遠的留下，視為對這段回憶
的紀念。因為懷遠送瓦貓的形象已經深入人心，他們便開始
叫他「貓先生」。小孩子們，就叫他「貓叔」。雖然是戲謔
之言，內裏卻是溫暖的。

有天他回來，瑞紅問他，今天是個什麼日子？他仔細地
想了又想，非年非節。他又看瑞紅正色，莫不是給誰家送瓦
貓，一時疏忽忘了。他便有些忐忑。

瑞紅說，傻佬，今天是你的生辰。你一個城裏人，怎麼
忘了呢？

他心裏一驚，自離開北京，他已經許久沒過什麼生日了。

瑞紅變戲法似的，從手兜裏掏出了一個荷包，放在他
手裏。

他便拿出來，是一副墨鏡。是飛行員戴的那種，很精
神。鏡框是金絲邊的，下緣的地方有些磨損了。其他都是完
好的。

　　瑞紅撩起衣襟，將這墨鏡的鏡片擦一擦，只輕描淡寫地說，我和班姊妹去趕「鄉街子」，看見貨郎擔上擺著。我說這個我要了，誰都別和我搶。

　　說罷了，她便給寧懷遠戴上，仔細地看了看。她滿意地說，貨郎說得對，戴上這個，比飛虎隊還排場。

　　她便從桌上拿了鏡子。寧懷遠閃躲了一下，他許久沒照鏡子了。瑞紅便使勁打他一下，喝道，你有點子出息！他終於才看鏡子裏頭的人。這墨鏡遮住了他的眼睛，也蓋住了鼻樑上的一點傷疤。那餘下的大半張臉，在鏡子裏頭，算是完好的。

　　瑞紅便一點點地，將親手給他做的眼罩取下來。她在他耳邊輕輕地說，我男人出去，要體體面面的。

　　聽到這句話，寧懷遠忽然哭了。他失聲痛哭。自從出事以來，他其實從未這樣哭過。甚至做手術時，因為不能上麻醉，醫生將彈片和那隻破碎的眼球，從他的眼眶裏取出來時，他都沒有這樣哭。

　　此時，他哭了。他想，或許這女人的強大，讓他猛然地軟弱下來。他於是也放任了自己，眼淚從他的一隻眼睛裏不斷滾下來，像是一道洶湧的泉流。

　　這個冬天，瑞紅生下了一個男嬰。

　　她對懷遠說，我和你商量，這個孩子，能用我們榮家的姓嗎？

懷遠說，我無父無母，隨你。

瑞紅說，你這麼說，倒好像是我欺負了你。榮家的手藝，是要傳下去的。那好了，第二字用你的姓，總成了？

於是，這孩子叫榮寧生。懷遠定的，因為是他們倆生的。如此起名字，一目了然，實在也沒費什麼力氣。瑞紅便扁扁嘴，我聽村裏私塾的先生說，起名字有說法。女詩經，男楚辭，文論語，武周易。你是學這個的，不能虧待咱們的孩子。

懷遠說，我的名，是張九齡的詩裏來的；字是《大學》裏的。你看我的命好嗎？要是一個名字就能定下了命，人活得還有什麼奔頭。寧生，我看，讓他一輩子安安穩穩的，很好。

開春時候，鎮上辦了小學校，請老師。可臨近開學，縣上派下來的國文老師，卻因為家事，忽然來不了。做校長的措手不及，發著愁，便在村裏轉悠。

他在一家人門口，看到副春聯。上寫，「大序歸於六義；先師蔽以一言」。字是用的很秀拔的瘦金體。他想一想，便敲開了門。

榮瑞紅正在製陶，在圍裙上擦著雙手的泥。打開門，見是個陌生人。便問他找誰。校長說，我找這寫聯的人。

瑞紅道，聯是我男人寫的。人都說這不像個春聯。

校長便笑笑說，我可以見一見他嗎？

瑞紅引他進來。校長便看一個男人從作坊裏走出來，是
當地人的打扮，身量倒是西南人少有的高，走路有些高低
腳。但見他鼻樑上，還戴著一副飛行員用的墨鏡。整個人便
無端有一種時髦的滑稽。

兩人坐下來，寒暄了一下。校長便聽出了他北方的口
音，便問，小哥不是本地人啊？

懷遠便搖搖頭，未說話。

校長看見他嘴角上的疤痕，便不再追問，只和他聊起當
地的風物，聊著聊著，便聊起那副春聯。看他健談起來，漸
漸便又聊到有關《毛詩》裏的一樁公案。

聽懷遠的一番談吐，校長點頭稱是，心裏先有了數，竟
至有些激動。他想，這個龍泉，還真是個藏龍臥虎的地方。

他便說想請他到小學校做國文老師。如果他願意，明天
就擬聘書。

懷遠聽了，愣一愣，繼而苦笑道，您也看見了。我又瞎
又瘸，怎麼為人師表？

校長說，我請的是你的學問，不是樣子。

懷遠又說，我沒有什麼學問，都是些鄉野小識。我就是
個手藝人。

瑞紅在旁急急說，就你那三腳貓的工夫，也配說自己是
個手藝人！校長，我聽懂了。你是要聘我男人去當先生。他
以前做過先生，他是在聯大讀的書。

校長沉吟道，如今聯大在籌備北歸了，沒有想著要回

去嗎？

　　幾個人便都沉默了。兩隻春燕，剪著尾巴，在他們的頭頂掠過，停在作坊的簷子下面，嘰嘰喳喳地，忙著築巢。

　　這時候，瑞紅開了腔。她的聲音與平日不同，慢而有力，每個字出來，都像是落在地上的銅豌豆。她說，寧懷遠，往日人叫你「貓先生」，是好心抬舉你。你現在就給我去，做個實實在在的先生。

　　小學校開在龍頭村的楊家祠堂。

　　楊氏一族，抗戰初期整族遷移，不知去向。但這祠堂卻留下來了。雖不軒敞，卻十分規整。外頭綠蔭環繞，花木扶疏，環境幽雅清淨；堂前的庭院裏栽著四棵桂花樹，經年鬱鬱蔥蔥。

　　拱門上掛著的「克繩祖武」的匾額，大約是紀念楊家祖上攻克匪患的事蹟。

　　供奉牌位的供桌，是留下了。但供的不再是楊氏的列祖列宗，也沒有了孔子像。掛了孫文總理的大幅照片，和他手書的「天下為公」的匾額。

　　幾個年級各有自己的教室，還有一間備課室，在偏廂。寧懷遠教這些小孩子國文，有他自己的辦法。以往教中學時，並不覺得，他發覺了自己講故事的才能。從《論語》到《春秋》再到《左傳》，一個解釋一個，他便當作人之常情來講。其中的臧否，是人間的。他也給他們講國外的故事，

講《塊肉餘生錄》。他自然知道林琴南的翻譯，對原作做了許多的敷衍，但他就是喜歡，因為有中國人的煙火氣。他講《安徒生童話》，講著講著，覺得很不過癮。就自己編了故事來講，拿什麼做主角呢？這些學生裏，有許多其實都是舊相識，彼時他送瓦貓時，追著他後面嘲弄他的。後來叫他貓先生，如今真的就做了他們的先生。寧懷遠就拿瓦貓來編故事，說它是上古時的神獸。當年共工大敗於祝融，一頭撞在了不周山上。山崩地裂，民不聊生。女媧煉五色石補天，剩下了一塊沒用。這頑石浴火，自己便修煉成了一隻似虎非虎的大貓。白天一動不動地，駐紮在屋樑上守衛，晚上便四處雲遊，行俠仗義。寧懷遠的故事，便是瓦貓在夜間俠隱的故事。孩子們很愛聽，有的甚而晚上，專門跑出來，去看看屋樑上的瓦貓，是不是真像貓先生說的一樣，跑走不見了。後來就有學生學給了校長。校長便笑道，寧老師，你的瓦貓，倒和《紅樓夢》裏的通靈寶玉成了同胞。寧懷遠說，等他們看懂了紅樓，就不信我講的故事了。

　　龍泉這個地方，敬重讀書人，也崇敬學問，是素來的。辦學便也自然得到當地望族的支持。說起來，因學而優則仕，民國時在當地仍有許多的榜樣，如陸崇仁、桂子范、李卓然、李健之等。家族龐大的桂家，族中的桂子范，曾是雲南省財政廳的股東，做過議員，做過富滇銀行理事。在石龍壩水電站開始發電時，是他最先讓龍頭街與昆明同步通電。陸家的陸崇仁，曾為雲南財政廳廳長，曾整頓稅收、田賦、

大力推行煙禁政策，創辦多家銀行。這幾家的年幼子弟，便尤為好學。以往家中的私學相授，和寧懷遠所教的，有如琴瑟。孩子回家說了，他們便都知道了這年輕先生的不凡。

到了年節時，帶了禮物，特地上門來拜訪。榮瑞紅不禁有些怵，想自己一個普通人家，何曾受到過如此待見。那鎮上的小公子們，一口一個師娘。她心裏歡喜，竟然束手束腳，不知如何應對。倒看寧懷遠，仍是落落大方的樣子。

有一天，瑞紅便悄悄到了小學校去。蹲在窗口外頭，恰看見懷遠帶著學生們讀書。是好聽的國語腔，讀什麼，她聽不懂。只覺得讀得抑揚頓挫，好聽得像音樂似的。她便閉上了眼睛，心裏頭如暖風拂過。她想，這先生，是我的男人啊。

他們自己的孩子寧生，風吹見長，漸漸可以在院內爬動。是個好動的脾氣，看瑞紅製陶，自己便也滋了泡尿，在屋簷底下和泥。瑞紅便衝他屁股上就是一巴掌，說，學什麼不好，學這粗笨活。往後一個榆木腦袋，怎麼跟你爹讀書？

寧懷遠說，呦，你又不怕家裏的瓦貓，後繼無人了？

瑞紅嘴硬道，這倒兩不耽誤。白天去學堂，晚上跟我學手藝。

月末時候，家裏來了個客。是寧懷遠的師弟，「一支公」解散後，便也很少來往了。師弟說，這回是昆華工校的聘期滿了，他想要回北方去。聯大三校在京津都已復學。恰好有

人介紹了教育部的差事，便想試試看。

　　他來自然是道別的。但彼此好像都有了默契，都不説以往學校的事，寧懷遠也不會問起。但究竟忍不住。這師弟壓低聲音，説一句，去年底，學校裏罷課的事，想必你也知道。十一個同學，就這麼沒了。出殯時候，是我們老師走在最前頭。他寫了篇文章，我照抄了一份，給你帶來了。

　　遠遠的，寧瑞紅牢牢地盯著他們。寧生在地上爬過來，然後將隻拳頭往嘴巴裏塞。瑞紅一把打掉他的手，將孩子抱在自己懷裏，説，呦，説早不早了，留下來一起吃飯吧。

　　師弟便站起身來，説，不吃了，還要回去收拾東西。師兄嫂子，我過時再來看你們。

　　寧懷遠也站起身，追一句，老師，他可曾提起過我？

　　師弟笑笑，輕輕搖搖頭。懷遠將那信封在手中捏一捏，一陣悵然。

　　晚上，寧懷遠展開信紙，看上面用工整的小楷，謄著《一二一運動始末記》，署的是聞先生的名字。懷遠一字一字讀下來，原本平靜的心，忽而悸動了。開始像是水中的微瀾，漸漸似乎在水底，產生了暗湧，一點點地澎湃起來。沒來由地，他的額頭上，滲出了密密的汗。皮膚下的潮熱，也順著血管，四處伸張滲透，東奔西突。他覺得自己整個人，彷彿被蒸騰起來了。

這一年的七月中，榮瑞紅家裏收到一封信。看筆畫，她認得是寧懷遠的名字。他們家，以往從未有來過一封信，因為沒有識字的人。她捧著這封信，有些不安，自己也不知是為什麼。

後來，她每每回憶起那一個瞬間，都在想，是不是其實應該將這封信燒掉。這是一個女人的本能。任何的不尋常，哪怕蛛絲馬跡，對她尋常的生活，大概都會構成威脅。但是，她還是將這封信，交到了寧懷遠手中，然後用輕描淡寫的口氣說，快看看吧，不知哪個女學生寫給你的。

寧懷遠笑著拆開信。榮瑞紅看見，笑容在自己男人臉上，一點點地凝固。

信裏寄來的，是一張報紙，上面是聞先生的凶訊。

事情發生在三天前，到達龍泉是一番輾轉。報上寫，聞先生主持《民主周刊》社的記者招待會，揭露一起暗殺事件的真相。散會後，返家途中，突遭特務伏擊，身中十餘彈，不幸罹難。

報紙在寧懷遠的手中抖動。榮瑞紅看看他一隻眼睛裏的光，像籠上了一層霾，完全地熄滅。而另一隻眼睛，如同黑洞，深不見底。

寧懷遠當天晚上，將自己關在作坊裏。寧瑞紅幾次起身，想去喚他回來睡覺。但她站在作坊門口，看見窗口滲出的一星燭光，終於沒有推開門。

到了第二天清晨，她看到作坊裏是空的，沒有人。

她等了整個上午，沒有人回來。她終於不想等了，她出了門，發瘋一樣地找。從司家營，找到了麥地村、棕皮營，又找到了瓦窰村。

第二天，她抱著孩子，去了寧懷遠的小學校。坐在門檻上，等到了晌午，校長領著她，去找學生的家長。她走進那些高門大戶，本是不卑不亢的樣子，可聽到旁人説起「貓先生」三個字，腳下一軟，就跟人跪了下來。她説，求求你，幫我找找我男人。他又瞎又瘸一個人，啥也沒帶，能跑到多遠去。

村裏人，燃了火把上山。又找了打撈隊，沿著金汁河，一點點地，從上游，一直找到下游。

她不信。她一個人，又一直走到了青晏山。孩子餓，她由他哭。她一直走到先前和寧懷遠去過的瀑布。瀑布沒有了，水枯了。一滴水也沒有。她坐下來，和孩子一起哭。一邊哭，一邊叫寧懷遠的名字，然後又「瞎子」、「瘸子」叫了罵了一遍。天越來越暗，她索性喊起來。喊出來，才發現聲音是乾的。聲音落在了遠處，回音也是乾的。

打這一年的深秋，昆明師範學院門口，總是坐著一個婦人。昆師是新起的，以往是聯大的師範學院。

這婦人很年輕，懷中總是抱著個幼兒。她一坐便是一天。這年月，亂離人不及太平犬，這種情形並不鮮見。可這

婦人，一身不見襤褸，二臉上不見悲戚之色。相反，她的衣
著十分齊整，即使坐著，身姿也挺拔。她有時面前擺了些應
時的果蔬售賣，有時是一些針線織物。似乎也並不當真做生
意，只為了將自己和路旁的乞兒區分開來。身邊的孩子餓
了，她順手就撈起一隻水果，剖開來給他吃。久而久之，便
成了學校門口的一道奇景。她一時眼神渙散，可只要有人經
過，特別是男人，目光立刻變得灼灼的，直勾勾地盯著那
人仔細打量，直到人遠走去。便有人笑說，這是不是一個
花癡。但她並沒有什麼逾矩的舉動，便都隨她去，見怪不
怪了。

　　榮瑞紅帶著寧生，便就這樣在昔日的西南聯大門口，等
了整個秋冬。待到開春的一天，她忽然站起身，拍拍褲子上
的塵土。她走到了翠湖邊上，沿著堤岸一路走過來，逢看見
了大棵的樹，便停一停，辨認那新綠的、鵝黃的葉子。她一
邊走，一邊慢慢看，直到將這偌大的翠湖走了一個圈。

　　待走完了，她定一定神，對寧生說，兒，回家去。翠湖
邊上哪有什麼梨花樹，他不會回來了。

九

2006 年 7 月 9 日，星期日，雨

一棵美麗的菩提樹，
那根子長得實在好。
樹根隨著石頭伸展，
向堅硬的岩石延伸。
延伸到堅硬的岩石，
威武鷹兒在此相聚。

—— 德欽弦子摘錄

今天下了很大的雨。往阿丙村的路上水流很大，到處都是亂石溝。聽說下個月還要漲大水，路更難走，這麼說，我還是幸運的。

高反感覺也好了不少，從阿丙往怒江去。阿丙河兩岸岩壁有很多石刻，多是菩薩、羅漢和護法神的造像，我停下來臨了幾張。晚上，我跟著幾個藏民紮營在溫泉營地，當地的藏話叫「曲珠」。我學著他們，脫光了身子，泡到了溫泉裏頭。暖和和的，再喝上一口青稞酒，實在太舒服了。抬頭望望，身旁就是浩浩湯湯的怒江水。我洗完澡，在四周溜達，發現「曲珠」附近的石刻更多。有佛像和腳印、手印聖蹟，也有六字真言經文。我在想，我為那些登山人塑的瓦貓，不知以後會不會被人

看見。

　　在一處噶瑪拔希石刻下面，有一個石洞，藏民們都鑽了進去。他們告訴我，這是轉山路上必經的「中陰狹道」，能夠順利通過，死後可以進入天國。圍繞卡瓦格博外轉的過程，就如同到中陰世界走了一趟，每個朝聖者必經的象徵性的死亡和再生。我也學他們從下層鑽了進去，在狹小黑暗的洞穴裏匍匐爬行，經過地獄，然後再屈起身體，從上層的天國裏出來。有一個老僧人，一邊劇烈地咳嗽，一邊用石塊在平台上搭起一個小房子，祈禱來生轉世。昨天，我看到他為一個轉山途中死去的老人在唸《度亡經》。這一路上艱苦，很多人體力不支。但對藏民們來說，能死在朝聖路上，是最大的福。

　　榮寧生被人問起，你是個匠人，還是個讀書人？他總是回答，我是個讀書匠。

　　他是龍泉當地的文膽，但不考學，也不出仕，就是個悠然見南山的性子。

　　這樣的人，在一鎮八鄉，其實不太多見。小伙子生得十分排場，高個兒，白皮膚，又不是本地人的形容。十幾年過去，對榮家的變故，鎮上的人其實有些不記得了。但寧生的成長，讓大家漸漸又回憶起了「貓先生」。換言之，這孩子日益清晰的輪廓，像是寧懷遠的復刻。或者說，將定格在人們記憶中那個殘缺的寧懷遠，修復得完好如初。人們不禁感嘆時間與遺傳的力量。

　　但寧生本人，對於父親自然了無印象，直到他在家裏頭

一本書中，發現了西南聯大的學生證。他翻開了，看到一張
照片。上面是個和他長得幾乎一樣的人，但目光似乎比他怯
些。他淡淡一笑，確信這就是被母親詛咒為「死鬼」的父
親。他認真地看了看這張照片，覺得它並不比父親的其他遺
物更有吸引力。從幼時起，他的聰慧在龍泉遠近皆知。村裏
的資助下，他在父親執教過的學校讀完了小學。從此便不再
升學，榮瑞紅用鞋底追著他打，也沒有打消他執意跟她學做
瓦貓的念頭。但這並不影響，他在家中的自學。寧懷遠留下
的那些書籍，適時地派上了用場。他以強大的腦力吞吐著這
些書，過目成誦。他和繼續讀中學的夥伴們玩的一個遊戲，
就是隨意翻開《古文觀止》的一頁，從任何一個段落開始背
誦。背完一頁，便贏了一個饅頭。錯一個字，便輸掉一個饅
頭。直到聽者感到疲憊，打起了呵欠，他還在背，好像是沒
有倦意的機器。最終直至對方舉手求饒。

　　當然這些書，在他長出唇髭的時候，就被母親燒掉了。
這時候興起了叫做「破四舊」的風潮。讓他看到了村裏的許
多變故。似乎以往的一些體面，都在化日之下，被凌遲與撥
弄。他們家裏，和「四舊」相關的，便是父親的遺物。母親
關起院門，將那些書一本本地攤開，然後引火。這些書都很
好燒，因為從未受潮。從他小時開始，每到梅雨季節，只要
出了太陽。母親就將這些書一本本地攤在院子裏晾曬。母親
並不識字，可是將這些書整理得停停當當的，次序絲毫不
亂。其實，榮寧生並不怕這些書被燒掉，因為書上的每一個

字，都如同烙印一般，印在了他的頭腦中。火光裏頭，他看見母親迅速地將腮邊的一滴淚拭去了。在這個瞬間，他也迅速將那本書裏的學生證，藏進了自己的褲兜裏。

後來上山下鄉的年月，龍頭街來了一批知青。這些外面來的年輕人，和鎮上的同齡人，互相帶來吸引。但知青們的自矜，讓彼此的張望與打量，楚河漢界，並未付諸行動。為了幫助他們接受「再教育」，龍泉公社便籌劃了一場背毛主席語錄的比賽。司家營大隊找到的青年代表是榮寧生。公社主任問起這孩子的來歷，說是貧農出身，但一聽只是個小學畢業生，心裏又不免犯嘀咕。大隊書記便說，您老不是常說，英雄莫問出處？

榮瑞紅倒是緊張了。先前村裏學習毛語錄，這孩子有些心不在焉，這時倒是要打起十二萬分精神來。她便手裏捧著語錄，要寧生一字一句地背下來。寧生說，娘，我說記住了，就是記住了。瑞紅便說，你這孩子，不知厲害啊。

到了比賽那天，知青們摩拳擦掌。派出一個精精神神的小伙子，一開口，是厚實的播音腔，比鎮上大喇叭放出的還好聽。寧生也背，氣勢倒不如他，慵慵的，但字字也都在點上。那青年開口道，「獨坐池塘如虎踞，綠蔭樹下養精神，春來我不先開口，哪個蟲兒敢做聲」。寧生便對：「自信人生二百年，會當水擊三千里。」青年道：「登山不怕高，只要肯登攀。」寧生對：「無限風光在險峰。」青年道：「管卻自家身與心，胸中日月常新美。」寧生對：「為有犧牲多壯志，

敢教日月換新天。」青年道：「不適應新的需要，寫出新的著作，形成新的理論，也是不行的。」寧生對：「新瓶新酒也好，舊瓶新酒也好，都應該短小精悍。」

知青昂揚道：「世界是你們的，也是我們的，但是歸根結底是你們的。你們青年人朝氣蓬勃，正在興旺時期，好像早晨八九點鐘的太陽，希望寄託在你們身上。」

寧生對：「少年學問寡成，壯歲事功難立。」

知青不禁有些著急，大聲道：「革命第一，工作第一，他人第一。」

寧生搖搖頭，說，毛主席教導我們，「吃飯第一」。

有人不禁「噗嗤」一聲笑了出來。這賽場上的氣氛，便有些欠嚴肅。這時候一個女孩子站起來，說，看來背主席語錄難分勝負。不如我們加賽，背「老三篇」。

她便開始背《愚公移山》，聲音琅琅的，音樂似的。聽得寧生不由得恍神，他愣一愣，才跟上去，背的也是《愚公移山》。開始各背各的，但後來，寧生竟然追上了她。這麼長的文章，一個是標準的普通話，一個呢，是當地的龍泉口音。兩個人的聲音像是兩脈泉水，匯聚一處，形成了和聲，竟然是分外好聽的。眾人聽得，有些嘆為觀止。背完了這篇，又背《紀念白求恩》，似乎都忘記了比賽的初衷，像是對歌一樣。

待最後一篇《為人民服務》背完了，女孩說，我們這叫不分伯仲。還是毛主席的教導，我們「友誼第一，比賽

第二」。

　　寧生回了家裏，頭腦裏頭便一直迴盪著這句話。瑞紅説，孩子，你今天算是贏了，還是輸了？寧生便脱口用普通話回她，「友誼第一，比賽第二」。瑞紅張了張嘴巴，便笑了。

　　後來，寧生在路上又遇到了那姑娘。這時，他已經知道了她有個很洋氣的名字，叫蕭曼芝。她就問他，榮寧生，你會背的東西可多？

　　寧生説，不多。

　　曼芝就説，我聽説，你會背全本的《古文觀止》。

　　寧生説，嗯。

　　曼芝便笑説，什麼時候，背給我聽聽？

　　寧生説，不好背，是「四舊」。

　　曼芝便輕聲説，背給我一個人，你願不願意？

　　寧生低下了頭，過了半晌，也輕聲應，嗯。

　　寧生和曼芝坐在金汁河邊。他望著潺潺的流水，口中誦著《歸去來辭》。他唸到，「歸去來兮，田園將蕪胡不歸？既自以心為形役，奚惆悵而獨悲？悟已往之不諫，知來者之可追。實迷途其未遠，覺今是而昨非」。

　　曼芝忽而打斷他，慢慢開口道，「覺今是而昨非」説的倒像是現在的我。

　　寧生便沉默了。

曼芝問，榮寧生，你説，我以後的生活會是怎樣呢？

寧生想一想，便接口道，「木欣欣以向榮，泉涓涓而始流」。

曼芝笑了。這時候風吹過來，河對岸的楊樹葉子簌簌地響，這女孩的頭髮也被吹起來了，散發著一種寧生從未聞到過的女性的氣息。這和他母親的氣味是不同的。因為終日和陶土打交道，榮瑞紅的身上，是一種淡淡的溫暖豐熟的泥味。和村子裏其他的女人們也都不同。蕭曼芝，有著清凜的植物的氣味，像是剛剛生長出的樹葉，滋潤了前夜的露水，在初生陽光下散發出的那種隱約的味道。

榮寧生不禁深深地吸了一口氣。這時候，女孩將手指放在了膝蓋上，那蔥段一樣細白修長的手指。她口中哼起了一支旋律，一邊用指尖打著節拍。這旋律榮寧生從未聽過，但聽得出是跳躍歡快的。像是一匹小馬駒，在草地上撒著歡。蕭曼芝的唇舌彷彿是某種樂器，彈奏著這支樂曲。榮寧生看見女孩睫毛密而長，將閉著的眼瞼蓋住了。

待這旋律結束，她忽然張開眼睛，看身旁的青年人望著她。她並未躲閃，反而迎著榮寧生望回去，問他，好聽嗎？

榮寧生點點頭。她説，這是個意大利人作的曲子。這支叫《春》，還有《夏》《秋》《冬》。以後你背《古文觀止》給我聽，我就都唱給你。

他們再見面時，榮寧生將一只陶土製成的很小的動物送

給蕭曼芝。蕭曼芝放在手心裏，很驚喜。她問，你做的？

　　榮寧生點點頭。她看這動物像是貓，可又有勇猛相貌，像一只小而逼真的虎。她問，這是什麼？

　　榮寧生回答說，瓦貓。

　　榮寧生要娶一個知青的事情，在龍泉很快地傳開了。這孩子的執拗，喚醒了人們的記憶，這記憶的一部分，也包括榮瑞紅自己的。她想，難不成真是血裏帶來的。這孩子不聲不響，卻像當年的她一樣有主張。

　　這女孩的美，以及外鄉人的身份，都讓她覺得不踏實。她不再是當年的少女，她懂得一個道理，是人拗不過時勢。

　　她找到了大隊書記，尋求幫助。然而，此時的龍泉公社，恰在尋找一個知識青年扎根農村的典型。他說，寧生娘，蕭曼芝是成都的資本家出身。她有心嫁給咱無產階級的孩子，也是幫了她進行自我改造。毛主席教導我們，「廣闊天地，大有可為」。這不是喊喊口號，咱做父母的，可不能拖了孩子的後腿啊。

　　曼芝嫁到榮家這段日子，對於寧瑞紅來說，是經得起咀嚼的。她甚至一度想，或許是自己過於狹隘，這其實是時日的補償與成全。這孩子的溫柔與賢淑，並不遜於當地的任何一個姑娘。儘管她舉止中，有一種難脫去的令瑞紅警醒的教養，是往昔生活的印痕。但她的眼睛裏，總有安於命運的笑

意，又讓做婆婆的十分安心。

這個兒媳，除了有時作為扎根「典型」，被公社安排去周邊大隊宣講經驗，大多時間都在家裏，向她學習家務農活、針線女紅，甚至在她手把手下，學起做瓦貓的技藝，且很快就有模有樣。瑞紅看她砥砥實實將一塊陶泥擲在木案上，不禁深深嘆一口氣。曼芝不解地看她，她便說，這一把好力氣。可惜你曾爺爺去得早，要不看到這麼個重孫媳婦兒，該有多歡喜啊。

過門的頭一兩年，曼芝接連生下了兩個兒子。瑞紅便更放心了。她想，老榮家是有祖宗佑著的，是時運回來了。

兒子和兒媳，都是安靜的人。曼芝進了門來，寧生彷彿更安靜了些。但他多了一種愛好，不知怎麼，跟人學起了胡琴。可他拉出的調，外頭的人，都說沒聽過。瑞紅便驕傲地說，你們懂什麼。這都是我們家曼芝教的曲，都是外國人寫的。

有人告到公社去，說中國琴拉的外國的曲子，到底算封建糟粕，還是資產階級情調？

大隊書記說，啥也不算，人家曼芝是扎根典型，旁的人少給我放屁！可他有次也聽見了，對瑞紅說，你當娘的，也讓寧生拉一拉《東方紅》。

到兩個小子滿地跑的時候，村裏的知青漸漸少了。聽說是都想辦法陸續回城了，有招工的，有病退的，還有獨子回家照顧老人的。

瑞紅心裏又打起了鼓，她問大隊書記，我們家曼芝，不會走吧？

大隊書記嘆口氣，說，唉，這孩子，是真典型，實心眼兒。你不知道，前兩年，公社下來的招工、工農兵學員的名額，都點了她的名。人家家裏頭，落實政策了，千方百計要她回去。曼芝一擰脖子，說，我男人孩子在龍泉，我家就在這裏，哪也不去。她還讓我不要和你說，怕你心裏不舒坦。

瑞紅聽了，眼淚「刷」地就流下來了。

大隊書記就說，這些年，我可看過了多少世態炎涼。瑞紅，你到底是個有福氣的人。

又過了一年，有天晚上，瑞紅看小兩口兒都不說話。吃完了飯，她收拾了，剛剛走到廚房，就聽到兒子的聲音。雖然是悶著，但話音內裏卻轟隆作響。

她聽到寧生說，你這算什麼，是在可憐我們嗎？

曼芝不說話，靜靜地將兩個孩子拾掇了，上床去睡覺。

她這才說，我不考。都荒下來十年了，考就能考得中？

寧生冷笑說，蕭曼芝，你總明白，什麼叫身在曹營心在漢。

曼芝不說話，過了一會兒，她說，這算是剛熬出來了，老榮家的瓦貓，也不是「四舊」了。咱這作坊，再也不用偷偷摸摸的了。

堂屋裏忽然沒聲了，瑞紅覺得蹊蹺，擦了擦手，還沒走

進門，就聽到「咣」的一聲，一只大陶罐子砸到了地上。寧生漲紅了臉，眼裏頭的光惡狠狠的。

那是只酒罐子，屋裏頭立時便充盈了米酒的味道。瑞紅想，這敗家子犯的什麼渾！可惜了，九月才釀的新酒，剛出的糟。

她忙俯下了身子，將那碎片撿起來，慌裏慌張，一不留神，將虎口拉開了一道，鮮紅的血立時流下來了。

蕭曼芝參加了一九七七年的高考，考上了昆明師範學院中文系，是整屆考生的第一名。

寧生喃喃說，怎麼可能考不上呢？聽我背了十年的《古文觀止》。

她去上學。畢業分配回成都，寧生硬生生地，把婚跟她離了。村裏人都說，榮家人做事，又不循例了。見的都是知青這邊尋死覓活地要離婚。他好，一個鄉下小子，硬是把城裏的小姐給休了。

榮寧生說，你給我走，淨身兒走，過你的生活去。你把娃都給我留下，淨身兒走。

曼芝走那夜裏，榮寧生拉了一夜的胡琴。

這些外國曲子，給他拉得分外銳利激越。到了湍急處，像是給人扼住了喉嚨。這在龍泉人大約是最後一次，以後便再也沒有聽到他拉琴的聲音了。

　　半年後，有天回到家的只有老大，老二不見了。問起弟弟，只是哭。再問起兩人幹什麼去了。老大說，出去找娘……弟弟走丟了。

　　寧生出去找，找著找著下起了雨，越下越大，雷電交加。天像漏了似的，先是雨，再是冰雹。

　　瑞紅坐立難安。天麻麻亮，雨停了。寧生回到家，搖搖晃晃地，肩膀上馱著孩子。

　　一大一小都發著高燒，躺在床上昏迷。兩天後，孩子先醒過來，看著奶奶，張張口，卻說不出話。瑞紅問他，是餓了嗎？

　　孩子點點頭。

　　當爹的到下半晚，才睜開了眼睛，也看著自己的娘，問，孩子呢？瑞紅說，醒了，剛伺候吃了一大碗粥。謝天謝地，你們爺倆嚇死我。

　　寧生微微笑一笑，說，娘，我還睏。

　　瑞紅給他掖了掖被角，說，睏了就睡，娘看著你。

　　寧生就睡過去。半夜裏頭，瑞紅打著瞌睡，忽然聽到他大喊一聲，「娘」。瑞紅跑到床跟前，看著寧生臉紅紅的，使勁握住她的手，手心火炭似的。瑞紅跟老大說，快，快去央隔壁馮爺爺請大夫。

　　寧生抬起眼睛，看著她，又闔上了。大夫還沒有來。她覺得緊握住她的手，漸漸沒有了力氣。手心也不燙了，一點點地涼了下來。寧生忽然又睜開了眼睛，直直地盯著她。那

雙瞳仁，大得要將她人吸進去似的。他嘴唇開闔了一下，有絲笑意。瑞紅聽見他說，娘，我走了。

　　瑞紅心裏頭一沉，覺得寧生的手在自己手心捏了一下，倏然鬆開了。

十

2007 年 6 月 3 日，星期日，晴

印度秀麗的高山上，
有棵沒有斧痕的樹，
不忍心砍它繞三圈，
捨不得回望它三次。

——德欽弦子摘錄

今天，找到了第六只瓦貓，我不知道，會不會是最後一只。他們說，霧濃頂可以看到最美的卡瓦格博。可是這一天，忽然下雪了。夏天的雪，竟然也可以下得這麼大，我只能影影綽綽看到山的輪廓。

昆明的雪，下得太少了。偶爾下起來，大概也是在過年前後。明年過年，應該在家裏過了吧。上個月，在小學校裏扦了一枝梨樹的枝條，都發芽了。我得想想怎麼帶回去，種在院子裏，這樣在家裏也能看到梨花了。

德欽的梨花，不知道在昆明，能不能開得好呢。

回家前，我再去外轉一次卡瓦格博吧。

村裏人都說，榮寧生留下的後，一個是讀書人，一個

是匠。

榮之文考上了雲南大學的新聞系，畢業後留在了昆明城裏工作。陪在榮瑞紅身邊的是弟弟榮之武。小武小時候淋雨發了高燒，燒退後，人就啞了，能聽不能說。腦子不知是不是也燒得不靈光了，讀書再讀不進。但是他卻有兩樣好。家裏不知怎麼尋到了當年他爺爺寧懷遠留下的一本字帖，《九成宮醴泉銘》。哥哥照著練，他也跟著練，竟然也練到似有八分像。瑞紅就看出這孩子底子裏，是很靈巧的。是靈巧，而非聰慧，靈在學什麼便像什麼。帶他去趕鄉街子，看著路邊的貨郎拿著竹篾編蟈蟈。他入神地看。回家的路上，隨手從河邊抽了根蒲草，一邊走，一邊便將那蟈蟈給一式一樣地編了出來。

可臨到上學，打著罵著，就是學不進。他十幾歲上，瑞紅便留他在家裏，跟著學做瓦貓了。

榮之文的攝像鏡頭，對著司家營 61 號的老宅子，這宅子是正正經經的「一顆印」。從取景框裏看見，那神獸端坐在屋瓦上，身上覆著青苔，顏色有些舊，鼓著眼珠，仍是氣吞山河的模樣。

最後的景是在自家取的。那天天氣特別好，陽光篩過樹影，星星點點地，落在了榮瑞紅的身上，小武從背後扶住她，另一隻手幫她轉動了石輪。她坐在凳子上，抱住一只泥團。轉動中，那團泥漸漸生長出優美的弧度。她的手，與窯

泥渾然一體。泥坯在她的手心，彷彿越來越圓潤，圓潤中現出了一種光澤，漸漸站立起來了。

後來，榮家收到了一封信，沒落款。信裏頭沒有字，卻夾了幾張照片。照片是黑白的，看不出是在哪裏拍的。信封上印著，「迪慶藏族自治州文化館」。照片的背景，有的彷彿是當地藏民的房子，有一些的是遠方的皚皚雪山，還有的是經幡飄動的白塔。但是，他們看得很清楚，這些背景的前方，都是一只神獸。是一只瓦貓，形容清晰，是他們老榮家的瓦貓。

信封在榮瑞紅手裏抖一抖，掉出了一樣東西。她屏住了呼吸，是一枚破碎的墨鏡鏡片。這鏡片的式樣，是久前美軍飛行員的機師鏡，如今已經不多見了。榮瑞紅顫抖著手，將那鏡片覆在自己的眼睛上，朝窗外看去。太陽就沒有這麼猛烈了，世間萬物，都被籠罩上了一層昏黃。

我闔上了手上這本紅皮的日記本。

貓婆看了我一眼，神色十分平靜。她抬起頭，目光落在了窗邊的櫥櫃上。榮之武走過去，打開抽斗，拿出一只鐵盒子。這是只月餅盒，上面畫著神態喜慶的嫦娥，腳下是身形不成比例的玉兔。大概生了鏽跡，啞巴仔打開得有些吃力。

終於打開，他從裏面翻找，取出了一疊相片，遞到我手裏。又翻了一會，拿出了兩本證件。翻開，其中一本已經泛

黃，上面寫著「國立西南聯合大學入學證」，註冊日期因有洇濕的痕跡，已經看不清了。左頁下方貼著一個青年的照片，頭髮茂盛，淨白臉，目光柔軟而青澀。另一本是個記者證，這證上的也是一個年輕人，他的神情則要昂揚得多，但那眼睛的形狀、寬闊的額角，與先前的青年都如出一轍。我抬起頭，見啞巴仔將這兩張證件放在了自己胸前，「啊吧啊吧」地對我比畫著。

是的，他們的臉，五官、骨相、每一個動與靜的細節，疊合在了一起。

我將筆記本裏的照片，一張張地攤開在桌面上，和啞巴仔拿給我的照片比較。終於發現，它們有著一一對應的、相似的景物。儘管因為季節、房屋修葺，公路、植被與地形的變化，造成了周遭環境的更變，但是你仍然能夠辨認出那是世轉時移，經歷了歲月的同一處地方。或許，是因為那復刻般的攝影角度，都有同一只瓦貓。

這瓦貓如我在德欽與龍泉所看到的任何一只，有著闊嘴、尖利的牙齒、碩大的肚腹，以及勇猛如虎的神情。

尾聲

　　回到香港後，我曾給拉茸卓瑪打了一個電話，問起她仁欽奶奶的情況。她説，仁欽奶奶去轉山了。她和村裏的大多數人不同，每年村裏梨花開放，她都會去外轉卡瓦格博朝聖。

　　我問，那她什麼時候回來呢？

　　卓瑪想一想，回答説，轉到她心中的圈數，她才會回來。那時梨花應該還開著吧。

附錄　一封信

YJ：

謝謝你的來信。

一晃許久過去了，上次見面，還是前年你來香港看巴塞爾展，記得我們約在一間叫囍的茶餐廳。

當時，大約你也注意到了店舖裏的許多舊物。台式的 SINGER 縫紉機、火水爐、來自南豐紗廠的紡錘和鏽跡斑斑但依然可以轉動的電風扇。與其說，裏面滿佈上世紀六七十年代的遺蹟，不如說是香港在彼時走向經濟騰飛、出自於日常的勞作的轍印。

在那兒你和我分享對新書的構思。而我還未確定這本新的小說想寫的主題。但在當時，「勞作」這個意象的確吸引了我，大約因為經歷了時間，它們如此確鑿地留下了成果。這比所有的言語、文字與圖像，更為雄辯。

那麼回應你的問題。當下，我們對「匠人」這個詞感興趣，除了你說的「專注」，大約還來自於手工的細節和由此而派生出的儀式感。顯然，在後工業化和全球化的語境之下，復刻已視為生活常態。手工本身所引以為傲的稍有缺陷感的輪廓，都可以經過更為精準的流水線生產來實現。我在一個展示會上，曾看到用 3D 打印，數小時之內還原了已被氧化至面目全非的青銅器。剎那間，我甚至對本雅明念茲在

茲的「本真性」產生的懷疑。對於器物,「唯一」的意義是什麼;手工,是否需要以排他來實現價值、維護尊嚴?

　　與之相關的,在許多人看來,「匠人精神」可能只是一個我們一廂情願的願景。有關它的式微、低效率甚至墨守成規都在大眾傳媒的同理心之下,被鍍上了光環。前些年,我未參與任何有關於此的討論。而此後,我則至為感佩個人經歷的意義。因為我祖父受損的手稿,極其偶然地接觸了古籍修復師這個行業,並親自體會了一本書可以被完整修復的全過程。我不得不說,過程的力量是強大的,因為它關乎於推進與克服。其中每一個細節,都不可預見,而解決唯一的手段,便是經驗。這些師傅的工作,和你信中提到的裱畫師,可謂同源。在老行話裏,都被稱為「馬裱背」。但是顯而易見,因為市場與供需的關係,他們會比書畫裝裱的行當,更不為人所知。如果以此去揣測他們的寂寞與頑固,是不智的。事實上,他們的自在,亦不足與外人道也。我所接觸到的他們,會有一種和體態無關的年輕。在神態上,那便發自於內心。其中之一,就是他們仍然保持著豐沛的好奇心。在一些和現代科學分庭抗禮的立場上,他們需要通過老法子解決新問題,從而探索大巧若拙的手段和方式。這其實帶有著某種對傳統任性的呵護與捍衛。如我寫《書匠》中的老董,不借助儀器,以不斷試錯的方式,將雍正年間的官刻本複製出來。是的,究其底裏,或許天真,但卻十分動人。

　　我更感興趣去寫的,是民間那些以一己之力仍然野生的

匠人。他們在處理個體與時代的關係上，從不長袖善舞，甚而有些笨拙。任何一種手藝，長期的打磨，都將指向微觀。因此，他們多半是囿於言詞的，因為向內心的退守，使得他們交際能力在退化之中。他們或許期望以時間包覆自己，成為膜、成為繭，可以免疫於時代的跌宕。但是，樹欲靜而風不止，時代泥沙俱下，也並不會赦免任何人。有些忽然自我覺悟，要當弄潮兒的，從潮頭跌下來。更多的，還是在沉默地觀望。但是，一旦談及了技藝，他們立刻恢復了活氣，像打通了任督二脈。其實他們和時代間，還是舟水，載浮載沉。只因他們的小世界，完整而強大，可一葉障目，也可一葉知秋。我最近在寫的「瓦貓」匠人，大概就是以手藝渡己渡人而不自知的典型。人都活在歷史中，手藝也一樣。這歷史可堂皇，也可以如時間的暗渠，將一切真相，抽絲剝繭，暗渡陳倉。

你信中提到「匠心」與「匠氣」的辯證。「匠」大約本身就是個見仁見智的詞彙。我在澳門時，走訪一位佛像木雕的匠人。大曾生特別強調他的工作中，有關佛像與工藝品的區別。同樣一塊木頭，工藝品可順應木頭的品種、材質及製作的季節，信馬由韁，出奇制勝；但佛像製作，則要依據規制，在原材料的使用上極盡綢繆。從而達到理想的效果。他舉了一個例子。廟宇中，善男信女，舉目膜拜。之所以四方八面，看菩薩低眉，皆覺神容慈悲。佛頭俯仰的角度，至關重要，其實是關乎於一系列的技術參數，也是行業內承傳至

今的規矩。「規矩」的意義，便是要「戴著腳鐐跳舞」。如今規矩之外的腳鐐，更多些。製作工藝，凡涉及有關環保、防火，皆不可觸線。

關於「藝術」和「匠」，齊白石說過「學我者生，似我者死」，顯然是對「匠氣」的抗拒。可我們也很清楚他的匠人出身，以及流傳他以半部《芥子園畫譜》成才的故事。他的傳記叫《大匠之門》。中央電視台做了一套涵蓋他在內的紀錄片，叫《百年巨匠》。因此說到有關「匠」的定義，其實我內心一直存疑，是否可完全對應於英文的 craftsman 或者日本的「職人」。因為「匠」本身，亦包含在行業的磨礪中，技藝的昇華之意。譬如西方的宮廷畫家，如安格爾或委拉斯貴支。後者的名作《瑪格麗特公主》，被藍色時期的畢加索所戲仿、分解與變形，卻也因此奠定與成就了他終生的風格。這可以視為某種革命，但這革命卻是站在了「巨匠」的肩膀之上，才得以事半功倍。這實在也是微妙的事實。如今，站在藝術史的晚近一端回望，也只是因屬不同的畫派，各表一枝罷了。

即使是民間的匠種，取徑菁英藝術，也如同鍾靈造化，比比皆是。如嶺南的廣彩，天然地擁有與市場休戚相關的基因。這市場遠至海外，有「克拉克瓷」與「紋章瓷」的淵源，多半由此說它匠氣逼人。但又因緣際會，因高劍父等嶺南畫派大家的點撥，甚而也包括歷史的希求，逐漸建立起了「以畫入瓷」的文人傳統。形成了雅俗共冶的融通與交會，以致

為「匠」提供可不斷推陳出新的基底。

所以說回來，這段時間走訪匠人，最初是為了他們的故事。但久了，有一些心得與愧意。面對並不很深沉的所謂同情，他們似乎比我們想像得都要欣然。對手藝，態度也更為豁朗。老的，做下去，並不以傳承為唯一的任務，大約更看重心靈的自洽。年輕的，將手藝本身，視作生活。這生活是豐盈的，多與理想相關，關乎選擇與未來。

一技傍身，總帶著勞動的喜悅與經驗的沉澱，還有對於未知的舉一反三。其他的交給時間，順其自然。

願我們都可自在。

夏日安和

葛亮

庚子年五月十二日

後記　藏品

　　大多數時候，並不希望自己的小說有預言的能力。

　　中國的語言裏，有一系列關乎於此的表達，比如「一語成讖」。我一直認為，這多少代表著，冥冥之中對現實進行了干預，而非記錄。但畢竟這只是某種想像。我們並不是在寫作《冷血》時的杜魯門·卡波特。所有事物的進程，自有其規律，類似草木枯榮。無聲無息，其來有自。

　　在《飛髮》的結尾，我寫了莊師傅去參加翟師傅的追悼會，寫他告知毛果，因為疫情，終於關掉了經營多年的「溫莎」理髮店。在這個小說寫完後的兩周，知道這個理髮店的原型便結業了。新聞裏頭，理髮店的老闆說，兩個月合共蝕了近十萬元：「我蝕唔起呀。」

　　確實，疫情改變了許多事情，也結束了許多事。改變的，多半是生態與模式。我所執教的大學，剛剛結束了一學期的網絡授課，又迎來第二個。如今，似乎順理成章地慣常於此。我和同事們面對著電腦屏幕，熟練地操作 Zoom、Moodle，面對著看得見或者看不見的學生。這種自如，並不是天然的。依稀記得在北卡羅萊納大學，一位年邁的法學教授，為了適應網課面對空氣一般的無人宣講，在面前放了一隻匹諾曹公仔，作為他的聽眾，以增強自己的投入感。而香港媒體配發的圖文是「活到老學到老」。這是對校園教學

規則的改變。改變如疫情本身,其影響不分年齡、性別與閱歷。這是殘酷之處。

以上是現實中的人,對虛擬世界的適應與遵從,哪怕你是一個老人。但這至少提供了一種選擇,一種可供適應的空間。但更多的人,恐怕未如此迎來改變的機會。

在這半年內,香港的老字號們,紛紛「執笠」。這終於是現實對現實的屈服,也是現實對現實的捨棄。大多數時候,現實皆是溫柔面目,埋身蟄伏。忽然之間,便真刀真槍,出其不意,狹路相逢。如此,誰又能獨善其身。

這間上海理髮店,在北角開了四十年。北角這時候,已經不算繁盛。從「小上海」到「小福建」,用了大半個世紀,走過了它該走過的路途。一如所有城市自成一體的老區,移民的痕跡在悄然隱退。凋落的凋落,同化的同化。電車經過的春秧街保留了下來。這裏大約沒什麼交通的概念。行人在車路上走,身後聽到叮叮噹噹的聲響,人潮便自然分開,任由電車開過去,然後再重新彙集起來。店舖前多半是僭建的攤位,一路可以擺到車道上。其亦隨電車進退,有條不紊,並不見一絲慌亂。由馬寶道走來,路過振南製麵廠,對過是同福南貨店,賣的點心仍然以紙包裹。作為江南人,是感到親切的。直到看見有觀光客,舉著相機左右逡巡。才意識到,這條街實已成為時間的標本。

說回理髮店,在英皇道上大約是一個地標。這些年數次路過它。因一度固定去看某個牙醫,這裏是去往診所的必經

之路。每每看見門口還在轉動的燈柱，會心裏動一下。因為它轉得很慢，並且大約因為陳舊，居然還有些微卡頓。然後在這短暫的卡頓後，它又繼續地轉了起來。看著它，像是在見證某種古老的儀式。我猶記得初次幫襯這間理髮店，是許久前的事情。走進去，像是走進了一間古早的照相館。因為所有的實物，都彷彿是為了證明某個時間節點存在的佈景。馬賽克的地面、海報與看得見水跡的牆紙。包括師傅們蒼老而精謹的形容，與他們足夠精確的手藝。他們說的是帶有上海腔調的廣東話，融合了吳語系的溫存和粵語的朗脆。這聲音也因此成為了一種佈景。當你在裏面待久了些，這理髮店更像是某種容器，或者說，一個有關空間和時間的實驗室。演繹給來者，在我們慣常的現實中，還有另一個現實。這種關係，好像是一種年代電影的套拍。那個屬過去的時間段落，理應是小品，是不能太過壯大的，以免偏離了現代的主題。然而，在這間理髮店裏，外面的現實會逐漸模糊。不知有漢，無論魏晉。

這些店舖的存在，或許讓人聯想起懷舊風。馬爾科姆・蔡斯的線性時光魔術，其實是代表著當下對這些老舊現實的寬容，或者說遷就。甚至我們生活無虞，尚有餘暇時，它們還會成為主角，出現在 Facebook 等社交媒體，成為心理還鄉的想像的社區。

但這一切的前提，是歷史的存在，於我們朝夕相處的現實仍有份量。而有關時間的枝節，仍然值得修復。這便是藏品的

意義。它也是一種現實，即使不會時時示人，至少珍而重之。

　　小說中寫到皇都戲院，是主人公翟玉成的心頭塊壘。每每經過英皇道，看它頹敗而壯大的樣子，心裏總有別樣滋味。上次有這種感覺，還是家城南京的一段明城牆。光華門到通濟門一段內城。頹敗而壯大，因為日常朝夕相見，人們或許漠然，或許覺得更為觸目驚心。因為會想它過去的因由，昔日繁盛，何以頹敗至斯。後來明城牆重建起來了，據說在老城南的民居徵集了許多的城磚。可以想像，一朝廈傾，砌入尋常百姓家。那城磚上刻有「高安縣提調官主簿王謙」「瑞州府提調官通判程益」，等等。這些名字被時間封印過，並未覆蓋於浩蕩皇城的荒煙蔓草下，倒是浸染了半世紀深巷的廚炊煙火。而今回來了，說是還原舊物，其實還是新的。但在南京的闊大吞吐中，它也自然會再次舊下去。像「皇都」這樣的建築，在香港很少，因為它的大與舊都不合情理，是一種超現實的突兀。頂著一級歷史建築的名目，棲身於現代的車水馬龍。

　　這間戲院大廈在近日公開拍賣，新世界地產公司以底價47.7億元投得，成功統一所有業權，成為歷來最大宗單一強拍個案。其表示將會啟動皇都戲院保育計劃，盡力保留及復修該幢歷史建築，包括天台俗稱「飛拱」的桁架建築，並會研修門外的《蟬迷董卓》浮雕。「希望保育能令皇都戲院重生，日後會發展為文化藝術表演場所『文化綠洲』。」

　　所謂「集體回憶」，除了哈布瓦赫的定義，總是莫衷一是。如今回憶何以重生。這些建築，被定位為歲月遷延後的

亟盼。每個人，就將自己的記憶裝進去一點，久了，多了，便是皇皇大觀。翟玉成的影星夢，也是與其他人的夢混合交融在一起。一九七〇至一九八〇嘉禾時代港產片的黃金歲月，亦有鏗鏘華夜的《雙龍丹鳳霸皇都》。時移勢易，一磚一瓦上刻了變遷，大約也刻著一些名字，自然不是「主簿」和「通判」，是鄧麗君、李小龍和梅與天。你當他們是歷史，便是歷史。當他們不是，也可舉重若輕。

　　一個密不透風的時代，是各種現實的盤根錯節。現代一如大型的寄生蕨類，緣歷史攀爬，彼此相依，但漸漸為了生存，這寄生或也成為了無形的絞殺。在一場暴風雨後，蒼衰的時間之幹才發現自身內部已然虛空與風化，遽然倒下。這是我們存在的幻覺，新舊兩種現實，業已和解。事實上，前者的虎視，是無法抗拒的世界的新陳代謝。我們只希望這個過程慢一點。

　　「孔雀」是翟玉成對「皇都」的復刻，也是他心中有關這城市的海市蜃樓，從「孔雀」到「樂群」，不過十年，成為他一生的洞中日月。此後胼手胝足，謝幕前的走馬燈還有那麼一瞬間的憶起，已然夠了。

　　小說中的「孔雀舊人」，終未與你我謀面。

　　我闔上電腦，新聞上的圖片，仍然在記憶中烙燙了一個輪廓。理髮店的燈柱已經拆除了。關閉的大門上，貼了一張白紙。上面居然是很好看的瘦金字體，寫著：「吉舖招租」。

庚子秋於蘇舍

責任編輯　　　許正旺

書籍設計　　　陳朗思

書　　名　　飛髮

著　　者　　葛亮

出　　版　　三聯書店（香港）有限公司

　　　　　　香港北角英皇道 499 號北角工業大廈 20 樓

香港發行　　香港聯合書刊物流有限公司

　　　　　　香港新界荃灣德士古道 220-248 號 16 樓

印　　刷　　美雅印刷製本有限公司

　　　　　　香港九龍觀塘榮業街 6 號 4 樓 A 室

版　　次　　2022 年 10 月香港第一版第一次印刷

　　　　　　2024 年 6 月香港第一版第二次印刷

規　　格　　大 32 開（140 × 200 mm）344 面

國際書號　　ISBN 978-962-04-4936-9